Lloyd Jones

ミスター・ピップ

ロイド・ジョーンズ　大友りお［訳］

白水社
EXLIBRIS

ミスター・ピップ

僕の家族へ捧げる

「登場人物は別の物語へと移住していく」

ウンベルト・エーコ

装丁
緒方修一

カバー装画
平岡 瞳

私たちは目玉《ポップアイ》さんと呼んでいた。その頃の私はまだ痩せっぽちの十三歳で、彼はきっと自分のニックネームを知っていて、それを気にしてはいないんだと思っていた。裸足で走り回っている私たち子どもには目もくれず、視線はいつもずっと向こうにある何かをじっと見つめているかのようだった。何か深い悲しみに出会ったことがあり、それを忘れられないでいる人のようにも見えた。大きな頭にくっついた大きな目は、他の誰の目よりも突き出ていて、まるで顔の表面から離れたがっているように見えたので、私はそれを、今にも家から飛び出そうとしている人みたいだと思った。

ポップアイは毎日お決まりの白い麻のスーツを着て、ズボンはじめじめした暑さの中で骨ばった膝にくっつき、歩く邪魔をしている。そして彼は、時おりなぜかピエロの赤鼻をつけているのだった。もともと大きい鼻で、あんな赤い電球のようなものをつける必要などないはずなのに。でも他の人には分からない自分だけの特別な理由があるのだろう。だから自分だけに意味を持つ特別な日に赤鼻をつけるのだろう。彼はまた、笑顔を見せない人だった。ピエロの赤鼻をつけている日はとくに、私たちは彼の顔を見ないようにする。なぜならそれは誰も見たことがないほど、悲しさにあふれた顔だったから。

彼は手押し車にミセス・ポップアイを立たせて、それをロープで引っぱっていく。ミセスはまるで氷の女王のよう。この島の女たちはほとんどが縮れ毛なのに、グレイスだけはそれを直毛に伸ばしている。その髪は結い上げられて、あたかも王冠を被っているように見える。裸足でいることなど忘れているみたいに、誇らしげに立っている。あんなに大きなお尻をしてトイレに座れるのかしらとか、グレイスの母親はお産のときにどんなに苦しかったかしらとか、私たちは思った。

午後二時三十分、オウムは、今まで見たどの人間より三分の一ほど長い影が下を通り過ぎるのを、木陰の枝にとまって見ていた。ミスターアンドミセス・ポップアイ。たったふたりだけなのに、それは何だかお祭りの行列のようにも見える。

これを機会に行列の後ろに連なる幼い子たち。そんなものよりも、アリの行列が腐りかけのパパイヤ《ポーポー》を乗り越えていくのを見るほうがずっと面白いとでもいうように、見て見ぬ振りの親たち。鉈《マシエティ》をぶら下げて、この見世物が通り過ぎるのを待っている大人もいた。幼い子たちにしてみれば、それはたんに白人の男が黒人の女を引っぱっている光景だった。オウムが見たのも、犬が痩せこけた尻を地面に下ろして、顔の前を横切る蚊を噛もうとぱくりと口を開くときに見たのも、同じ光景だった。でも年長の子どもたちはそこに、もっと大きな物語があるのだろうと感じた。なぜなら時おり、大人たちの会話が聞こえてきたからだ。ミセス・ワッツは完全に気が狂っていて、ミスター・ワッツは昔犯した罪の償いをしているのだ。いやたぶん、賭け事か何かだろう。だからふたりの光景は、どこを向いてもおなじみのことばかりの私たちの小さな世界に投影された、一筋の不安定さのようなものだった。

　ミセス・ポップアイは真っ青な日傘《パラソル》を掲げて陽射しをよけていた。それは島中でたったひとつのパラソルだと大人たちから聞かされていた。「じゃあ、ここにたくさんある黒い傘は？　この黒い雨傘とあのパラソルとどこが違うの」などとは、結局誰も言い出さなかった。それは聞いて恥をかくのがいやだったからではなくて、そんな質問を始めたら、珍しい特別な物が普通のつまらない物に色褪せてしまうかもしれないと感じたから。子どもたちはパラソルという言葉が気に入って、つまらない質問なんかして、それを失くしたくはなかった。そのうえ、そんな質問をする子がいたら、当然の罰として親にひっぱたかれたに違いなかった。

　ふたりには子どもがなかった。もしいたとしたら、もう大人になっていて、アメリカか、オーストラリアか、イギリスなんかに住んでいたのだろう。ふたりには名前があって、彼女はグレイスといって、私たちと同じ黒人。彼はトム・クリスチャン・ワッツといって、白目の白と同じくらい白い人、病的なほど白い白人だ。

　教会の墓地には英語の名前の記された墓石がいくつかある。今、姓名ともにアングロサクソンの名前をもっているのは、島の反対側に住んでいる私たちと同じ黒人の医者がひとりいるだけだった。ポップアイで通っている彼に呼びかけるとき、私たちは「ミスター・ワッツ」を使い、それはこのあたりに残ったただひとつのアングロサクソン姓だった。

夫婦は古い牧師館にふたりだけで住んでいて、その建物は道からは見えなかった。母さんによると以前は芝生に囲まれていたのだという。でも最後の牧師が亡くなってからは、教会本部からも忘れられて、芝刈り機も錆だらけになり、やがて館の周りを藪が囲んだ。私が生まれた頃には、ポップアイ夫妻はそこで世間の目からすっかり遠のいて暮らしていた。私たちがふたりを見るのは、例の手押し車にミセスを乗せて、井戸の周りをぐるぐる回る疲れた老いぼれ馬みたいに、ミスター・ポップアイが引っぱっていくそのときぐらいだった。手押し車には竹の手すりがついていて、ミセスはそこへ両手をかけていた。

見せびらかしのためなら、観客が必要なのだが、ミセス・ポップアイは見ている私たちには目もくれず、まるで私たちなど見る価値もないか、あるいは存在すらしていないみたいに見えた。でもこちらはそれでかまわない。私たちが興味をもったのはミスター・ワッツのほうだけだったから。

ポップアイは私たちがここから歩いていける範囲に住む唯一の白人で、年少の子たちは、真っ黒な手の平に握った氷の塊がすっかり溶けてしまうまで、唖然として彼を見つめた。年長の子どもたちの中には、大きく息を吸い込んで彼の家の扉をノックしては、学校の宿題に協力してください、と頼む子もいた。扉が開くと、凍りついたようになってただじっと見つめるだけのこともあったが、ある女の子は中へ招かれて——招かれない子もいたわけなのだが——彼女によると家の中は本でいっぱいだったそうだ。彼女は鉛筆を手にノートを開いて、ポップアイが水をついでくれたグラスの横の椅子にかけて、あなたの人生について話してくださいと言うと、彼は「そうだね、もう人生の大部分を生きたけれど、これからもたいして変わらないだろうと思うよ」と言った。彼女はそれを書き留めて、先生に見せ、先生はその子の自発性を褒めた。彼女は家にも来て、母さんと私にノートを自慢げに見せてくれ、だから私はそのことを知っているわけだが。

ポップアイは彼が最後の白人だという事実だけのせいで、ミステリーの発信源になっていたわけではなくて、それは私たちが信じている、ある真実を再確認することに関わっていた。

私たちは、白い色はアイスクリーム、アスピリン、髪に結ぶリボン、そして月や星などすべての重要なものの色だ、と信じながら育った。私の祖父が育った頃は発電機のなかった時代で、白く輝く星と満月は今よりもっと重要なものだった。

私たちの先祖が最初の白人を見たとき、それは幽霊か、それとも何か悪運に出くわした人たちかと思ったそうだ。犬たちは尻尾を巻いて座り、口を開けたまま何か見世物でも始まるかのように待った。犬たちは何か褒美でももらえるのかと思った。たぶんこの白い人間たちは、後ろ向きに跳ぶことができたり、木々の上まで宙返りできるかもしれない。いや、それより、何かおこぼれの食べ物を持っているかも。犬というものは、いつもそれを期待している。

私の祖父が見た最初の白人は座礁したヨットマンで、コンパスはないかと祖父に尋ねた。それが何だか知らない祖父は、だから自分がそれを持ってないことが分かった。両手を後ろで合わせて、にこにこしているそのときの祖父が目に浮かぶ。能なしだと思われたくないのだ。白人は地図はないかと尋ねた。祖父はそれも知らないので、かわりに白人の足の傷を指差した。どうして鮫はこの餌に気づかなかったのだろうね、というつもりで。白人は、自分はどこに流れついたのかと尋ねた。ああ、それなら答えられる。祖父は島ですよと言った。その島に名前はついているかと白人が尋ねるので、祖父は「島」という意味の自分たちの言葉を告げた。男がいちばん近い店の方角はと尋ねるので、祖父は噴き出してしまった。上を指差して、ココナッツの木を示し、次に白人の白い肩ごしにその背後を指差して、今あんたが来たところ、馬鹿でかいその海には魚が貯蔵してあるよ、という意味だった。この話は今でもずっと私のお気に入りである。

私はポップアイ、またはミスター・ワッツを除くと、オーストラリア人の鉱山職員を二、三人見た以外、生身の白人を見たことがなかった。見たのは古い映画に出てくる白人。学校で見せられた映画で、某公爵が千九百何年だかのずっと昔に当地をご訪問になったときのこと。カメラは黙々と公爵を写しつづけて、私たちは公爵が食べるところを見た。公爵と他の白人たちは口髭を生やし、白いズボンを履いていた。上着のボタンをしっかりとかけて、地面に座るのもへたで、何度も転がって肘をつく。私たちはそれを見てみんなで大笑いした。椅子にかけるようにして地面に座ろうとしている白人がおかしくて。白人はバナナの葉に包んだ豚の足を渡された。その中のひとり、ヘルメットを被った男が何かをもらおうとしている。私たちにはそれが何だか初めは分からなかったが、彼は白い布切れを受け取って、それで口を拭いた。私たちはお腹を抱えて大笑いした。

この映画の間中、私はずっと祖父が出てこないかと目を見張った。祖父は、白いランニングシャツを着て裸足で行進してくる痩せっぽちの子どもたちの中にいた。また、ヘルメットを被って豚の足を食べている白人たちの前で、膝をついて人間ピラミッドを作っている子たちの上から二番目にもいた。授業では、今見たことについて作文を書くように言われたが、映画がいったい何のことなのか私にはさっぱり分からなかった。どんな意味があるのか分からなかったから、私はそのかわり祖父について書いた。祖父が話してくれた、座礁して村の浜辺にヒトデみたいに打ち上げられた白人との出会いについて。祖父の時代には電気もなければ水道もなかったし、「ラム酒」も「モスクワ」もたぶん聞いたことがなかっただろう。

これから私が話そうとすることは、たぶん外の世界に対する私たちの無知のせいで起きたことだろうと思う。ここにいた最後の牧師が教会や日常の会話で話したことだけが、母さんの知識だった。九九や遠い国の首都の名などは知っていたが、人間が月に行ったと聞いたときは、そんな馬鹿な話は信じるつもりはないときっぱり言った。母さんはそういう自慢話めいたことは大嫌いで、自分が人前でぼろを出したり、笑いものにされるのはもっと嫌いだった。ブーゲンヴィル島を出たことは一度もなかった。私が八歳の誕生日に、母さんは何歳なのと聞こうとしたことがある。素早く目をそらした母さんを見て、生まれて初めて、自分の年齢を知らない母さんに恥ずかしい思いをさせてしまったと気づいたのを覚えている。

母さんは「じゃあ、あんたは私を何歳ぐらいだと思うの？」という質問で返してきたのだが。

私が十一歳のとき、父は鉱山会社の飛行機で島から出ていった。でもその前に、父はこれから行く国がどんなところかを知るために学校の映画鑑賞に招かれた。映画は紅茶の入れ方（ミルクは先にカップに注いでおく）、でもコーンフレークを食べるときはミルクは後から入れる、などについてだった。後者については、母さんは父と後で派手に議論し合ったそうだ。

母さんはたまにそのときの言い争いを思い出しては悲しげになる。仕事の手を止めて顔を上げては、「ちょっと強く言いすぎたよね。言わなきゃよかった、あんなに。ねえ、どう思う？」母さんがこんなに真剣に私の考えを聞くのは珍しいことで、例の歳の話と同じく、私はどんな答えが母さんを元気づけるか十分承知していた。

父はその他に自動車やトラックや飛行機の出てくる映画も見せられた。父は高速道路を見て興奮気味だったけれど、横断歩道の説明があり、白い上着の少年が「止まれ」の標識板をどけるまで待つのだと知る。

これにはちょっといらいらして、こんなにたくさん危険そうな道路があって、白い上着の子どもたちがあの「止まれ」の標識だけで交通を取り仕切るなんて、と父が言い、また議論が始まる。母さんは、ここここそんなに違わないじゃない、ここだって好き勝手に歩き回れるわけでもないし、うろうろしてたら怒鳴られるでしょ。だって、聖書にあるように、天国のことを知っているからって、天国に入れるってわけでもないのと同じよ。

しばらくの間、父がタウンズヴィルから送ってくれた絵葉書が母さんと私の宝物だった。父はこう書いていた。飛行機が雲の中に入るその瞬間まで、生まれて初めて見る自分たちの島を見下ろしていた。海から見ると幾重にも連なった山々の頂が、空の上から見ると、それはちっぽけな牛の糞みたいだった。母さんはもちろんそんな馬鹿げた話を信じはしなかった。問題は父さんが行った先できちんと給料をもらえたのかどうかだよ、と。

一か月後に二通目の絵葉書が来て、給料袋はパンの木にぶら下がる実みたいに工場の垂木につるしてあるよとあり、母さんは安堵した。ブーゲンヴィル独立運動に立ち上がったフランシス・オナとその革命軍が銅山に宣戦布告するときが来たら、私たちもここを出て、父さんのところへ行って一緒に暮らすのよ、と言う。そのときの私には、母さんの言う意味がよく分からなかった。なぜなら、見方によっては、オナと革命軍のせいでポート・モレスビー（パプア・ニューギニアの首都）からレッドスキンの政府軍がこの島へやって来たとも言えるのだから。ポート・モレスビーの政府は、彼らも私たちも同じひとつの国だという。だが私たちにしてみれば、こちらは夜みたいに真っ黒な人たち。あちらの兵士たちは赤土から這い上がってきたような赤い人たちで、だからレッドスキンと呼ばれているわけで、それがどうして同じ国と言えるのか。

戦争のニュースが予見や又聞きとして耳に入ってくる。そしてそれにつきものなのが噂話で、信じるか無視するかは自分次第だ。噂では、誰も島から出たり入ったりできなくなったという。でもどうやって国に封をするなんてことができるのだろう。何で縛ったり包みこんだりするんだろう。何をどう信じていいのか誰もわからずにいたとき、レッドスキン兵たちがやって来て、港や海峡が封鎖されたことを知らされた。

島は海で囲まれていて、レッドスキン兵の湾岸警備船がパトロールをし、ヘリコプターが頭上を飛び交う。新聞もラジオもなく、私たちは状況について考える術がない。口伝えに届くことに頼るしかなかった。レッドスキンが島の息の根を止めて、革命軍を制圧したと聞くと、「まあ、がんばるがいいわ」と母さんは言った。実際そのくらいにしか私たちは気にしていなかった。魚は獲れる。鶏も飼っている。果物もある。昔からの暮らしに必要な物はすべてあったから。それに加えて、「我々には自尊心もある」と革命軍支持者のひとりは言った。

そしてある夜、電気が完全に消えてしまった。発電機用の燃料が底をついたのだ。海岸をさらに下ったところにアラワがあって、そこの病院に革命軍が押し入り、医薬品をすべて持ち去ったという。そのニュースは母親たちを心から不安にさせ、やがて幼い子たちはマラリヤにかかり、救う手立てがなかった。私たちは遺体を埋葬して、泣きつづける母親たちをその小さなお墓から引きずって連れ帰った。

私たち子どもは母親たちの後を追って一日を過ごした。畑を手伝ったり、空中に数十メートルも突き出している高い木々の下で、追いかけっこをして遊んだりした。小川は急な山の斜面を転がるように流れ、ほとばしりで新しくできた水溜りにいたずらっ子たちの顔が映った。海辺で遊んでは、太陽の下で黒い肌がますます黒く焼けた。

私たちの先生たちはラバウル行きの最後の船で去り、それから後は学校はなかった。最後の船。その言葉を聞く度に私たちは意気消沈して、今や島を出るには海の上を歩くしかないんだと思った。

ポップアイがその機会があったにもかかわらず島を出なかったことを、誰もが不思議に思った。ミセス・ワッツは地元の人間だが、連れて出ることはできたし、他の白人はみんなそうしたのだ。彼らは奥さんや恋人を連れて出ていった。もちろん鉱山会社の男たちではあったけれど。

ポップアイが何の仕事をしているのかは誰も知らず、傍から見る限りでは仕事をしているようには見えなかった。いや、たいていは彼がいること自体が見えていなかったのだが。

村の家々は海に面して建ち、適当に列を作って浜辺に並んでいた。戸も窓もいつも開けっぱなしで、隣近所の会話が容易に聞こえてきた。だが古い牧師館は三十軒ぐらいある村の家の列から離れて建ち、ワッツ家の会話は誰も聞いたことがなかった。

時おり、浜辺の向こうの端にいるミスター・ワッツを見かけたり、その後ろ姿を垣間見たりするとき、いったいどこに行って何をしてきたのだろうと思った。そしてもちろん、あの奇妙な行列があった。あるとき、ふたりの行列は学校の教室の近くから見えるところに現れた。村の家々に近づき、雌鳥や雄鶏がうろうろと迎えに出てきた。家並みの最後まで来ると、でこぼこのある草むらを越え、豚の囲いの横を通り過ぎて、藪の中へとミスター・ワッツは奥さんを引っぱって消えていった。私たち子どもは木の枝に腰かけて、足をぶらぶらさせながら、ふたりが下を通り過ぎるのを待った。私たちはミスター・ワッツが立ち止まって奥さんと何か話せばいいのに、と期待する。なぜなら、誰も夫婦の会話を聞いたことがなかったから。いずれにしても、ミセス・ワッツのあの耳に届くには、大きな声、いや稲妻で刻まれた巨大な文章でなければならないだろうと思った。

彼女が正気でないことはすぐに分かる。でもミスター・ワッツについては、私たちの知らない世界から来た人間で、謎だった。あの人は自分の部族に忘れられたのよ、と母さんは言った。鉱山会社の人間なら置いてきぼりにはされないはずだしね。

学校が閉鎖されて初めて、私の生活にとってそれがどんなに大切なものだったかに気づく。たとえば時間の感覚は、学期の始まりや終わり、そしてその間の休みという学校の一年間の日程によって作られるものだ。すっかり自由になった今、時間は限りなく続き、朝、目が覚めても、母さんたちに「さっさと起きな、この怠け者!」なんて怒鳴られながら、箒で背中を押されることはもうなかった。

今でも雄鶏の声で目覚めはしたけれど、ただそのままじっと床に横になって、犬があくびをしたり、夢を見て唸ったりする声を聞く。それに蚊の音にも聞き耳を立てる。それはレッドスキン兵士や革命軍よりもっとずっと怖いものだから。

大人たちの話にも聞き耳を立てた。ある程度は聞かなくても、見て分かったけれど。山頂にかかる雲を出たり入ったりするレッドスキンのヘリコプターの音にも慣れてきていた。今では、ヘリコプターは海に向かって一直線に飛び出し、ある一点に達すると、忘れ物でもしたかのように引き返してくる。人がそれから投げ捨てられるのを見たことはなかったけれど、そんな噂があった。レッドスキン政府軍は革命軍兵士を捕まえると、ヘリコプターから突き落として、兵士たちは腕や足を空中でバタバタさせながら、落ちていく。大人たちはたまたま私たち子どもが近づくと、急に黙って、それでかえって、何か新たに子どもには聞かせられない残虐行為がなされたのだと分かってしまった。

何週間か経ち、今の自分たちの時間がいったい何を意味するのかやっと分かりはじめた。それは待つという時間だった。待って、待って、レッドスキンか革命軍か、どちらかが先に村に現れるのを待つ。でも私は、自分の頭の中で時間を計ることにしていたので、実際彼らがいつ現れたかを正確に言うことができる。私の十四歳の誕生日の三日前にレッドスキン兵士たちは初めて村に現れ、その四週間後に今度は革命軍兵士がやって来た。しかし、あの悲惨な出来事に向かうそのもっと前の時期に、ポップアイと妻のグレイスが、私たちの生活に深く関わってきたのだった。

「マティルダ、起きなさい」。ある朝、母さんは怒鳴った。「今日は学校があるのよ」。母さんはその瞬間を楽しんでいたに違いない。母さんはそう言っただけで元気になっていた。まるで昔どおりの、のんびりした生活に戻ったみたいだ。私は、その日はたまたま水曜日だと知っていたけれど、母さんには分かるはずもなかった。私は鉛筆を一本マットの下にしまっておいて、部屋の隅の柱にカレンダーを作って書きつけていた。最後の授業から八十六日が過ぎていた。

母さんは私の頭のそばを箒で掃きながら、戸口からちょうど迷い込んできた雄鶏を怒鳴りつける。

「でも、先生がいないじゃない」と私が言う。

すると母さんはにんまりして言った。「いるのよ。ポップアイがあんたたちを教えてくれることになったの」

ブーゲンヴィル島は地球上でもっとも肥沃な土地のひとつだ。種を一粒土の上に落とすと、三か月後にはつやつやの緑の葉をつけて芽が出る。もうあと三か月するとそれに実が生って収穫できる。だからマシェティがなかったら、村の自分たちの土地なんてすぐに消えてなくなる。放っておいたら、藪が急な斜面を下りてどんどん攻めてきて、花や蔦《つた》で村をすっかり埋めてしまうのだ。

それだから、ここに以前学校があったという事実も簡単に忘れられた。蔓《つる》植物がそこにある二本の木を絞めつけ、その傷みを和らげるかのように紫と赤の花々をつけ、そこから校舎の屋根を這って窓から中へ入り込み、教室の天井へと伸びてきていた。六か月もすれば学校は完全に見えなくなるところだった。

生徒は七歳から十五歳までさまざまで、数えると二十人。元の名簿の半分ほどしか来ていなかった。年長の男の子がふたり、革命軍に入るために山に入っていったことは知っていた。三家族がラバウル行きの最後の船で島を去っていった。残りはどうしたのだろう。もしかしたら、学校が閉鎖されたのをまだ知らないのかもしれない。その後一、二週間で数人の男の子がクラスに戻ってきた。

ポップアイは教室の中で私たちを待っていた。中は薄暗かったけれど、麻のスーツを着た背の高い白人がそこにいるということは分かった。彼は教室の前方に立って、私たちの視線から、ゆっくりと目をそらした。あのピエロの赤鼻をつけているかどうか、みんなの目が探った。つけていない。でも最後に私が見たときと比べると、何か変化がある。髪の毛は肩に触れそうなぐらい長かった。短かったときは気づかなかった白髪が、赤毛にまだらに混じっていて、あご髭はこぼれるように胸まで伸びていた。

最後にいた先生の名前はミセス・シアウといって、年少の子どもたちとほとんど変わらないほど背が低かった。そのミセス・シアウの場所にポップアイが立っているので、彼はこの教室には大き過ぎるように感じられた。彼の白い手は体の側面でゆったりと休んでいた。目は入り口付近で並んでいる私たちには向かず、教室の後ろの壁を凝視していた。その視線は揺るぎもせず、黒い犬が一匹、尻尾を振りながら教室に入ってきたのにも動じなかった。それは私たちにはいい前ぶれだった。なぜならミセス・シアウであれば、たちまち両手を叩いて、その犬のお尻をめがけて蹴りつけただろうから。

校舎は、私の記憶とは違ったものになっていた。たぶん、それですべてが奇妙に感じられたのに違いない。それはまるで、もう消えてしまった昔のありようを、私たちは無理やり取り戻そうとしているみたいで、消えていないにしても、記憶と同じではありえなかった。自分の机もあったけれど、それですら何か違って感じられた。腰かけると両足の裏側に感じる冷たい木の感触だけは同じだった。誰もお互いを見ようとはせず、ただこの突然現れた新しい先生をじっと見つめていた。そうすることは、彼が許しているように感じられた。生徒が全員席についたところで、ポップアイははっと我に返った。

彼は私たちの顔をひとりずつ認識しながら、なおかつひとりに長くは留まらないように気をつけながら、クラスを見回した。誰と誰がやって来たかを確認して、その作業が終わったという印にひとつ頷いた。それから、天井からぶら下がっている緑の蔓をちらりと見て、手を伸ばし、引っぱりちぎっては、両手で紙くずのようにまるめた。

私はポップアイが話すのを聞いたことがなかった。私の知る限りでは、クラスの誰もそれを聞いたことがなかったと思う。彼が話しはじめたとき、その声の小ささに驚いた。いったいどんな声を期待していたのか自分でも分からないが、大きな男のポップアイが、もし母さんたちが怒鳴るのと同じように怒鳴ったとしたら、屋根が落ちてきたかもしれない。それなのに実際の彼は、まるで生徒ひとりひとりに個人的に語りかけるような感じで話をした。

「この教室を光の場所にしたい」と彼は言った。「たとえどんなことが起きたとしても」。彼は私たちがそこまでの意味を理解するのを待った。大人が語る未来とは、「今よりもっと良くなる」という意味がいつも含まれていることに、子どもたちは慣れていた。でもこのとき初めて、私たちの未来は不確かなのだと聞かされたのだった。そしてそのニュースが、私たちの生活の外にいる人からもたらされたことで、私たちはなおのことそれを信じたのだと思う。ポップアイはクラスを見回し、誰も彼の言ったことを疑う者はいないと知った。

「ここをきれいにして勉強する場所を作らなければなりません」と彼は言う。「またもう一度新品の教室に戻しましょう」

彼が大きな目をぐるりと回して緑の蔦のカーテンで覆われた窓を見たとき、私は彼の締めているネクタイに気づいた。細身の黒い礼服用のネクタイで、風通しにシャツのいちばん上のボタンが外してあった。彼は繊細な白い手をその結び目に持っていき、それからくるりと私たちを向くと、眉を上げた。「いいですか」と彼は聞いた。

お互いを見回してから、私たちは頷いた。誰かが気づいて、「はい、ワッツ先生」と言うと、全員そろって、「はい、ワッツ先生」と言った。

すると、彼は何かたいへん重要なことを思い出したかのように、人差し指を掲げた。

「君たちの中には私のことをポップアイと呼んでいる者がいるようですが、それでもいいですよ。いい名前だ」

そして、これまでの何年間もミセス・ポップアイを手押し車に乗せて引く彼を見てきた私たちに、一度も見せたことのなかった笑顔を見せてくれた。そのときから私は、二度と彼をポップアイとは呼ばなかった。

私たちは仕事に取りかかった。ハナカズラを屋根から引っぱり下ろすのは簡単、蔓はいずれはそうなる運命にあると知っていて、きつく摑まってはいなかったから。私たちは建物から離れた空き地にハナカズラを投げ捨てて、それが濃い白煙になって燃えるのを見た。ミスター・ワッツは何人かに箒を探してこさせ、教室を掃かせた。午後になって太陽が低くなると、蜘蛛の巣が光って見え、私たちはそれに飛びかかって摑んだ。

私たちは学校の第一日目がとてもうれしかった。ミスター・ワッツは生徒から目をそらさなかったので、みんなは意気揚々とはしていたけれど、彼が話しはじめると黙って聞いた。

最後に自分たちの席に戻って、ミスター・ワッツが今日の終わりを告げるのを待っていると、今朝初めて聞いたときは意外だった、あの静かな声で彼は語りはじめた。

「これだけはみんなに分かっておいてもらいたい。私は教師ではないが、最善を尽くすつもりです。それが君たちへの私の約束です。そして君たちのご両親の助けも借りて、きっとみんなの生活を良くすることができると信じています」

そこで話しを止めて、何か新しいことを思いついたのか、いやきっとそうだ、なぜなら次に私たちを椅子から立たせて円を作るように言った。手をつないでもいいし、腕を組んでもいい、と。

生徒の中で教会の経験があり、牧師の説教を聞いたことのある者は、目を閉じて頭を垂れた。ところがお祈りは始まらなかった。お説教もなかった。そのかわりミスター・ワッツは、「みんな、今日は登校してくれてありがとう」と言った。

「君たちが来てくれるかどうか心配だった」と彼は言った。「正直言って、私は賢いわけではまったくないし、ほんとうに正直に言うと、ここで勉強に使えるものは、私と君たち双方が頭の中に持っているもの、それがすべてなんだ。あっ、それと、もちろんミスター・ディケンズ」

えっ、ディケンズって誰？　村の人口は六十人にも満たないのに、なぜ今までその人に会ったことがなかったのだろう。年長の生徒の中にはその人を知っている振りをする者もいた。ある者はぼくの叔父さんの友だちだ、などと言い、みんなに促されるままに、もちろんミスター・ディケンズに会ったことがあるとまで言ってしまってから、やがて質問ぜめにあって、嘘がばれて、その子は蹴られた犬みたいにしょんぼりした。実際、誰もミスター・ディケンズに会ったことなど、あるわけがなかったのだ。

「明日ね、ミスター・ディケンズに会えるんだって」と私は母さんに言った。

母さんは掃除の手を止めて考え込んだ。「それって、白人の名前だよ」。首を横に振ってから戸口の外につばを吐いた。「違う、マティルダ。あんた間違えて聞いたんだよ。ポップアイが最後の白人で、他には誰もいないんだから」

「でもミスター・ワッツはその人がいるって」

確かにミスター・ワッツがそう言ったし、子どもたちの前で決して嘘をつかないとも言った。彼が、私たちはミスター・ディケンズに会うのだと言ったのだから、かならず会えると思う。白人にもうひとり会えると思うとわくわくする。その人は今までいったいどこに隠れていたのか、という質問をしようとは思いもしなかった。ミスター・ワッツの言うことを疑う理由なんて何もなかった。

母さんは一夜明けて、考えを変えたらしく、翌朝、私が学校へ駆け出していこうとするのを呼び止めた。

「マティルダ、そのミスター・ディケンズに会ったら、発電機を修理してもらえるか聞いてみたらどうだい」

他の子どもたちも同じようなことを親に言われて登校してきた。マラリヤの薬、アスピリン、発電機の燃料、ビール、灯油、ロウソクなどを頼むようにと。私たちはそれぞれの買い物リストを胸に秘めて席につき、ミスター・ワッツがミスター・ディケンズを紹介するのを待った。登校したときにはその人はまだ来ていず、ミスター・ワッツだけが、昨日と同じように教室の前方にすくっと立ち、彼が見つめている教室の後ろの壁には、何も発見できる新しいものなどないはずだから、夢でも見ているのだろう。私たちは窓の外に注目していた。白人がそこを通り過ぎるのを見過ごさないようにと。

そこには、真っ青な空に向かって伸びた浜辺の椰子の木が見える。ターコイズブルーの海は、それを見過ごしてしまいそうなほど静謐だ。水平線と浜辺の中間にレッドスキンの警備船がいる。灰色のウミネズミみたいに、私たちを的に据えた銃をつけて横ばいにのろのろ進んでいる。陸からは散発的に銃声がしているけれど、その音にはもうすっかり慣れていた——それは革命軍側が修復したライフル銃を試し撃ちしていることもあるそうだし、いずれの側の銃だとしても、感じるよりもっとずっと遠くで撃っているのだと知っている。海面が音を拡大する効果があって、それで銃声が豚の鳴き声や鳥の甲高い鳴き声のバックコーラスと混じって聞こえてくるのである。

ミスター・ワッツが夢見るような様子から覚めるのを待っている間に、私は天井にライムグリーンのヤモリが三匹、少し薄めの色のが一匹いるのを数えた。ハナツツキドリが開いた窓から飛び込んできて、また飛び去っていった。なぜそれが私たちの注意を引いたかというと、もし網を持っていたら捕まえて食べてしまっただろうからだ。その鳥が窓から出ていくのと同時に、ミスター・ワッツは声を出して本を読みはじめた。

私は英語で本を読んでもらったことはそれまで一度もなかった。他の子たちもそうだった。誰の家にも本はなかったし、封鎖される前にあった唯一の本はポート・モレスビーから送られてきたもので、それは英語と現地語の混じったピジン語で書かれていた。ミスター・ワッツが読みはじめると、クラス中が息を潜めて聞いた。それは初めて聞く音だった。私たちに一語一語の形が聞き取れるようにと、彼はゆっくり読んだ。

「僕の父の名前はピリップで、僕のクリスチャンネームはフィリップだったので、幼い僕の口ではどちらの名前もきちんと長く発音できずに、ピップと聞こえるようにしか言えなかった。だから僕は自分のことをピップと呼び、人にもピップと呼ばれるようになった」

ミスター・ワッツは前もって何の説明もなしに、ただこれを読みはじめたのだ。私の席は後ろから二列目で、ギルバート・マソイが前の席にいたから、彼の太った肩と大きな頭の縮れ毛しか見えなかった。だから、ミスター・ワッツの声を聞いた瞬間、彼が自分のことを話しているのだと思った。ピップはミスター・ワッツなのだと。そして彼が机の間を歩き出して初めて、その手に本があるのに気づいたのだった。

彼は読みつづけ、私たちは聞きつづけた。彼が読むのを止めて本から顔を上げると、それから一瞬たって、やっと私たちはその静けさに気づいて驚く。流れるような言葉が止まっている。そこでしぶしぶと私たちは、自分の体と今の現実に這い戻っていく。

ミスター・ワッツは本を閉じて、まるで教会の牧師のようにそのペーパーバックの本を片手に抱え、笑みを浮かべて教室の端から端まで見渡した。「これは『大いなる遺産』の第一章でした。十九世紀の英国のもっとも偉大な作家、チャールズ・ディケンズによって書かれた本です」

私たちはミスター・ディケンズという同じ名の誰かに会えると思った自分たちが、コウモリみたいに愚か者だと感じた。たぶんミスター・ワッツもそんな私たちの頭の中を見透かしていて、こう付け加えた。「偉大な作家の作品を読むとき、それは作家その人に出会うことなんです。だから、言ってみれば、本のページの上でミスター・ディケンズに会ったのですが、まだ彼のことをよくは知らないというわけです」

年少の子のひとり、メイベルが質問しようと手を挙げた。ミスター・ワッツは手を揺らしているメイベルの頭上で話をしていたから、彼女に気づいていないだろうと思ったのに、「質問は歓迎します。でも、私がいつも答えを知っているというわけではありません。それは覚えておくこと」と言った。

「それから、手を挙げて何か質問する際に、君たちの名前も同時に教えてくれませんか」

「メイベルです、ワッツ先生」

「はい、メイベル、どうぞよろしく。かわいい名前だね」と彼は言った。

メイベルは赤くなって、席でもじもじしていたが、こう言った。

「私たちはいつになったらミスター・ディケンズをよく知っています、と言えるようになりますか？」

ミスター・ワッツは二本の指をあごに当てて、一瞬思案するように見えた。

「メイベル、それはたいへん良い質問ですね。実際、すぐに出てくる答えとしては、その質問には答えがないという答えですが、でもがんばって考えてみると、たぶん私たちがこの本を読み終えたとき、君たちのうちの何人かは、ミスター・ディケンズをよく知っていることになるのだと思います。この本は五十九章ありますから、一日一章読んでいくと、五十九日かかります」

これは家に持って帰って話すのにはちょっと難しい内容だった。ミスター・ディケンズに会いはしたのだけれど、まだほんとうに親しくはなっていなくて、そうなるにはあと五十九日かかる。その日は一九九一年十二月十日で、さっと計算してみると、私たちがミスター・ディケンズとほんとうに親しくなれるのは、一九九二年二月六日だということになる。

熱帯の夜は急速に更ける。昼間のなごりも長く留まってはいない。たった今、痩せてみすぼらしく見えていた犬たちが、次の瞬間には、真っ黒な影のかたまりになっている。ロウソクか石油ランプの用意がないときは、まるで暗い牢獄に押し込まれて、夜明けまで出してもらえないような気分になる。

島の封鎖が始まると、石油もロウソクも貴重なものになった。そのうえ革命軍とレッドスキンたちが互いに殺戮を繰り返していたため、灯りを点けずに夜の闇に隠れていたほうが賢明でもあった。私たち子どもは、ミスター・ワッツが与えてくれた新しい世界に浸って夜を過ごした。別の場所へと飛び去ること、それがヴィクトリア朝の英国であることは、私たちには問題ではなかった。いともたやすくその場所へ行けた。ただうるさい、犬と雄鶏たちの声だけがいつも私たちをこの場所に連れ戻すのだった。

ミスター・ワッツが第一章を読み終える頃には、私は何だかそのピップという名前の少年に話しかけられていたような気がした。見たりさわったりできなくて、声だけで知っているその少年に新しい友だちを得たと感じていた。

不思議なのは、私たちが出会った場所で、その子は、木に登っていたわけでも、木陰でむくれていたわけでも、渓流で水遊びをしていたわけでもなく、何と本の中にいた。これまで、本の中で友だちを見つけたり、他の人の体の中に入り込むような気持ちになることができるなんて、誰も教えてくれたことはなかった。私たちは別の場所へ旅をすることができる。そこには湿地があり、悪い人たちは、海賊のように聞こえる話し方で話をしていた。ミスター・ワッツは会話の部分を読むのがお気に入りの様子で、登場人物の声そのものになりきって読む。それがもうひとつ私たちが感動したことで、ミスター・ワッツは朗読中に自分を消して登場人物になりきる術を知っていた。私たちは彼がそこにいることすら忘れてしまう。脱獄囚のマグウィッチがピップに向かって、食べ物と足かせを切るためのヤスリを持ってこなければ内臓をむしり取るぞと脅かすとき、私たちに聞こえるのはミスター・ワッツの声ではなくて、マグウィッチの声そのもので、まるで脱獄囚が教室の中にいるかのような気がした。目を閉じるだけでそれが信じられた。

もちろん、私には理解できないことが山のようにあった。夜、寝床に入ってから、湿地というのはどんなところだろうとか、食べ物《ウイトル》や足かせ《レッグ・アイアン》って何だろうと思いをめぐらせた。言葉の響きから想像すると、湿地というのは流砂と同じだろうか。この先の鉱山の労働者が、あるとき流砂に飲み込まれて二度と見つからなかったと聞いたことがあるから、流砂のことなら知っている。それはずっと以前、まだ鉱山が開いていた頃のことで、パングナ地方はアリが死骸を求めて這い回るように白人であふれていた。

ミスター・ワッツが与えてくれたもうひとつの世界に、私はいつでも好きなだけ戻ることができることを発見した。しかも、物語のどの時点にでも戻れる。そしてそれをお話としてではなく、誰かが自分のことや自分に起こったことを洗いざらい話してくれているときのように聞いた。私はいちばん好きな場面がどれだかまだ決めかねていた。ピップが亡くなった両親と五人の兄弟たちの墓石に囲まれて墓地にいる場面が第一候補だ。私たちも死について知っている。村の丘の斜面には死んだ赤ちゃんたちがたくさん埋葬されている。私とピップの共通点は、どちらも父親をよく知らないということ。私の父は私が十一歳のときに島を出たから。

もちろん父の顔は知っている。しかしそれは、子どもが親の顔を知るという程度にであって、大ざっぱに描いた輪郭に、一、二本の色鉛筆で色を塗った絵のように知っているにすぎない。父が怖がっているところや泣いているところを見たことはない。自分の間違いを認めているのも聞いたことがない。どんな夢を持っているのかなど想像もつかない。一度だけ、母さんが怒鳴ったときに、私は父が顔の片方で暗い表情をしながら、もう一方でにやりと微笑んでいたのを見たことがある。今や父はいなくて、私にはただ男の人の体温の温かさと、太い両腕と、大きな笑い声の記憶だけが残っている。

ピップは墓石の文字の形から父親のことを、「黒髪は巻き毛で、肩幅が広くかっぷくのいい浅黒い肌の人」だろうと想像した。

ピップの例に倣って、私も自分の父のイメージを組み立ててみようとする。父の手書きのものが少し見つかり、それらは大文字だけを小さく並べた文だった。これでどんなことが分かる？　他人に気づかれたいのだけれど、でも目立ちたくはない、という具合だろうか。それにもちろん、あの地響きのするような笑い声はどうだ。私は母さんと同じ部屋で寝ていたので、その夜、暗闇の中で、父は陽気な人かと尋ねてみた。「間の悪いときに限ってね。そして飲んできたときはいつも上機嫌」

父はかっぷくのいい体つきかと聞いた。母さんが暗闇で肩肘をついて、体を起こす音がして、「かっぷくのいいですって。あんたいったいどこでそんな言葉を習ってきたの？」

「ミスター・ワッツ」

「ポップアイ、あいつね」と言いながらまた体を横にした。

「本の中にあった言葉なの」

「それ、いったい何ていう本なの？」

「『大いなる遺産』」

私は母さんに素早い三つの答えで返した。最後の答えはいちばん見事だった。母さんにはさっぱり分からない答えだったから。私の隣で母さんが悶々として、寝がえりを打ったり、腹立ちまぎれの息をついたりするのが分かる。その間ずっと私は、母さんが何で怒っているのかが分からないでいる。ふたりの寝床に夜の音が聞こえてくる。犬が月明かりの影に向かって唸っている声や、波が砂を引きずって寄せては引いていく音。ずいぶん長い時間そうやって横になっていると、母さんがやっと切り出した。

「それでマティルダ、あんたその本のことを話してくれないの」

それは、私が母さんに対して物事を説明する役割を担った最初の機会だった。そして、この話題は、彼女がまったく知らない、聞いたこともない事柄だった。母さんが知っている振りすらできない世界のことだったから、それをどんな風に色づけして語るかは私次第なのだ。私はミスター・ワッツの言葉を一言一句、正確に記憶していたわけではないし、私たち子どもがしたように、彼女をすんなりあの世界へ溶け込ませることは、私には無理だと思った。ピップや他の登場人物の人生、とくにあの脱獄囚の人生には。それで私は、自分の言葉を使って、ピップには母も父も兄弟もないことを話した。すると母さんは「迷子になっちゃったんだね」と声をあげる。

「ううん、違うの」と私は説明しはじめる。「お姉さんがいて、お姉さんはジョーという名の人と結婚していて、そのふたりがピップを育てたの」

それから私は、墓地で脱獄囚がピップに忍び寄って、言うことを聞かなければ内臓をむしり取るといって脅したこと、ピップが次の朝、家からヤスリと食べ物を持ってきて、囚人に与えたことを話した。

私の話し方では、この本の良さを伝えることはできない。私の言葉には音の響きもなく、ただ事実をたんたんと述べるにすぎない。言い終わってから、私は「今のところそれだけ」と言った。

犬の遠吠えが聞こえる。何かがガーガー言っている。近所の家から誰かの高い声が聞こえる。やっと母さんが口を開けた。

「ねえ、あんたならどうする。もしジャングルに隠れている男があんたに母さんの物を盗んでこいと言ったら。そいつの言うことをきくかい?」

「きかないよ」と言って、嘘をついてる私の顔が暗くて見えないことに感謝する。

「ポップアイは善悪の区別をしっかりあんたたちに教えるべきなのに」と母さんは言った。「マティルダ、その本の話がこれからどうなるか、全部母さんに話すんだよ、いいかい?」

学校では『大いなる遺産』を読んでもらうことの他に、つづりの練習や九九などの勉強もした。ミスター・ワッツはAで始まる国の名前、アメリカ、アンドーラ、オーストラリアから始めて、Zで始まるザンビア、ジンバブエまで私たちに暗記させた。教室にあるのは私たちの頭と記憶力だけだったが、ミスター・ワッツは、必要なのはそれだけだよ、と言った。

彼の知識にはぽかりと開いた穴があって、それは大きな穴だということが後で分かることになるのだが、彼はそのことを申し訳ないと言った。たとえば、「化学」という言葉は知っているけれど、その内容についてはほとんど何も知らないと言った。ダーウィン、アインシュタイン、プラトン、アルキメデス、アリストテレス、といった有名な人の名前を教えてくれたけれど、なぜその人たちが有名なのか、なぜ私たちが名前を暗記しなければならないのかについては、うまく説明できずにいた。私たちは、これはもしかしてミスター・ワッツが勝手に思いついて作り出した名前かしらと疑ったりした。それでも、彼は私たちの先生であって、先生という地位から降りることはなかった。だから、誰も見たことのない魚が浜に打ち上げられたときも、ミスター・ワッツに来てもらって、その不思議なウナギか蛇みたいなものの名前を尋ねることが当然なことに思えた。彼はその生き物を見下ろしながら、私たちと同じように途方に暮れるだけだったが。

しかしミスター・ディケンズのこととなると、ミスター・ワッツは何でも答えられたので、私たちもうれしかった。それはディケンズでもなく、チャールズでもなく、かならずミスター・ディケンズだった。私たちもこの作家を指すときはいつもそう呼んで、ついには、彼がミスター・ワッツと同じように実在する人のように思えてくるのだった。もちろん、まだ十分には彼を知っているわけではなかったけれど。

ミスター・ワッツは英国についてよく話してくれる。行ったことがあるのだそうだ。英国は月と同じぐらい遠く感じられたが、私たちは何とか質問をひねり出した。仲良しのシーリアが尋ねる。英国には黒人がいますか。「はい」と彼はすかさず答えると、視線をずらして他のもっと良い質問がないかと教室を見回した。シーリアは黒いおさげ髪の下からこっそり私の方を斜めに見あげた。

英国といってもひとつではないことが次第に分かってきて、ミスター・ワッツはそのうちの二つか三つに行ったことがあるだけで、彼の行った英国はミスター・ディケンズが生活し、お話を書いていた英国とは違うところだという。これはどこにも行ったことのない私たちにとって難しい概念だった。なぜなら島での生活は、祖父の代も、そのまた祖父の代も、たいして変わらないものだと感じていて、とりわけ島が強制的に封鎖されてから後はそう感じられた。

母がよくするお気に入りの話の中に、祖父が昔、初めて蒸気船でラバウルに行ったときのことがある。デッキで隣に立っていた人を突いて、「あの木の向こうに動いて見える大きな豚はいったい何ですかな」と尋ねた。生まれて初めて自動車を見たのだった。

ミスター・ディケンズや英国のこと以外になると、ミスター・ワッツはよく途方に暮れた。一度ギルバートが手を勢いよく挙げて、自動車はどうやって動くのかと質問したことがあり、彼は口ごもりながら答え、頭をかいて、それからまた初めから答え直した。ガソリンとエンジンをスタートするための鍵が必要なのはみんなも知っていた。その後をギルバートは知りたかったのだけれど。ミスター・ワッツは、これはかなり複雑で、図に描いたほうが説明しやすいのだと言った。そしてもう一度、辛抱して待ってください、説明できるかやってみますから、と言った。

ミスター・ワッツは誰かに指摘されるまでもなく、自分の限界をよく知っていたので、学校を再開してまもなく、親たちにクラスに来て、それぞれの知っていることを子どもたちに話してくれるよう頼んだ。

メイベルのお母さんが最初に来て話をした。ミセス・カブイが教室に到着すると、開いているドアから遅い午後のまばゆい陽射しが差し込んでいた。ミスター・ワッツがようこそと手を差し伸べると、彼女はさっとそちらに向かっていき、彼に何かささやく。メイベルが椅子の端に座り直すのが見える。彼が軽く頷いて同意すると、ミセス・カブイは安心したように見えた。

「みなさん、今日はたいへん幸運なことに」とミスター・ワッツが語りはじめた。「ミセス・カブイにフウセンカズラの一生についてお話をうかがうことができます」

メイベルのお母さんは恥ずかしそうに微笑んだ。赤いスカートと白いブラウスを着て、裸足でそこに立っている。私たちはその笑顔を見ると、彼女のブラウスにある肩の裂けめや、子どもの薄汚れた指の跡形など一気に忘れてしまった。ミセス・カブイは言葉を慎重に選びながら、やさしい声で語った。

「ミスター・ワッツ、どうもご紹介ありがとうございます。今日は子どもたちをびっくりさせようと思って来ました」。彼女は私たちが聞く準備ができているかと教室を見回す。もちろんできている。

「もし私が、庭の植物の中には海から来ているものもあるんだと言ったら、みんなはどう思いますか」。彼女はまたクラスを見回すが、自分の娘の机のあたりは飛ばして、クラスのみんなのために微笑んでいる。「今日はフウセンカズラについてお話しします」

ある日、フウセンカズラのハート型の種が一個、水の上に浮かんでいました。次の日、その種は浜辺に打ち上げられました。次の週には、潮風と太陽がそれをからからに乾かして、豆殻のように軽くしました。次の月には、風がそれをころころ転がして、土のあるところまで運びます。三か月たつと、その土の中から、苗木が顔を出します。それから九か月たつと、白い花が咲いて、自分のふるさとの海の方角を眺めるのです。

「なぜ私がこの話をしたか分かりますか。それは、その花のオシベは強い炎を出して燃え、蚊よけになるからです」

ミスター・ワッツは、たった今目が覚めた人のように瞬きをする。おそらくもっとお話が続くのだろうと思っていて、それが突然終わったので、準備ができていなかったに違いない。

「いいですね。まったく素晴らしいお話でした、ミセス・カブイ。フウセンカズラのお話でした」

彼は私たちに向かって頷き、それを合図に私たちは立ち上がって拍手した。メイベルの拍手がいちばん大きく、そして長く続いた。ミセス・カブイは腰を深く折ってお辞儀をし、笑いながら顔を上げた。みんなもとてもうれしかった。誰も恥をかいたり、居心地の悪い思いをしなくてすんだから。

次は『大いなる遺産』だと誰もが知っていて、ミスター・ワッツを目で追った。彼が机から本を取り上げるのを熱心に見ていた。メイベルのお母さんもそうだった。彼女が口を手で覆って彼の耳に何かささやくと、彼は「もちろんいいですとも、もちろん」と言い、空いている机を指した。メイベルのお母さんはその椅子に座り、十九世紀のもっとも偉大な英国作家によるもっとも偉大な小説を読んでもらうことになった。

その日の夜には、ピップがその後どうなったかを母さんに話さなければならないので、私はお話を自分で楽しむだけではなく、しっかりと聞きとらなければと思った。ミスター・ワッツの言葉の発音にとりわけ注意して、母さんの聞いたことのない新しい言葉を言ってびっくりさせたかった。そのとき私は、そこにいる子どもたち誰もが、それぞれ自分の家に『大いなる遺産』の一話ずつを持ち帰っていたとは夢にも思わなかった。

暗闇の中から伸びてきたその声は、腹を立てて、気分を害しているように聞こえる。

「じゃあ、ピップはお母さんのポーク・パイを取っていったんだね」

ポーク・パイ。私は暗闇に隠れて苦笑した。母はそれをミスター・ワッツみたいに発音することができない。

でもさしあたっては、発音よりも他にまず説明し直す必要がある。ピップの父と母が亡くなっていることが母さんにはしっかり飲み込めていない。前に一度説明したことをまた説明し直す。ピップの姉とジョーという名の彼女の夫がふたりでピップを育てたの。「手塩にかけて」という言い回しの言葉と意味をよく考えてから、それを付け加えた。

「じゃあ、ピップはお姉さんのポーク・パイを盗んだわけね」

「そう」。仕方なく言った。

「それについて、ポップアイは何て言ったんだい？」

彼はそれについては何も言わなかったけれど、それでは母さんには通じないと思った。

「ミスター・ワッツは、事実がすべて分かるまで待ってから判断するのがいちばんだよって」

今思い出しても、よくそんな答えを思いついたものだと、自分ながら感心する。きっとどこかで小耳に挟んだ表現をただ繰り返していたに違いないのだけれど、それがいつのことかは記憶から消えてしまった。

母さんが寝返りを打つのが聞こえる。私の言葉の続きを待っているのだろうが、「それで、それからどうなったの」と聞かれるまでは絶対に何も言うまいと頑固に決心して待つ。しばらくして母さんは、その言葉をのろのろした口調で言う。私に物を頼む羽目になったことでいらついているんだ。

凍てつく朝という表現を家に持ち帰ろうと心に決めていたから、ピップが湿地で待っている脱獄囚マグウィッチの元にポーク・パイとヤスリを運んでいくシーンの描写に使うことにした。「それは凍てつく朝でした……」

そこで一休止して、母さんがその意味を尋ねるのを、暗闇の中でずる賢く待つ私。でも母さんはまるで私の思いを見透かすかのように、いっそう厳しい風格の漂う呼吸をしただけだった。

翌日の早い時間、私は初めて手を挙げた。メイベルみたいに手を揺らすのでなく、我慢強く、ミスター・ワッツが頷いて指すまで待った。そして、落ち着いて言った。

「私の名前はマティルダです」

「はい、マティルダ」とミスター・ワッツ。

「凍てつく朝というのはどういう意味ですか」

「凍てつく朝というのは霜の降りた寒い朝のことですが、最近ではあまり使われませんね」と言って彼は微笑んだ。「マティルダというのも、いい名前ですね。どんないわれがあるのですか」と彼は尋ねた。

「父がつけました」

「で、お父さんは今……」

その質問が出るのは予測していた。父はオーストラリア人たちと一緒に鉱山で働いていたので、その人たちが父にマティルダという名前をくれたのです、と言った。そして父は母さんにその名前をくれて、母さんは私にくれたわけです。私はそう説明した。

「もらい物のもらい物っていうわけですね」と言って、彼は思いにふけるかのようによそを向き、それからふっと暗い影が顔をよぎった。私にはそれがなぜだか分からなかった。彼がまた本のページに目をやったとき、私がまた手を挙げているのに気づいた。

「はい、何ですか？　マティルダ」

「霜の降りた朝とはどういう意味ですか」

質問について考えるとき、彼の視線はいつも教室の後ろの壁か、開けっぱなしの窓のあたりをさ迷った。まるで答えがそこに見つかるかのように。でもそのときは、クラスのみんなに質問を投げてみた。

「誰か、霜の降りた朝がどんなものか言える人」

誰もいなかった。そして、凍てつく朝の本当の意味を説明された私たち子どもは、すっかり仰天した。空気がそんなに冷たくなって、口から吐く息が煙になったり、草が手の中で折れたりなんて想像できなかった。そんな世界があることが信じられなかった。最後の発電機が動かなくなって以来、もう何か月も誰も冷たいものを口にしてはいない。私たちにとって冷たいものとは、ずっと日陰にあった物とか、夜気にさらされていた物ぐらいだった。

凍てつく朝と言って、母さんがその餌に食いつくのを待った。でも母さんは興味を示したりしなかった。凍てつく朝なんかどうでもよかったのか、それとも無知、無教養と思われたくなかったからだろうか。それでしかたなく、今度は彼女の気に入りそうな出来事を話して聞かせた。年老いた脱獄囚がまるで犬のように食べ物にむしゃぶりつく様子。ピップが帰宅するときに、家の台所に警察官が来ているかもしれないこと。それには特別うれしそうで、母さんが舌を鳴らすのが聞こえた。

でも、母さんに『大いなる遺産』のお話の続きを頼まれたのはそれが最後だった。「凍てつく朝」のせいだ。何も言わなかったけれど、彼女は私がこれ見よがしに話していると思ったに違いない。私が「凍てつく朝」などという言葉を使い、彼女には手に負えないような世界を聞きかじっているのだと。母さんは質問することで、それを奨励するようなことはしたくなかったし、私がその別の世界に深くのめり込んでいくのがいやだった。大事なマティルダがヴィクトリア朝英国に盗られてしまうのじゃないかと不安だったのだ。

夜明けに、レッドスキンのヘリコプターが村の上空を通り過ぎては、また戻ってくる音が聞こえた。それはまるで巨大なトンボのように上空で止まり、村の広場を覗きこんだ。彼らが見たのは一列に並んだ空き家と空っぽの浜辺だった。全員、年寄りも、大人たちも、子どもたちも、そして名をつけられた犬や鶏も、すべてが逃げ出していたからだ。私たちはジャングルの中に隠れて待った。ヘリコプターが木々のてっぺんを叩いて、回転する羽根が作る風の感触さえ伝わってきたとき、私はうずくまっている集団の面々を見回しながら、ミスター・ワッツとグレイスはどこにいるんだろうと思った。

私たちは木々の陰に隠れつつ、森の道に沿って村へ戻った。老いぼれて痩せこけた犬たちはお気に入りのいつもの場所から動かなかったので、帰ってきた私たちを見て鼻を持ち上げた。雄鶏たちは胸をそらして歩き回った。そんなに何も知らない動物たちを見ると、自分が人間なんだと改めて感じさせられる。動物は銃やポート・モレスビーから来るレッドスキンを知らない。鉱山のことも政治のことも、それから私たちが恐れていることも知らない。雄鶏は雄鶏になりきることしか知らない。ヘリコプターは去ったけれども、私たちはまだ恐れていた。その気持ちをどうやって収めたらいいのか分からず、ただ歩き回った。戸口に立ちすくんで、空を見つめた。そして少しずつ、別にどうすることもできないのだから、平常の生活に戻るよりほかにないという結論に達した。それは学校へ行くことにほかならなかった。

私たちが並んで入っていくと、ミスター・ワッツは教室の前に立っていた。最後の子どもが席につくのを待って、私は手を挙げた。先生はヘリコプターの音を聞きましたか。そして聞こえたとき、先生とミセス・ワッツはどこに隠れていたのですか。みんながこれを尋ねようと思って来ていた。

私たちの表情を見て、彼は面白がったようだった。手の中の鉛筆をゆすって、「マティルダ、私たちは隠れませんでした」と言った。「ミセス・ワッツは早朝のハイキングはしたくない人なのです。私も、どちらかというと、ハイキングより読書のほうが好きなのでね」。それだけ。

そして、「マティルダ、今日は君のお母さんが教室に来てくださるんですよね？」と尋ねる。

「はい」と言うのに、それがいやいやながらに聞こえないよう苦労した。

ところが、もうひとりのお母さんが日にちを間違えて来てしまった。彼女は漁師のウィルソン・マソイと結婚していて、息子のギルバートは父親が漁に出ないと決めた日だけ学校に来ていた。彼女は大柄な女性で、教室のドアを横に向いて入ってくる。私の前に座っている大きな頭の縮れ毛の男の子がギルバート。今日は、母親が授業に来ていることで恥ずかしくてたまらず、机に体をもたれかけていて、おかげで前がすっかりよく見える。

でもミスター・ワッツの目は逃れられない。彼は何かを忘れていたかのように、それから教室の後ろに目をやり、「ギルバート、お母さんをクラスのみんなに紹介してくれますか」と言った。

ギルバートはびくっとして、頬の内側を噛んだ。気をとり直しながらゆっくりと立ち上がりはしたものの、あごを胸にくっつけて、その目は瞼の上側を突き抜けるぐらいの角度で、「母さんです」とつぶやく。

「ええ、それだけ？　ギルバート、お母さんには名前がありませんか？」とミスター・ワッツ。

「ミセス・マソイ」

「ミセス・マソイですね。ありがとう、ギルバート。座りなさい」

ミスター・ワッツがミセス・マソイの肘のところを軽くにぎりながら、ふたりで相談をする。彼女は裸足で、大きくて真っ黒な綿のような髪に、薄汚れた白いムームーを着ていた。ふたりだけの会話が終わると、ミスター・ワッツが「それはいい考え」と言うのが聞こえ、次にクラスに向かって、「ミセス・マソイは料理の秘訣をいくつか教えてくださるそうです」と言う。

ギルバートのお母さんは生徒に向かって、目を閉じて暗唱した。「タコを始末するには目の上を噛み、カメは甲羅を下にして……」。ミスター・ワッツを見やると、彼は、いいよその調子、と頷いた。彼女はもう一度目を閉じて、「豚の始末をするときは、デブの叔父さんをふたり用意して、喉に板切れを当てさせる」。

彼女は豚のレシピが終わったところで目を開けて、ミスター・ワッツを見た。彼が冗談のつもりでその叔父さんたちはどのぐらい大きくないといけませんか、と聞くと、ミセス・マツイは、「デブです。デブがいいです。ひょろひょろじゃ役に立たんです」と言った。かわいそうに、ギルバートは首をすくめて、私の前の席で大きなお尻をもじもじさせた。

翌朝も数機のヘリコプターの音で目が覚めた。私の上にかがみこんだ母さんの顔は恐怖で引きつっている。急いで、と怒鳴り、外では人々の叫び声と回転する羽根の音が聞こえる。開いた窓から埃と木の葉が舞い込んでくる。母さんが私の服を投げてよこす。外では、人が方向を定めず走っている。森の端にたどり着いて、母さんは私を木々の中へと深く深く引っぱっていく。ヘリコプターの羽根の音が一定になり、着地したことが分かる。闇の至るところに汗をかいて潜む顔が見える。誰もが、森の静けさと一体化しようとしている。立つ者もあれば、しゃがみこむ者もいる。幼い子どもを抱えるお母さんたちはしゃがみこんでいる。乳首を赤ちゃんの口に突っ込んで、黙らせようとしている。誰も何も言わない。ただ待って、待って、待ちつづける。母さんと私はじっと座って、顔から汗が垂れるのをそのままにして待つ。そして、ついにヘリコプターが頭上を遠くへ飛び去るのが聞こえたが、それでもなお、ギルバートの父親が戻ってきて大丈夫のサインをするまで、辛抱し、それからゆっくりとジャングルを出て、わが家へ帰り着いた。

広場には、殺された家畜たちの上に強い太陽の光が当たっている。雌鳥も雄鶏も膨らんだお腹を横たえ、頭は埃にまみれて四方に散らばり、どれがどの頭か分からなくなっていた。首をはねるのに使った同じマシェティで洗濯物や菜園の杭もなぎ倒してあった。

老いぼれ犬が一匹、腹を引き裂かれていた。私たちはそれを見て、ギルバートの父親の話を思い出した。実際の争いが続いているのは沿岸をずっと北へ行ったところで、彼がそこから持ち帰った話だった。これで人間が腹を引き裂かれるとどんなふうに見えるか、もうあれこれ想像しなくてもよくなった。その黒犬をじっと見つめるだけで、自分の妹や弟や、そして母さんや父さんのそんな姿が目に見えてくる。太陽は何と無礼で、椰子の木は何と愚かしいのだろう。風にはためいて海になびき、空を見上げているだけなんて。木というものがこんなにも恥知らずなのは、善悪の観念がないからだ。ただ何もしないで見ていられるなんて。

メイベルのお父さんが黒犬を拾い上げると、その腕の中で内臓が流れ出し、男の子が呼びつけられて、その中身を元に戻すように言われた。ふたりは森のところまでそれを持っていき、陰の中でそれに草をかぶせた。

わが家の宝物――ヤギが消えていた。名前はブラックだった。

もしマシェティで切られていたなら、その内臓が見つかるはずだ。ジャングルを探してみる。逃げていきそうな小道は、ひとつは滝につきあたり、もうひとつは険しいジャングルの壁にあたって進めない。ということはレッドスキンが連れていったに違いない。私たちの頭の中で、どうやってそれがなされたか想像できた。

一本の、いや二本のロープを――後ろ足用と前足用――巻きつけられて、空中に吊るされるヤギ。今まで見たこともない木々の頂が突然、眼下に現れて、その大きな目が驚きで満たされる。もし私たちがそのヤギだったとしたら、蹄をくすぐる軽さの跳ねるような感覚をどう感じただろうと想像してみる。

島の封鎖は一九九〇年前半に始まった。私たちは、それはたんに時間の問題に過ぎず、やがては外から救助が訪れるだろうと思っていた。辛抱すること、と私たちはささやいた。それなのにいったいどういうわけだろう。悪い連中のほうが先に私たちのところへやって来たではないか。雌鳥や雄鶏がいなくてもそれほど困らない。食べる物は、魚や木にたわわに実った果物がある。でも、過酷な太陽に晒された、あのブラックのはらわたが私たちの頭から離れない。

その同じ日の午後、母さんが教室に話をしにきた。私は彼女が来ることを知らなかったし、何について話すのかも見当がつかなかった。聖書について以外は何も知らない人だった。

ギルバートのときと同じく、ミスター・ワッツの大きな目が熱心に私を探し出す。「マティルダ、どうぞご紹介を」

「私の母さんです」

「そしてお母さんの名前は？」

「ドロレス。ドロレス・ライモです」と言って、私は席に深く沈んだ。

母さんは私に微笑み返した。父が送ってくれた最後の小包の中にあった緑色のスカーフをしている。それを革命軍の兵士たちが巻くバンダナのように頭にきつく巻いて後ろで縛っている。髪の毛はひっつめてひとつに束ね、それが挑戦的な雰囲気をかもし出していた。口を一文字に閉じ、鼻の穴が大きく膨れていた。父はよく、母さんの体には正義の血が流れているから、と言ったものだった。教会の説教師になるべきだったんだ。母さんにとっては、説得力が知的な訓練によって生まれるのではなく――議論の質など取るに足りないものだから――信仰心の強さのみが問題なのであり、そして白目から筋肉質のふくらはぎまで、体のすべての部分が彼女の信仰心の元に結集するのだった。

母さんはあまり笑顔を見せる人ではなかった。見せるときは自分が勝ったと思うときがほとんどで、それでなければ夜、誰にも見られていないときにだけそうした。母さんが考えごとをしているときは、怒っているように見えることが多く、まるで考える行為は破壊をもたらし、結果的に自分が恥ずかしい目にあうことにつながるとでも思っているようだった。また、何かに集中しているときも怒っているように見え、つまりは大体いつも怒って見えた。それはきっと父のことを考えているからなんだろうと以前は思っていた。そんなに四六時中父のことばかり考えるわけはないだろう。

母さんは、自分で「グッド・ブック」と呼んでいる聖書の内容を熟知していて、それについて常に思いを巡らしていた。その本の中に彼女を怒らせるようなことが書いてあるとは私には思えないのに、やっぱり怒って見えた。そしてそのせいで、他の子どもたちは母さんを怖がっていた。

彼女にはそれが分かっていたからか、やさしい声を使って話しはじめる。その声は、『大いなる遺産』が私たちの関係に溝を作る以前に毎晩私が聞いていたあの声だ。

「みなさん、私は信じるということについて話しにきました」と言う。「みなさんも何かを信じているでしょう。きっとそう。たとえば椰子の木だって空気を信じているし、魚だって海を信じています」

彼女は教室をぐるりと見回しながら、次第に、たったひとつ自分が信じ、熟知し、大切に思っている事柄について思いを吐露していく。

「宣教師たちがここにやって来たとき、私たちに神様を信じなさいと言いました。でも、私たちが神様に会わせてくださいと言うと、それはできないと言って、紹介してはくれませんでした。それで古老たちの多くは古くから伝わるカニの知恵や、南天恒星のような形をしたカワハギを信じるほうがいいと考えました。なぜなら、頭を水中に低く入れてカワハギを見ることで、島から島へと泳ぐのに方角を間違えずにすむからです。そうでしょう?」

まるでミスター・ワッツなどいもしないかのように、前かがみになってそう言う。

「カワハギと一緒にいるほうがいいと思わない? もしそう思うなら、生きるのに大切なことは、何かを信じることということになります。これは私がまだ子どもだった頃、私の父が、沈没したカヌーから救助された年老いた漁師に聞いた話です。夜に彼は星を見て自分の位置が分かり、昼間は顔を水中につけてカワハギを目印にしたのだそうです。ほんとうにあったことです」

誰も反論しようとは思ってもいなかった。みんな席に固くなって座っていて、母さんを怖がっていることが分かるので、私は恥ずかしかった。

母さんは満足そうな低い声でふんと言う。自分の思いどおりに私たちが反応したからだ。私たちはまるで、サメに囲まれて恐怖で身動きできなくなった魚の一群のようだ。母さんはその効果が弱まらないように気をつけながら、前かがみからゆっくり背を伸ばして元の姿勢に戻る。

「さて、いいですか。信じるということは、酸素のようなもの。そのおかげでずっと水の上に浮いていられます。それが必要なときもあれば、要らないときもあります。でも、万が一必要なときのために、信じる練習をしておいたほうがいいんです。そうでなければ役に立ちません。だからそのために、宣教師たちはたくさんの教会を建てました。教会ができる前は、私たちはその練習が十分できていませんでした。お祈りはそのためなのです。練習ですよ、みなさん、練習。

「では次のように暗唱してください。『初めに、神は天地を創造された……地は混沌で、闇が深淵を覆っていた。そこに神の霊が水面《みなも》を動き』」。そこで、母さんの顔に珍しい微笑みがあふれた。教室の後方に座る私の目を捕まえて、「『神は言われた。「光あれ」。こうして、光があった』

「世の中にこれほど美しい文章はありません」

何人かの生徒が頭をこちらへ向けて、私が何か言って反論するのを願っている。幸運にもそのとき、ヴァイオレットが手を挙げたので私は救われた。カニの知恵っていうのは何か話してください。母さんはやっとミスター・ワッツのほうを向く。

「ええ、お願いします」

「カニが」と言って母さんは天井のヤモリを見つめた。でも何も見てはいない。頭の中はカニでいっぱいで、とくにカニの行動を見て分かる天気のことでいっぱいだ。

「カニが下に真っ直ぐ穴を掘り、穴の周囲に放射線を描きながら砂で穴をふさいだら、風と雨がやって来ます。カニが砂を積み上げるだけで穴をふさがなければ、雨は降らず強い風が吹くでしょう。カニが穴をふさいでその跡を平らにしなかったら、雨は降りますが、風はないでしょう。そしてカニが穴の砂を積み上げたままにしてふさぐこともしなければ、いい天気になります。

「白人が、『ラジオによると、雨になるそうだ』というのを決して信じてはいけません。カニを誰よりいちばんに信じなさい」

そう言ってミスター・ワッツを見ると、彼は冗談の分かる人だと見られるよう笑ってみせた。母さんも同じように冗談の分かる人で、一緒になって笑ってくれたらいいのに。彼女はそうはせず、ただこれで終わりとばかりにつんとあごで頷くと、教室を出て、炉のように暑い午後の陽の中にさっさと行ってしまった。外では、その日早くに死んだ犬や切り刻まれた雄鶏のことなど忘れてしまった鳥たちが、ガーガーとうるさく鳴いていた。

学校が終わると、私たちは何人かでカニを見つけに浜辺へと向かった。母さんの言ったことがほんとうか調べるためだ。男の子たちは砂でふさがっていないカニの穴を見つけては、ほんとうだと信じようとしたが、真っ青に晴れた空を見るだけで、天気は明らかに晴れだった。実は私は、カニには興味がなかった。

私は棒切れを拾い上げて、大きな文字でＰＩＰと砂の上に引っかいた。満ち潮が来ても消えない場所にそれを書き、フウセンカズラのハート型の白い種を彼の名前をつづった文字の溝にくっつけた。『大いなる遺産』を聞いていて困るのは、それが一方通行の会話であることだ。こちらから話しかけることができないこと。そうでなければピップに、母さんが今日学校に来たよとか、遠くから見る母さんが——といっても後ろから二列目の席からだが——いつもとは違って見えたよ、と話してしまえるのに。つまり、もっと意地悪に見えた、と。

母さんがかたくなに自分の意見に固執するとき、体の重みが皮膚の表面にほとばしり出てくる。それはまるで皮膚と周りの空気の間に摩擦でもあるかのようだ。彼女は風を受けた巨大な帆のようにゆっくりと歩く。笑顔を見せないのが、とても残念だ。なぜなら、母さんの笑顔はとても素敵だから。夜に時おり、母さんの歯先で月が光ることがあり、そんなときは暗闇に横になりながら、彼女は笑っているのだった。その微笑みは彼女が私のついていけない別の世界に入っている印で、それは大人である彼女の私的な世界で、他の誰も彼女について出たり入ったりできない、素敵な月明かりの歯の後ろ側の世界だ。

母さんのことをどう話そうとも、ピップには聞こえない。ただあの奇妙な国に入っていって、ピップについて回ることだけが私にできることだ。湿地とポーク・パイと長くてこんがらがった話し方をする人々の住むあの国に入って。ミスター・ワッツがその日の分を読み終わっても、分かりやすくなるどころか、長くて難しい文がいったい何を言おうとしているのかさっぱりのことも時々あって、自分が天井のヤモリに気をとられすぎていたことを後悔する。そんなときでも、いったん物語がピップに向けられ、彼の声が聞こえたとたん、自分がピップとつながっていると感じられた。

物語が進むにつれて、私の中に変化が起こった。ある時点で、自分自身が物語の中に入っていく感じがしはじめた。どの人の役に成りきったというのではない。本のページには私と同一人物なんていなかったし。でも私は確かにそこにいる。あの孤児の白人の子が、ひどい姉と優しいジョー・ガージャリーの間の、狭くて脆い空間に押し込められた感覚は、私が母さんとミスター・ワッツの間で感じたものと同じだった。そしていずれは、二者択一を迫られることになるだろうと感じていた。

レッドスキンの来訪は村人に様々な影響を与えた。ジャングルに食料を隠す者もあれば、逃げ出す計画を練る者もあった。どこへ逃げるか、そしてそこで何をして暮らすのかを思いはかる。しかし母さんの場合はなぜか、家族の歴史をひもといて、自分の知っていることをすべて私に教えなければという思いにたどり着いた。

海の神々やカメたちが私の聞いたこともない祖先の名前の長い列に混じっては消える。名前は片方の耳から入ってもう一方の耳から出ていく。とにかくたくさんの名前だった。やっと終わりまできた、と私は思った。母さんが息をついたから。そして夜の暗闇の中にまた、母さんの白い歯が見えた。

「ポップアイは、シャイニング・カッコウの子孫だよ」と言う。

その鳥のことなら私も知っている。ある季節になるとシャイニング・カッコウたちは、私たちの島の空を飛び立つ。南へ向かい、そこで他の鳥の巣を見つける。そこにある卵を蹴り落として代わりに自分の卵を産みつけては、また飛び立っていく。そしてシャイニング・カッコウのひなは、ほんとうの母親を知ることはないのだ。

暗闇の中で母さんの歯がカチンと合う聞こえる。ミスター・ワッツが何者かうまく言い当てたと思っている。私たち子どもが彼をどう見るようになったか――やさしい心根の人――それが母さんには分かっていない。母さんにとって彼はただの白人にすぎない。白人とは、母さんの夫、そして私の父を私たちから盗んでいった連中。鉱山もこの封鎖もすべて白人のせい。白人がこの島に名前をつけた。白人が私にも名前をつけた。そして今では明らかに、白人の世界は私たちのことを忘れてしまっている。

クリスマスの直前にまた赤ちゃんがふたり、マラリアで死んだ。埋葬し、浜辺から持ってきた貝殻や石でお墓の印をつける。赤ちゃんを失くした母親たちの咽び泣きが一晩中聞こえてくる。

その嘆きが、理解しづらいこの争いのことを子どもたちに考えさせる。川が汚染され、大雨の後には銅が流れ出てひどい影響を与えた。漁師たちは、その赤みがかった汚染が岩礁を越えてさらに遠海に向かって広がっていると言う。それだけでも鉱山は憎い。その他の問題は私が理解するのにその後何年もかかったのだが、鉱山会社から賃借人、つまり島の人々に払われるスズメの涙ほどのお金、そして鉱山で働くためにパプア・ニューギニアから島にやって来た大勢のレッドスキンたちの「ウォントク制」というやりかた。彼らはウォントクによって自分たちの民族だけをいい地位につかせ、島の住民は片っ端から追い出して仕事を取り上げていった。

私の村でも、母さんを含めて革命軍を支援する人たちがいる。私が思うに、どうも母さんの感情は父がタウンズヴィルに住み、彼女の言う贅沢な生活《ファットライフ》をしているという想像から高まったものらしい。他のみんなは一日でも早く戦いが終わって、白人たちが島に戻り、鉱山がまた再開されることを望んでいる。物を買うという行為が懐かしいのだ。現金があっていろいろな品が買えること。ビスケット、米、缶詰の魚、牛肉、そして砂糖。今の私たちは祖父母の時代の食生活に戻っていた。サツマイモ、魚、鶏、マンゴー、グアバ、キャッサバ、そしてナッツにノコギリガザミ。

男たちはビールが飲みたかった。中にはジャングルジュースを発酵させて飲み、酔っ払う者もいる。一晩中彼らの酔っ払う声が聞こえたりする。立ち居振る舞いがあまりに騒々しいので、レッドスキン兵に聞こえるのではないかとはらはらする。夜の闇の中、母さんは彼らのはしたない言葉使いを罵る。ジャングルジュースがみんなを変にしているんだ。男たちはまるで世界の終焉が明日訪れてもかまわないかのように、暴言を吐いて夜を震わせている。

しかしその夜は違っていて、理性的な声が聞こえてきた。野卑な酔っ払いたちの声がひとつの静かな声に押されている。それが誰の声かすぐ分かった。メイベルのお父さんの声だ。口数の少ない、平らな鼻に物静かで聞き上手な目の男の人。メイベルを見るたびに、おさげ髪の一方を引っぱって笑う、明るい性格の人。でもどこかに力強さを持った人に違いない。なぜなら夜の静けさの中でひとり酔っ払いたちを沈黙させたのだから。声を荒げているわけではなく、内容は聞こえないけれど、彼の静かな言葉はなめらかに続き、なんと驚くことに酔っ払いのひとりはすすり泣きを始めたのだった。メイベルのお父さんは猛る酔っ払いを話しでねじ伏せて、すすり泣く子どもにしてしまったのだ。

私が願うもの？　私は希望そのものがほしい。それも特別な形の希望。ピップの場合がそうだったように、状況は変わるものだという希望。

まず、ピップは裕福なミス・ハヴィシャムの屋敷に招待され、養女のエステラとトランプをするようになった。私はエステラのことを好きになれず、今思うと嫉妬していたからに違いない。からかい好きのもうひとりの少女セーラ・ポケットも好きじゃない。だからピップが屋敷を出る時間がくると、いつもうれしい。

私たちは『大いなる遺産』を通して、人生とは何の予告もなしに変わることがあるのだと学んだ。ピップはジョー・ガージャリーの弟子になって四年目に入ったところで、私の年齢を飛び越してしまったけれど、それはたいした問題じゃなかった。ピップは年齢のこと以外ではずっと私の真の友でありつづけ、私がいつも心配したり、深く思いを巡らせたりする仲間だ。

彼は将来、鍛冶屋になりそうだ。鍛冶屋。またミスター・ワッツに意味を尋ねると、それは馬の蹄鉄をハンマーで打って形を整える職業というだけではありませんと言う。ピップは鍛冶屋であることにつらなる日常の様々な決まりにも従うことになる。夜にはパブで暖炉の周りに集まり、ジョー・ガージャリーやあのおかしな名前のスリー・ジョリー・バージメンなどと一緒にエールを飲み、お互いのくだらない話も聞くようになっている。

ある夜、見知らぬ人がパブに来て、どれがピップかと尋ねる。それは、ロンドンの弁護士、ミスター・ジャガーズ。子ども心になんて勇敢な人だろうと思う。怖がらずに見知らぬ人々の中に入っていき、すぐにその場を取り仕切ることができる人。彼はピップとふたりだけで話したいと言うので、ジョーとピップは彼を家へ案内する。そこでミスター・ジャガーズは自分が関与している案件について話した。ピップにある知らせを持ってきた。ピップの人生が変わろうとしている。

ミスター・ワッツの朗読はいくつかの聞きなれない言葉につまずいて、弁護士とか、「後見人」とか、それに続いて「受給者」とは何かを私たちに説明しなければならなかった。そしてその「受給者」が弁護士の持ってきた知らせの内容だった。ピップがある匿名希望の人が蓄えておいた大金の受給者になった。そのお金によって、ピップはジェントルマンにされるのだという。つまり、ピップは別のものに変わろうとしているのだ。

初めてそれを聞いたとき、私はその章が終わるまでやきもきしながら待っていた。ピップがいったい何に変身するのか、そして私たちがずっと友だちのままでいられるのか確かめたかったからだ。ピップに今のままでいてほしかった。

ミスター・ワッツはそこで、ジェントルマンになるのがどういうことか説明した。いろいろな意味があるけれど、「ジェントルマン」のいちばんいい説明は、世の中で人がどうあるべきかの見本だという。「ジェントルマンはどんなときにも礼儀を忘れません。状況がどんなにひどくても、困難であってもです」

クリストファー・ヌチュアが手を挙げた。

「貧乏な人もジェントルマンになれますか」と質問する。

「貧しい人ももちろんなれます」。普段どんな馬鹿げた質問にも寛大に答えてくれるミスター・ワッツが、この質問を聞いて不機嫌になった。「お金や社会的立場などは問題ではないのです。問題なのは人間の品格です。そして、その品格は容易に外から見ることができます。なぜなら、ジェントルマンはいつも正しいことをする人だからです」

その説明で明らかにされたのは、彼自身の信念だった。クラスを見回してもう質問がないことを確かめると、彼はまた本を朗読しはじめ、私は注意深く聞いた。

お金をもらえるということは、ピップがこれまで慣れ親しんだすべて――湿地や、ひどい姉や、いつもぶつぶつ言ってるやさしいジョーや、鍛冶工場――を後にして、あの見知らぬ大都市ロンドンへ旅立つということだった。

やっと私にこの本にある鍛冶工場の重要さが分かってきた。工場は「家」なんだ。工場に関わるものすべてに命の形を与えていたのだ。私にとってそれは、森の小道や、村を囲む山々や、足元から逃げ去っていく海など、そして、ブラックが腹を引き裂かれて以来私の鼻腔からとれないあの生臭い血の臭い。暑い日差し。いつも食べる果物と魚とナッツ。夜に聞くいろいろな音。簡易トイレの土くさい匂い。海が好きで、時おり私たちを置いて海に逃げ出しそうに見える背の高い木々。ジャングルとそれが常に私たちに教えてくれる人間の小ささ。日光を飽きなく求めて天幕を張るジャングルの巨大な木々に比べ、人間はいかに取るに足りない存在だろう。渓流で洗濯をする女たちの笑い声。少女がこっそり自分のぼろ布を洗うのを見つけて冗談を言い、楽しそうにからかう女たち。私の鍛冶工場は、不安、そして喪失。

いつの間にか授業から離れて、父は今どんな生活をしていて、どんな人になっているだろうと想像している自分に気づく。ジェントルマンになっているだろうか。もしそうなら、それにかかったみんなの苦労を忘れたのだろうか。私のことを覚えているかしら。そして母さんのことは。私たちふたりのことを思って眠れない夜を過ごすことがあるのかしら。母さんが彼を思って眠れないのと同じように。

私は母さんが渓流で洗濯しているのを座って見ていた。まずつるつるした岩に打ちつけて服の汚れを落とし、それから打ちのめされた生地を水中に浸し、振って濯いでは、それを流れに浮かべる。あれから私は母さんの近くに行かなかった。それがミスター・ワッツに対して失礼だった母さんへの私なりの抗議だった。今またもうひとつ彼女を罰する方法を思いついた。母さんの頭の後ろを狙って、こう聞いてみる。父さんがいなくて寂しくないの？　怖い顔で振り返るだろうと思ったのに、彼女は予想に反してただ両手をもっと忙しく動かしだした。両肩が振れだしていた。

「なぜ、聞くの」

私は肩をすくめて見せたが、もちろん彼女には見えていない。新たな沈黙がふたりの間に広がる。

「時々ね」と言い足した。「時々、目を上げてジャングルを見ると、そこにね、マティルダ、あんたの父さんが私に向かって歩いてきてるの」

「私のほうへも？」

母さんは洗濯物を下に置いて、振り向いた。

「そう、あんたのほうへも。ふたりに向かって父さんは歩いてくるの。それに思い出もたくさんあるしね」

「どんな？」

「全然役立たずの思い出。思い出ってそういうもん。でもあんたが知りたいなら、たとえば、鉱山が開いていた頃、父さんが風紀罪で裁判所へ行ったときのこと」

まったく聞き覚えのないことだ。でも母さんの声の調子からいくと、父のやった悪さは、たぶん母さんに頼まれた品をアラワで買ってくるのを忘れた程度のことに聞こえる。その事件はちょっと物忘れしたときと同程度の悲劇だったと、母さんは私に思わせたいのだ。でもそれは私には通じない。そんなことは聞かなければよかったと思う。しかし、母さんはさらに言う。

「あの人の顔は真っ赤でふやけていて、神様二度といたしません、みたいにすごく反省した顔で。よく覚えてるわ。裁判所の窓から外を見たら、空には飛行機が白い線を引いて飛んでいて、同時に窓の向こう側にココナッツがひとつ落ちたの。どっちを見たらいいものか一瞬迷ったの、そのとき。あの空に上がっていく物か、下に落ちていく物かってね」

母さんは勢いよく膝をはねて立ち上がり、私を上から見下ろして言った。

「マティルダ、本当に知りたいのなら言ってあげるけど、あのとき私は父さんを見て、この男は悪者なのだろうか、それとも私を愛している男なのだろうかと自問したよ」

それは子どもの私には聞かなくてもいい大人の話だった。私をじっと見つめていた母さんは、私の心が読めていた。

「私はタツノオトシゴなんかもいないと寂しいよ」と明るく言った。「タツノオトシゴの目は誰にもまして賢い目だよ。ほんとうだよ。母さんがまだあんたより小さいときにそれを発見したんだ。それにブダイについても発見したことがある。ブダイは何百もある目で人をじっと見つめて、それで実際に人の顔を覚えているんだ。昨日見た顔とか、一昨日見た顔とか」

「嘘だよ」と私は笑った。

「嘘なもんか、ほんとうさ」と言って母は息を止め、私も息を止めたが、母が先に噴き出してしまった。

さて、ミス・ハヴィシャムについて過去にどんな不幸なことがあったか知ってからは、私の母さんがピップの姉に似ているという考えを捨てた。むしろ、人生最大の失意の日から先へ進めずにいるミス・ハヴィシャムと、母さんは共通点が多いと思ったからだ。ミス・ハヴィシャムは新郎が現れるはずで現れなかった正確な時間を時計に止めて、婚礼の晩餐を片づけることなく、蜘蛛の巣が張り巡らされて時の経過が刻印されるにまかせた。

彼女はもう終わってしまったはずの出来事のためにウェディングドレスを着つづけていた。母さんも同じように止まった時間に執着しているように見える。それは母さんが父さんと言い争いをしたことと関係があった。しかめっ面をしているときにそれが分かった。あの瞬間に逆戻りしているのだ。父さんの言った言葉がきっと、母さんの耳の中でいまだに鳴り響くのではないだろうか。

黒人たちの中にたったひとりいる白人ほど身動きが取れない状況はない。私から見るとミスター・ワッツとは、そんな身動きが取れなくなった人のひとりだった。彼は私たちにピップを与え、まるで実在の人物のように私はピップを知った。ピップの吐く息が私の頬にかかるのを感じられるような気がして、自分以外の人の心の中に入ることを学んだ。だからミスター・ワッツについても同じようにやってみようと思った。

彼の表情をよく見て、声を聞いて、それによって彼の心がどんなものに反応するか、何を考えているかを理解したい。みんなのお母さんやお父さん、叔父さんや叔母さん、時には兄さんや姉さんがクラスにやって来て、自分たちの知っている世界について話をするとき、ミスター・ワッツは何を考えているのだろう。学校の訪問者が物語や経験や持論について生徒に向かって語るとき、彼はいつも好んで教室の片側に陣取った。

私たちはいつも彼の顔をうかがって、聞いている話がナンセンスだという印を探したが、その表情には決してそんなものは表れず、むしろ敬意をもって興味を示していた。ダニエルのお祖母さんは腰が曲がっていて、杖をついて、視力の弱い目で教室を見回した。

「エジプトというところがある」と言う。「あたしはそこについて何にも知らん。エジプトについてあんたらに何か言えるといいんだがねえ。どうか許しておくれ。でもね、もしあたしの話を聞きたいなら、ブルーという色について知ってることを全部教えてあげるよ」

そして私たちはブルーの話を聞いた。

「ブルーは太平洋の色。あたしらが吸う空気の色。ブルーはすべての物と物の間にある隙間の色。たとえば椰子の木とトタン屋根の隙間の色。ブルーがなければそこにいる大コウモリも見えないわけだから。神様に感謝しなくちゃ、ブルーを与えてくださったことに」

「ブルーがどこに突然現れるか、びっくりものだよ」とお祖母さんは続ける。「ほら、見てごらん。キエタの荷揚げ場の裂け目からでもブルーは目を細めて覗いているよ。何をしようとしてると思う？　それはぷんぷん臭っている魚のはらわたを盗って、家に持って帰ろうとしてるんだ。ブルーが動物か、植物か、鳥かだとしたら、それはカモメだろうね。嘴《くちばし》を何にでも突っ込むんだから」

「でも、ブルーには魔法の力もある」と今度は言う。「嘘だと思うなら岩礁を見てごらん。ブルーは岩礁にぶち当たると、何色を作り出す？　白だ！　いったいどうやってそんなことができるんだい」

私たちはミスター・ワッツに答えてもらおうと顔を向けるのだが、彼は気づかぬ振りをして机の端に腰をかけ、両腕を前に組んだままだ。全身を集中してダニエルのお祖母さんの言葉を待っている。

ひとりずつ順に私たちはまた向き直って、お祖母さんのベテル（キンマの葉で麻薬作用がある）を嚙んでシミのついた口を見つめた。

「最後に子どもらよ、これで終わりにするが、ブルーは空のもので、盗むことはできん。だから、宣教師たちがこの島に最初の教会を建てたとき、窓にブルーをくっつけんだよ」

ミスター・ワッツは、眠りから覚めたかのように目を大きく開けるいつもの仕草をし、ダニエルのお祖母さんに向かって歩き、手を差し出した。お祖母さんが手を彼に差し出し握手すると、彼はクラスに向かって、「今日、私たちはほんとうに幸運でしたね。私たちはこの世界のことをすべて知っているわけではないれど、頭さえ使えば、何でも新しくなり、私たちの周囲の事柄と和解することができるという、実に役に立つ教えでした。大事なことはよく周りを見て、そしてダニエルのお祖母さんみたいに想像力を豊かにすることです」。先生はお祖母さんの肩に手を置いて、「ありがとう、ほんとうに今日はありがとう」と言った。

お祖母さんがにんまりと笑ってクラスを見ると、口もとには歯がほとんど残っていず、わずかにある歯のせいで、話すときには空気の抜ける音がしていた。

他にもミスター・ワッツに説得されて、知っていることを話しにきた人たちがいて、中には実に短い話の人がいた。

ブラックの飼い主だった女性のジゼルは恥ずかしそうにうつむいて、風の話をし、ミスター・ワッツは話し手に体を傾けて聞かなければならなかった。「島によっては、風の種類によって違う名前で呼ぶことがあります。私の気に入っている風の名前は『女性の優しさ』という風です」

ギルバートの叔父さんは、大きくてドラム缶のように丸々として、海での重労働のおかげでタールのように真っ黒に焼けていた。彼は「果たせぬ夢」について話しにきた。果たせぬ夢を見つけるのに最も適した場所は荷揚げ場だという。「あの死んだ魚が口や目を開けているのを見てごらん。やつらは今、自分が海の中にいず、また二度と海に帰れないのが信じられないんだ」

そこで止めて、こんな風でいいのかい、というようにミスター・ワッツを見た。先生が頷くと、話しを続ける。

「犬っころや雄鶏は夜中に夢を追いかけ回して捕まえ、まっぷたつに折るんだ。果たせぬ夢のいいところがひとつだけある。壊れた夢の欠片はまた拾い集めることができることだ。言っておくが、魚は死んだら天国に行く。そうじゃないなんて誰かに聞いても、そんな嘘、信じるんじゃないぞ」

片方の裸足の足からもう一方の裸足の足に体重をかけ直して、ちょっと緊張気味にミスター・ワッツに視線を投げ、それからまた生徒に向かって、「今日のところはそれだけです」と言った。

私たちが聞いた話は、ある島の子どもたちは石でできたカヌーに座り、聖なる海のオマジナイを暗記させられること。歌をうたうことでオレンジの木を早く成長させられること。薬の代わりになる歌があること。たとえば、しゃっくりを止めるための歌があり、傷や歯茎の腫れを治す歌すらあるそうだ。

病気の治療法も習った。白百合の葉を傷につけるとか、耳痛に効く長い緑の葉が藪の中にあるとか。ある葉は絞った汁を飲むと下痢を治した。キナの貝殻を煮詰めてスープにし、初産の後の女性に飲ませると出血が止まるという。

幸せや真実を見つけるのに役立つ話もあれば、失敗を二度繰り返さないための教えもある。それらは使用説明書《インストラクションガイド》みたいなものだった。聖書の教えに従いなさいとでも言うように。

メイという名の女性は、グンカンドリが近所の島からバースデーカードを持ってきた話をした。カードは古い歯磨きチューブの箱の中にふたつに折って入れられ、鳥の翼の下にテープで貼り付けられていた。それは彼女の八歳の誕生日で、鳥もそのことを知っていたようだ。なぜならメイがカードを読んでいる間、その鳥は母さんと父さんの隣に並び、彼女が「ハッピーバースデー、メイ」と言うところまで読み上げ、みんなが手を叩いて喜んだとき、彼女はその鳥が微笑むのを見たからだという。

「次の日、家族でバースデーランチにその鳥を食べました」

それを聞いたミスター・ワッツは、頭を後ろにのけぞらせ、両腕をだらりと下げた。仰天したように見える。メイもそれに気づいたのか、こう言った。「もちろん、その部分については鳥は何も知りませんでしたが」

それでも私たちは、ミスター・ワッツが不快にさせられたことで、自分たちも居心地悪く感じた。ある老婦は、クラスの前に立ってこう叫んだ。「この無精もん！　ぐずぐず座っとらんで、カモメについて漁に出んかい」。それはよく知られた昔話だった。

私の母さんが開くお祈りの会にいる女性は、礼儀正しさについて話した。「沈黙は良いマナーの表れです。私が子どもの頃には、犬っころや雄鶏や発電機が世の中に向かって叫んだ後には、静けさだけがありました。子どもたちはその静けさの中で何をしたらいいか分からず、それを退屈さと間違えたりしました。でも、沈黙はいろんなことに役立つのです——眠ったり、神様と共にあると感じたり、聖書について考えたりできます」

「それに」とクラスの女の子に向かって人差し指を揺らしながら言う。「沈黙を守らない男の子には近寄らないように。大声を出す男の子は魂の中に泥がつまっています。風の向きと船の操り方に詳しい男は沈黙についてよく知っていて、神様の存在により敏感です。私が言いたいことはそれだけで、女の子に買い物の秘訣なんて教えませんよ」

アグネス・ハリパは微笑みながら、今日はセックスについて話すという。子どもたち全員が微笑みを返すまで話を始めようとしなかった。最後に残ったギルバートに辛抱強く微笑みかけていたが、ミスター・ワッツがついに助け舟を出して、自分も微笑みを見せながらギルバートに合図すると、「まあ、いいか」とギルバートが応答して、ミセス・ハリパはようやく説教を始めた。

「今日は、ライチの実から何を学ぶことができるかについてお話しします」と言った。「甘くて美味しいものは決して外側にまとうものではありません」。彼女はごつごつしたライチの実をひとつ、まるで誰もかつて見たことがない物のように持ち上げて見せる。もちろんその薄く硬い皮のことはよく知っている。皮を剥いて歯をたてると、滑らかな舌触りでアーモンドみたいな味の果肉が味わえる。

「でも、このライチみたいに、人の良さそうな笑顔を見ても、その人の心の中までは見えません。笑顔は罠かもしれません。自分の甘い果実を保ちたかったら、自分で守らなければなりません。女の子は、男の子から自分の甘い素敵な部分を守らなければならないんです。この実を見てごらんなさい。もし皮が破れて陽に照らされていたり、雨に当たったり、犬にかじられたりしていたら、美味しいと思いますか」

やっと意味が分かり、ミセス・ハリパが何を待っているか気づいた私たちは、いっせいに答えた。

「いいえ、ミセス・ハリパ」

「そうです。果物は乾燥して縮んでしまうでしょう。甘さもなくなるでしょう。だからライチは甘い部分をしっかり硬い殻の中に包んでいるんです。みんなそのことを知っているのに、誰もそれがなぜなのか考えません。でもこれで、みんなにはその理由が分かったでしょう」

彼女はもう一度私たちの顔を探るように見回す。誰か質問して彼女を困らせようとしていないか。質問はそれがどういう意図でなされたのか分かっていれば大丈夫。純粋に答えを知りたい質問か、ただ困らせるためだけの質問かを彼女は見極めたい。さすがミス・ハリパは母さんの友だち。あの同じお祈りの会に入っているわけだ。

「ミセス・ハリパ、何も質問はないようですよ」とミスター・ワッツが言って、私たちはほっとした。「しかしながら、もしそう言ってさしつかえなければ、あなたのお話にあった純潔無垢を保持することの大切さには、たいへん感動しました」

ミセス・ハリパの目はミスター・ワッツに向かって、燃え上がった。この白人は私を馬鹿にしているんだろうか。あの笑顔は何を隠しているんだろう。白人の狡猾さか？　そしてこの子どもたちは彼の表情の意味を私よりずっとよく知っている。いったいなぜ子どもたちも突然同じように笑顔を見せはじめたのか。ああ、やっぱりキャッサバについてとか、鶏の羽の役に立つ使い方なんかについて話すべきだったんだろうか。

私は彼女が居心地悪く感じていることがうれしかったので、ミスター・ワッツが眉を上げて私に合図をしているのを見逃すところだった。そしてやっと立ち上がって、ミセス・ハリパに今日のお話のお礼を述べた。

それをきっかけにクラスは礼儀正しく拍手を始め、ミセス・ハリパはうれしそうに私たちに向かって頷き、私たちも彼女の様子を見てうれしくなった。私たちは、自分のいとこや母親や祖母にいろんなことを話しにきてほしかった。来るのが怖いと思ってほしくなかった。愚かに見られたくないとか、恥ずかしいとかいう思いは、隠しても透けて見え、それで学校へ近寄らない人たちもいる。たとえ広場までやって来たところで急に迷いが胸をよぎる。このヤモリについての話は聞く価値があるだろうかと訝り、その懸念にとらわれて教室に近づくことができない、そんな人が広場を横切って木の陰へ逃げ去る後姿を、私たちは時々見かけた。

メイベルの叔母さんは織り物のマットを手に現れた。話のテーマは「行き方と運」というものだった。「織物を見るといろんなことが分かります。私のお祖母さんは、私が眠っているときに迷子にならないように敷物を織ってくれました。夢の中で迷子になりそうになったときは体を回転させて、縫い目が盛り上がったところまで転がるのです。そうすると、それが水流のように私を家へ連れて帰ってくれました。

「私のお祖母さんは、ある女の人が体の中に潮の満ち引きや海流についての知識を持っていたことも話してくれました。そして、道に迷わないようにするための方法を歌に作ってくれました。私の姪はここに今持っているのと同じようなマットをもらいました。その子はブリスベンにあるもうひとりの叔母さんの家へ、歌に従って空港からの道のりを歩いていくことになっていました。でも後で聞いたところによると、その子は歌が思い出せず、マットもトイレに置き忘れてしまったそうです。いずれにしても、叔母さんといとこたちが空港に迎えにきていたのですが」

私の母さんはまたもや現れて、私が一度も聞いたことのないことを話しだした。ミスター・ワッツは母さんの後ろの位置に陣取っていた。何だか緊張している様子で、もじもじして、一か所に視線を据えられずにいる。

「女たちは決して海へ出ることを許されるべきではありません、決して！」と吠えるように言う。

「どうしてって？　それは、いちばん愚かな木の幹だって知っていることだけど、教えてあげましょう。女というものはとても貴重なものだからです。だから、男連中が海に出るのです。女が漁に出れば、何かが失われるかもしれませんね。そう、赤ちゃんもいなくなるし、食卓に食べる物もないでしょう。掃き掃除をする箒の音も二度と聞こえなくなるんですよ。加えて、島全体が飢え死にすることになります。

「でも時々、これは叔母のジョセフィーンが言ったことですが、若い女が岩礁に立ってカモメを目で追っているのを見たら、それはきっと彼女が処女を失くして、いちばん近い白人の都会へ行ってしまおうと頭で考えているに違いないのだそうです。だから、女の子たち、カモメを見るときは、必ず浜辺から見ること、そうしないと大変なことになりますよ！」

授業が『大いなる遺産』に戻るといつもほっとする。物語の中の世界はひとつにまとまり、つじつまが合い、それが私たちの住む世界との違いだ。私たちがこの物語の中に安らぎを見出したとしたら、ミスター・ワッツにとってはどうなのだろう。きっと彼もミスター・ディケンズの世界のほうがずっと居心地がいいに違いない。私たち黒い顔の世界が迷信とトビウオ神話の世界なのに比べて、『大いなる遺産』の中では、彼は白人たちの中に帰っていけるのだから。

時おり私たちは、ミスター・ワッツが本を朗読しながらひとりで微笑んでいるのを見た。どうしてだろう。その瞬間私たちは、彼がどこからやって来た人で、グレイスと一緒に暮らすためにこの島へ来るとき、いったいどんな犠牲を払ったのか、彼のそういう部分は何も分からず、知る由もないのだとあらためて考えさせられる。

ミスター・ワッツの机のそばを通るとき、私はそこに置いてあるその本を見つめていることを悟られないようにいつも気をつける。手に取って、文字を見つめ、そしてピップという名をページの上に探したいと切に願う。しかし、自分のそういう望みを人に知られたくはない。それは私の個人的な隠しておくべき部分で、むしろ恥じるべき部分かもしれないと感じていた。そしてミセス・ハリパがライチの話でした説教を、まだ気にしていた。

学校の外でもミスター・ワッツを見かけることが多くなった。木々の間を籠を下げて果物を採りに歩き回っているのを見かけるし、親たちの中には、毎日子どもたちの空っぽの頭に知識を詰めこんでくださってありがとうございます、とワッツ夫妻に食べ物を渡す者もいる。ギルバートの父親は漁のあがりの中から、彼のために魚をいつも取っておいた。

ミスター・ワッツは白い麻のスーツを学校用にだけ使ったので、私たちの目には、彼はそれを着た「ジェントルマン」として映った。浜辺でぶかぶかの古いショートパンツを履いてプラスティックのバケツを持った彼を見ると、教室のワッツ先生はいったいどうなってしまったんだろうと思ってしまう。彼はひどく痩せてきたように見え、でもほんとうは元々痩せた人だったのかもしれなくて、どちらなのか分からなかったが、いずれにしろ初めて真実を知ったというほどの驚きだ。まるで細い蔓草のように見える。前かがみで歩く彼を見るにつけ、教室での真っ直ぐ伸ばした背筋は努力してそうしているのだと気づく。浜辺では、彼もみんなと同じで、下を向いて、浜辺に何か打ち上げられていないか真剣に見ている。白い着古したシャツを着て、彼らしくもなくボタンをかけていない。でも私は近づくにつれて、そのシャツにはボタンが全部なくなっていることに気づいた。

私はそのとき、コヤスガイの貝殻を籠いっぱい集めていて、それをフウセンカズラのハート型の種に加えて、砂に書いたＰＩＰの文字をくっきり浮き立たせようとしていた。ミスター・ワッツは浜拾いを中断して顔を上げ、私に気づき、水際から離れて砂に向かって歩いてきた。「神殿だね」と同感するように言った。「太平洋のピップのね」。それからちょっと思いにふけって、「そう、もしかしたら、ピップがここまでやって来たということだってありうることだよね。『大いなる遺産』はピップの人生の最後まで話してくれているわけじゃないし。本の最後は……」と言って、私が耳を両手でふさいでいるのに気づく。

本の結末を言ってほしくない。本の朗読で聞きたい。本のペースに合わせて私も進みたい。先を越して結末を知りたくはない。「マティルダ、君の言うとおりだね。時が来ればそのうち分かることだから……」

もう少し何か言おうとして、彼は顔をしかめた。罵りの言葉を言ったように聞こえた。言いかけて押し殺したのかもしれない。結局は私の聞き間違いで、いたずらに頬が熱くなったのだろうか。彼は左足でバランスをとりながら、右の足先を股のところまで持ち上げて観察している。足の親指の爪が剝がれかかって困ったことになっている。皮膚にくっついている部分までひっくり返して見ている。

「きっともうすぐ自然に剝がれるだろう」と言い、私も一緒に爪の裏にあるピンクの肉を見た。「永遠に自分の体の一部だと思ったものを突然失くすことってあるんだよ、それがたんに足の爪みたいなものであってもね」

「それも、親指の足の爪」と私。

「そうだね、他のどの指でもない、親指のね」

「それが取れた後どうなるんですか」

「また新しいのが生えてくると思うよ」

「じゃあ、大丈夫。なくなるわけじゃないから」

「ただしあの最初の爪はなくなったわけで、それは、家についても言えることだし、自分の生まれ育った国についても言える。新しいのは前のとまったく同じじゃない。ひとつ失って、新しいのを得、新しいのを得て、ひとつ失うんだ」。彼は遠くをじっと見つめた。まるでこれまでに失った物が海に跡を残して浮かび、水平線の向こうまで続いているかのように。テレビ、映画館。自動車。友人たち。家族。缶詰食品。ショッピング……。

今がいい機会だと思った。先生は白人の世界が懐かしいですか。白人は封鎖の前に島を出られたのに、それを断って残ってどんな得があったのですか。今、後悔していますか。

もちろん、そんな勇気はなかった。これがミスター・ワッツとふたりきりで話しをする初めての機会だった。私は、彼が大人で、しかも白人であることを忘れてはいない。それに何より、私たちの得意な話題は自分たちのことではなく、ミスター・ディケンズなのだから、足の爪のこと（そしてそれに関するかなり飛び離れた考察）から離れて、『大いなる遺産』に喜んで話を戻す。聞いてみたいことがあった。

ロンドンに移ってからのピップは性格が変わってしまったように見え、それが気になっていた。ロンドンで彼が付き合う人たちが嫌いだった。ハーバート・ポケットという名前の彼のアパートの同居人も好きになれず、どうしてピップが彼を好きになったのか分からず、何だか置いてきぼりにされた気がして不安だった。さらに、ピップが名前をハンデルなどという名に変えた理由がわからない。

ミスター・ワッツは砂浜の私の横に腰を下ろした。両手を後ろについて体重をかけ、きらきら光る海を見て目を細めた。

「さてと。マティルダ、説明できるかやってみよう。他にもいろんな説明の仕方があるだろうが、私の見方はこうで、これが君の質問に対する私の答えだ。ピップは孤児だ。孤児は、言ってみれば他国へ移住した人と同じなんだ。ピップはある社会のレベルから、もうひとつの社会のレベルへと移住していく途中なんだよ。洋服を変えたみたいに名前も変えて、それがピップの移住の手助けになるというわけだ」

「移住」という言葉がピンとこない。でもミスター・ワッツにその意味を問うのは危険を伴う。ミスター・ワッツの話し方は、私が彼と同じ知的レベルにあることを前提としていたから。それは自尊心をくすぐると同時に彼を失望させてはいけないという重荷になった。私の能力を信じてくれているミスター・ワッツの気持ちを、質問などして揺るがしたくはない。そこで、もうひとつの点、ジョー・ガージャリーに対するピップの態度の問題に移ることにする。

まず、ジョーが予告なしにロンドンのピップの前に現れたときのピップの困った様子。あの常に忠実な友だった鍛冶屋のジョーに対して、ピップは尊大な態度を見せた。ロンドンから故郷へ帰る旅の際もジョーをわざわざ避けるようにした。エステラにだけ会おうとし、ジョーなんかには目もくれないようになってしまった。

ミスター・ワッツに促されて、私は思っていることを隠さず話し、自分がそんな重要な点に気づいたことがうれしかった。ただし私の話は、彼には退屈そうに見えたのだが。

「マティルダ、誰も完全な人間にはなれないよ」と彼は言った。「ピップも私たちと同じ人間だ。ピップはなりたい人になれる機会を与えられ、今、彼は自由に選べるんだ。間違ったことを選ぶ場合もあるけれど、それも彼の自由なのさ」

「エステラみたいに」

「えっ、エステラのことがきらいなの？」

「あの女の子は意地悪だから」

「そうだね」と彼は言った。「でもなぜそうなのか、じきに分かるさ」

またしても口をすべらせそうになり、彼はあわてて口を閉じてよそを見やる。私は急いで内容を知らなくてもいい。時間だけは永遠にある。もしそれを疑いそうになったら、海の向こうを見るだけでそれが確信できた。

ミスター・ワッツは浜辺にしっかり腰をすえていたが、やっと腰を上げることにした。すっかり立ち上がった時点で、バケツを置いたままだったことに気づいていらだった。すぐそれを手に取って渡してあげればよかったのに、私は彼のいらだった様子に注意を奪われていた。ただバケツを拾うということが、彼には骨の折れる作業なのかしら。

空いてる手を腰に当てがって腰を折り、バケツに手を伸ばすミスター・ワッツは、その大儀さに顔を真っ赤にし、その瞬間だけ、昔のポップアイの飛び出した目玉を思い出させた。でもすぐに背筋を伸ばして、クラスで見慣れている彼の姿に戻った。腰の後ろの痛みをさすってから、砂浜に沿って目をやった。

「さて」と彼は言った。「ミセス・ワッツが呼んでるだろうから」

バケツをぶら下げて去っていく彼を見ながら、思っていたよりずっと年をとっているのだと感じた。あの麻のスーツや授業中の繊細な立ち振る舞いが、彼の実際の弱々しい体を隠していたのだと。

彼はふと立ち止まって肩ごしに私を振り返り、言ったものかどうか悩んでから「マティルダ、秘密、守れるかな?」と言う。

「はい」と急いで答える。

「ピップが名前をハンデルと変えたことについて尋ねただろう」

「はい」

私の座っているところまで戻ってきて、手を目の上にかざして浜辺をはるか右と左に見やった後で、私を見た。私に話さなければならない立場に自ら押しやったことに、いらついているかのように見えた。でもここまで言ったのだから。

「マティルダ、分かってるかい、これは君と私だけの秘密だよ」

「誓います」

「グレイスというのは妻の本当の名前ではないんだ」と彼は言った。「ここのみんなは彼女をグレイスだと思っている。本当は、彼女は名を変えて、今の名はシバというんだよ。それは君が生まれるよりもっとずっと前のことで、ある事情で、とでも言っておくが、その頃、彼女は自分の人生を変える必要があって、それでシバという名前を選んだんだ。彼女があった困難な状況を逃れるためにも、私は心から、彼女がその名前になりきれることを願った。そういうことは人間以外の生き物にも起きるんだよ。あのヘルメットを被ったおかしなチビの両棲類もカメという名前を知ったとたん、亀以外の何者でもなくなるだろう。ネコという名前は猫で、イヌという名前は犬以外の何者も想像できないだろう。だから私は、シバがいずれは彼女そのものの名前になるだろうと思ったんだ」

彼は私をすぐ近くで見つめていた。この秘密を私が漏らしたりしないかどうか確かめているようだった。そんな心配はまったくご無用。それより私は、シバという名について考えていた。イヌが犬で、カメが亀でしかないとすれば、シバというのは何を指すのだろう?

「それでおしまい。マティルダ、君はこの島中で誰も知らないことを知ってるわけだ」

彼は、今度はお返しに私が何か秘密を打ち明けるのを待ってでもいるかのようだ。でも私にはそんな秘密は何もない。

「それでは、また次の機会まで」とミスター・ワッツは言って、ウインクをするとゆらゆらと去っていった。

いちばん近い村でも海岸沿いに北へ八キロほどだった。それでもニュースは山の小道やジャングルの通り道を伝って島中から届く。どれもいいニュースではない。むしろ恐ろしい話ばかりが聞こえてくる。信じたくない話だ。

革命軍に手助けした村はレッドスキンに仕返しをされるという。ヘリコプターから木のてっぺんに人を投げ捨てるという話を聞いて、小さな子どもたちが走り回っている。子どもたちはその話を面白がり、自分たちも試してみたいとさえ思う。小さな子どもにも聞かれてしまうのは大人同士の会話がせき止められなくなっているからだ。もっとも残酷な部分はもちろん子どもに聞かれないように注意したが、大人たちの顔に現れる不安な影を見ることで、子どもなりにそれを感じ、またあのブラックが腹を裂かれていた図に引き戻されてしまうのだった。

母さんのお祈りの会に参加する人が次第に増えてきている。神様が助けてくださいます。祈りをささげることが大切です。お祈りは神様をくすぐります。遅かれ早かれ神様も下を向いて、いったい誰がお尻をくすぐっているのかを見ることになるんです。

夜、母さんは何も言わないが、そわそわと落ち着かない。頭の中の悪いニュースをすべて振り払おうとして、神様のことだけを考えようとしている。そういえば、ポップアイはあんたたち子どもに神様のお言葉を教えたりするのかい？

「ミスター・ワッツは聖書を使わないから」と私。

それを聞いて母さんはちょっと息を呑む。聖書を使わないことがまるで私たちを危険に晒すことになるとでもいうかのように。それから、彼女のもうひとつの最大の関心事である家系の暗記に戻ると、親族と魚と鳥の名前のテストが始まった。

テストの結果は散々だった。そんなものを暗記する理由が思いつかない。それにひきかえ、『大いなる遺産』で出会った人物は、みんな私に直接話しかけてくるから名前は全部言える。それぞれの人物の思いが伝わり、ときにはミスター・ワッツの声を聞きながら彼らの顔を思い描くこともできる。ピップ、ミス・ハヴィシャム、ジョー・ガージャリーは私の生活の一部になっていて、死んだ親戚よりも身近で、実在する周囲の人々よりも身近だった。

母さんはしかし、私が繰り返しテストに失敗しても諦めなかった。耳が詰まってるのよ。かわいそうに、あんたの心は誰を友にすべきかが分からないのよ、と言う。母さんは家系暗記の計画を止めようとはしない。執念だ。そしてテストは続き、私は落ちつづけた。そこで母さんはやり方を変えることにする。私が砂浜にＰＩＰと書いたことにヒントを得て、ある夜またテストに落ちた後、では、砂に家系の名前を書くことにしたら、と言う。

次の日、私が言われたとおりに浜辺で書いていると、母さんは確かめにやって来た。そしてPIPの名が親族の名の隣に並んでいるのを見て、ますます腹を立て、私の髪の毛を平手打ちした。

いったいあんたはどういうつもりなの？　なんでそんなに馬鹿な振りをしなくちゃならないの？　母さんの血のつながった人たちと作り話の中の嘘の名前を一緒にすることに、どんな意味があるっていうの？

どんな意味があるか、私には明確だった。それをした理由もはっきり自覚している。でも自分の考えを母さんに向かって言う勇気はあるだろうか。これまでの経験からいくと、八〇パーセントの答えが正解でも、母さんはあとの二〇パーセントの間違いを責める人だ。結局口が自分勝手に喋り出し、私は自分でも驚くような言葉を母さんに投げ返していた。

死んでしまった親戚についてのばらばらで不確かな事実を覚えることに、いったいどんな意味があるっていうの？　ピップは作り物でも、彼については完全で正確な事実が分かるの。

母さんは憎しみを込めて私を見たが、すぐには何も言わなかった。たぶん性急に口を開くと怒りだけが飛び出すと思ったのだろう。平手打ちされるのを待つ。ところが母さんはPIPの名前のあたりの砂を蹴り散らし、その上の空気まで蹴り上げた。

「こんな奴は血のつながった親戚じゃないでしょ！」と叫んだ。

そう、ピップは親戚じゃないけど、母さんが砂に書かせた、私がまだ一度も会ったことのない人たちより、私にはずっと身近な人なの、と説明する。母さんはそんなことは聞きたくない。誰のせいでこんなことになったのか分かっている。母さんは浜辺の先の古い牧師館の方を見上げた。

次の日、メイベルが手を挙げて、ミスター・ワッツは神様を信じますかと質問した。

先生は天井を見上げて、視線をさ迷わせる。

「それは、私が初めに言った、答えるのがたいへん難しい質問のひとつです」。両手で持った本をぱらぱらとめくり、『大いなる遺産』の今日のページを探す様子を見せたが、心の中はどこか他をさ迷っている。

すると、ギルバートが手を挙げて、「じゃあ、悪魔は？」と質問した。

ゆっくりとミスター・ワッツの顔に笑いが忍び込んで、私は彼がその質問の出所を知っていると気づき、恥ずかしくなる。

「いいえ」と彼は言った。「悪魔は信じていません」

このことは母さんには決して話さなかった。それほど私は鈍くないから。でも、他の子がうっかり親にこのことを漏らし、それがその夜のお祈りの会でミスター・ワッツは異教の信者だという噂につながったようだ。

次の日、ちょうど『大いなる遺産』の朗読が始まろうとしたとき、母さんが教室に勢いよく入ってきた。前に来たときと同じスカーフを頭に巻いて。私はそのとき、母さんがそれをつけることで、みんなが怖がるような威圧的な雰囲気を作れることに気づいた。

母の重いまつげがひっくり返って、ミスター・ワッツを憎らしそうに睨んだ。彼ははっとして、手の中の本に目を落とした。私は母さんが今にもそれを奪い取って、その表紙に杭でも打ち付けるんじゃないかと思ったが、そうはせず、大きく息をひとつ吐いてから、彼に向かって、クラスのみんなと分かち合いたいお知らせがあります、と言う（なぜかいつも「お知らせ」という言葉を使う）。ミスター・ワッツは丁寧に『大いなる遺産』を閉じた。彼には生まれ持った礼儀正しさがあるようで、母にどうぞと促して席を譲る。

「白人の中には悪魔も神も信じない人がいます」と彼女は始める。「それは信じる必要がないと思っているからです。まさかと思うでしょうが、白人の中には、窓から晴れた空をちらっと見ただけで、旅に出るのにレインコートは持っていかなくてもいいと考える人もいるんです。白人は長い航海に出るとき、タンクには石油がたっぷりあって、船にはちゃんとライフジャケットが入っているか確かめるくせに、日常の忙しさの中では、信仰心を貯金するという準備をしようとしないのです」

母さんは部屋の端から端まで、軽くお辞儀をするようにしながら話した。それは今までに私が見たこともない横柄さだった。

「ここにいるミスター・ワッツも、自分は何事にも心構えができていると思っているでしょう。もしそうなら、レッドスキンに撃たれた男だって、自分がなぜヘリコプターに気づくのが遅すぎたのだろうと不思議に思っているでしょうよ。だから、私たち誰もが、私の大切なマティルダも含めて、自分の心に聖書の教えをしっかり詰めて生きるべきなんです。そうすれば、あんたたち子どもらが、不信心なミスター・ワッツを救済することができるんです。私は救済はしませんからね」

私たちはみんなそろって、ミスター・ワッツを見た。怒っているだろうか。彼は母さんの後ろで微笑んでいた。私たちはほっとする。今度は私たちの笑顔を見た母さんが、ますます腹を立てる。私はすでに彼女の言葉を恥ずかしく思っていたけれど、その怒りは、ほんとうはミスター・ワッツの信仰のあるなしに関わってはいないことを知ってもいた。彼女の頭に血を昇らせているのは、私の心の中に白人の少年ピップと彼が占める場所のせいだった。そしてそれは、個人的にはミスター・ワッツのせいだと母さんは感じたのだ。

もし母さんの目的がミスター・ワッツを侮辱して見世物にすることだったとしたら、それは失敗に終わった。彼の微笑みを見る限りでは。

「ドロレス、今日はまたありがとうございました。お話は思考の糧になりました」と彼は言った。

母さんは疑い深そうに彼を見た。思考の糧という言葉の意味を母さんは知らない。この白人は私に分からないように私を侮辱しているんだろうか。もしそうなら、子どもたちの前でどんなに私は愚かに見えるだろう。

「話はもっとあるんです」と母さんが告げる。

ミスター・ワッツはまた親切そうにどうぞと譲り、私は机の後ろに深く体を沈めた。

「おさげ髪についてです」と言って、私に向かって話し出したので、私は身がすくむ思いがした。

「マティルダ、あんたのお祖母さんは若い頃、髪をおさげに編んでいて、それはまるでロープみたいに太くて強かったの。だから私たちはぶら下がって遊んだものです」

クラスで笑いが起こり、そのおかげで母さんは私から目をそらした。

「ほんとうよ。満潮のときには母さんのおさげ髪の先っぽに捕まっていると、珊瑚につまずきそうになったときに安全なの。

「それはやたらと長くて、私たち子どもはよく叔父さんの車椅子を借りて座り、母さんのおさげをつかんで引いてもらったり、その大きなお尻が自転車のシートの上で上下するのを後ろから応援したものよ。私たちはまるでジャングルジュースに酔っ払った犬みたいになって、はやしたてたわ」

これにはミスター・ワッツも私たちと一緒になって笑った。

「さて」と彼女は続けた。「おさげ髪を結う目的は、ハエを追うためと、いたずらな男の子が体を触ってきたときにそれをよけるためです。おさげの女の子は善悪の区別が分かっている子で、決して気取り屋ではないんです」

かわいそうな母さん。せっかく摑んだ私たちの心をまた逃がしてしまった。まるで自分の言葉を聞いていなかったかのように。

お話の締めくくりが始まる頃には、子どもたちは腕組みをしたりして、礼儀正しく興味を示す表情を浮かべていた。「だから、髪の毛の束を二本持ってきて、それをもんでロープを作ると、協力《パートナー・シップ》ということの意味が学べます……そして神様と悪魔がいかにお互いのことを知っているのかが分かります」

母さんは自分が知っていることを熱心に私たちに教えようとしたのだが、その知識を植えつける方法を知らない。むりやり押さえつけて学ばせられると思っている。神様の話を持ち込むたびに私たちが視線を落としたことに気づかないのだろうか。私たちはジャングルジュースに酔った犬の話のほうがずっと好きなのに。

母さんが出ていくとすぐに、ミスター・ワッツはもちろん『大いなる遺産』を持ち上げる。朗読が始まると、私たちは机の上にあった目線を上げた。

クリスマスの日は雨のち晴れで、新しくできた水溜りに太陽が照りつけた。カエルがやかましく鳴いていた。シーリアの弟のヴァージルが棒切れの先にカエルを乗せて歩いている。これまでだったら、私にも一匹採ってきてちょうだい、と言っただろう。だが、もうそういったものには興味がなくなっていた。

その日、学校は休みなので、ピップに何が起こったかの続きは聞けなかった。おまけにクリスマスのご馳走もない。こんな特別な日なのに、大人たちは料理の火をおこすのが危険すぎると判断したのだ。煙で位置が丸見えになるから、とまるで普段の日の煙は大丈夫とでも言うように。ほんとうに、いったいそれで何が変わるというのだ？　レッドスキン兵たちは私たちの居どころをとうに知っている。それにランボーたちだって知っている。ランボー。それは裸足でバンダナを頭に巻いた革命軍の新しい呼び名だった。今では村の若者のほとんどが革命軍に参加していたから、彼らを恐いとは思わなかった。しかし、神経質で緊張しきった親たちの表情を見るにつけ、私たちにも事態は変わりつつあり、いや、今にも変わるかもしれないという予感があった。

以前あった気楽さが生活から消え、突然の音にびくついて頭をめぐらす。ヘリコプターの音がするたびに、呼吸と心臓が同時に止まるような感覚を経験する。

年寄りの中には、魔法の知識を持っているとされる者がいた。レッドスキンが来たとき、透明になって隠れるための薬を調合してほしいと頼みにいく人がいれば、私の母さんやミスター・ワッツのクラスの子どもたちのお母さんたちのように、お祈りを頼りにする人たちもいる。お祈りをする女たちの上には、何百匹ものコウモリが木に逆さまにぶら下がっている。コウモリはまるで小さな聖書を翼の間に抱えているように見える。そんなお祈りの最中でちょうど暗くなりはじめた時刻に、ヴィクトリアの兄のサムがジャングルから転げるようにして出てきた。革命軍のバンダナを巻き、手には古いライフル銃を持っている。裸足で服はちぎれ、怪我をした片足を引きずっていた。

祈る女たちが顔を上げると、サムはやっと家にたどり着いたとばかり、倒れこんだ。そこにいた子どものひとりがミスター・ワッツを呼びにやらされた。先生はバナナを食べながらやって来たので、事態の重要さを分かっているのかしら、と私は思った。

サムに気づくと、先生はすぐにバナナの残りを私に手渡して、サムの横に膝をついた。サムに小さな水筒から何か飲ませて（後でそれは酒だったと知ったが）、それからサムの頭を寝かせて小さな木片をサムの口にはめると、ギルバートの父親に切開するよう合図した。ギルバートの父親は漁用のナイフを使ってサムの足からレッドスキンの銃弾を三個取り出し、草の上にその玉を並べた。私たちはそれを囲んで、まるで砂の上に並んだその日の水揚げでも見るように見つめる。銃弾はゆがんでいて、赤い血の色をしていた。

ヴィクトリアの兄がここにいることは村にとって危険だった。レッドスキンがサムを探しにくると、この村は革命軍の村だということになる。革命軍の村がどんな目に合うか誰もがよく知っている。家に火を放たれ、子どもには聞かせられないようなことが起こる。だから、私がサムを見たのはそれっきりで、すぐに籔の中に連れていかれたのだった。サムの母親はそこで夜も日もなく彼のそばに付き添い、薬草の根を食べさせたり、水を飲ませたりした。

そしてサムが村に現れて二週間後、ギルバートの父親は彼をボートに乗せて海へ連れ出した。それは夜のことで、私たちは真っ暗な静けさの中でオールが水を打つ音を聞いた。ギルバートの父親は船外モーターを持っていたが、最後に残った石油は備蓄しておくつもりでいたので、使わなかった。二日間行ったきりだった。三日目の夜、私たちが眠っている間に船を浜に引き上げた。次の日に彼を見たときは、別人のようだった。

誰もサムには二度と会うことはなかった。

湿地にあるピップの育った家からロンドンの「メトロポリス」までは、五時間ほどかかる。ミスター・ワッツに言われなくても、五時間がいかに遠い距離を指しているかは私たちにも分かる。千八百五十何年かには、それはそれは遠い距離だっただろう。しかし五時間というのは、一世紀半の時差や、地球の反対側までの距離を考えたら大したことはないはずだ。でもピップは、ロンドンの「広大さ」が怖かったという。広大さ？

説明を聞こうとみんながそろってミスター・ワッツを見た。「たんにその大きさだよ。群集と、その中で感じる当惑と、圧倒されるようなスケール……」。本を手に持って、彼は自分自身のロンドン体験に思いを馳せている。最初、どんなに興奮したことか。微笑みが表情から去り、自分が若者だった頃を思い出しているように見える。ミスター・ディケンズによってロンドンのことは知っていたから、見るものすべてどこかしら懐かしさがあった。

彼はお金がなく、持っていた最後の所持金を物乞いの老婆にあげてしまい、それから公園の中をうろうろしながら、善行を施したという思いに高ぶりを感じた。そして、突然寒さが身にしみた。冷たい雨が降り出し、公園の門を急いで出ると、混んだ道路を横切るのに待たされる。そこでカフェの窓の灯りに気づき、何かを買うお金があったらどんなにいいだろうと思う。すると、あの老婆がスコーンを買ってバターを塗っている。彼女が目を上げてこちらを見たとき、彼は彼女が自分のことなどまったく覚えていないことを知らされた。

私たちは、この愚かな先生のことを大笑いした。ミスター・ワッツにはそれが分かっていて、よしと頷いた。

自分が冗談の的になることがうれしいのだ。しかし、彼が『大いなる遺産』のページに目をやった瞬間、私たちは静まった。一瞬沈黙し、読もうとしない。たぶんロンドンでカフェの灯りを見つめている若者に立ち戻っているのだろう。こんなとき、私たちは彼がこの島に残る最後の白人であることを思い出す。私たちの前に立ち、誰も行ったことも見たこともない場所の思い出を語る、ひとりの白人。もちろん私たちは、ミスター・ディケンズによって与えられた情報から、それを想像することはできたけれど。

「メトロポリス」や「ロンドン」という言葉を聞いても、頭の中には何も浮かんでこない。ミスター・ワッツがこの地方にあるものを例にとって説明しようとしたが無駄だった。浜辺にみんなを連れていき、砂の上に溝を掘って、海水を導く。テムズ川だよ。灰色の石を数個見つけてきて一か所に置く。これがビルディングというものだよ。天窓、御者、馬巣織《ばすお》り……でも私たちはそれらの意味を尋ねようとはもう思わない。なぜなら、どれがピップの物語にとって重要な事柄なのか、すでに見分けがつきはじめていたからだ。

私たちが、ミスター・ジャガーズの助手で薄気味悪いミスター・ウェミックのことを初めて聞いていたとき、母さんがお祈りの会のメンバーをひとり連れて教室に現れた。この人の名はミセス・スィープといい、三人の息子たちは革命軍に入っていた。彼女の夫も恐らく革命軍に入ったのか、それでなければ、どこかで行き倒れになっているに違いない。彼女はその話をしたことはなかった。

ミスター・ワッツがどうぞと席を譲ると、母さんはそっとミセス・スィープの背中を押して私たちに紹介した。彼女は自分の立っている位置が正しいかどうか確認し、母さんにちょっと直されて、半歩ほど後ろへ下がった。

「みなさんに、お知らせがふたつあります」と言う。「ひとつめは、魚の餌についてです。コバンザメを捕まえて、それより大きな魚を釣るのに使います。コバンザメの尾ひれに糸をつけて泳がせると、自然に大きな魚がくっついて釣れます。これは私が自分の目で見たことですからほんとうです。コバンザメは頭のてっぺんに吸盤がついていて、これでサメやカメやもっと大きな魚に自分をくっつけます。もしマンボウが釣れたら、すぐに糸を切ってください。毒があるからです」

ミセス・スィープは首をかしげて、それから一歩後ろに下がり、それと同時に私たちは大拍手をした。それは初めてのことだった。ミスター・ワッツに促されることなく、ミセス・スィープの威厳のある話し方に反応して自然にしたことだ。それは彼が私たちに植えつけようとしてきた礼儀正しいジェントルマンらしさが身についた証拠でもある。ミセス・スィープは心に静けさを持ち、そこから私たちに語りかけ、それは私の母さんが見つけられなかった場所だった。

ミセス・スィープは微笑み、そしてまた顔を上げたので、私たちは拍手を止めた。彼女はもう一度前へ進み出た。

「ある質問から始めたいと思います。海でたった独りになったとき、みなさんならどうしますか？これがふたつめのお知らせです」と言った。「独りぼっちで寂しいときは、モンガラカワハギを探しましょう。神様は犬の魂と魚の魂とを混ぜてこの魚を作りました。だから、モンガラカワハギは犬みたいにひっくり返ってお腹を出して、あなたたちの目をじっと見つめるんです」

ミセス・スィープが小首をかしげると、私たちはまた二度目の大きな拍手を送った。母さんも一緒になって拍手した。それから何かミセス・スィープの耳元でささやき、彼女と場所を替わった。

クラスの雰囲気が一瞬にして変わる。誰もが身構えている。

「みなさん」と彼女が言った。「ミスター・ワッツからお話を、とくにある物語を、聞いているようですが、それについて言っておくことがあります。物語には物語の役割があります。物語は怠け者の犬みたいにその辺に転がっていていいものではありません。それはみなさんに何かを教える役割があるんです。たとえば、魚を釣り針にかける歌を知っていたら役に立ちます。湿疹や悪い夢を追い出す歌だってあります。でも今日は、私があなたたちみたいな子どもだった頃に出会った悪魔について話します。それはまだ教会がこの村にあった頃で、宣教師たちがよそへ行ってしまう前でした。魚の水揚げ場があって、村は今よりもっと大きかった頃です」

「さて、その頃、悪魔に初めて出会ったわけです。この話をするのは、もしかして私がレッドスキンの銃弾に当たったらできなくなるからで、みなさんが悪魔をどうやって見分けるか知っておく必要があるからです。ミスター・ワッツはこの専門ではちっともないからです」

彼に向かってちょっとだけ笑顔を見せ、これは冗談だという風にごまかした。でもそうじゃないことは私にはお見通しだ。彼女は話を続けた。

「ある女の人が独りで住んでいました。ある日、私たち子どもが遊んでいるのを見て近寄ってくると、叫びはじめたんです。こらー！　教会の献金を盗んだりしたら、まつ毛を引っこ抜くよ。毛をむしられた鶏みたいになって、お前らがしたことがみんなに分かるさ。献金を盗んだんだってね。

それは怖い女でした。魔法を使えるそうで、一度白人をマーマレードに変えて、トーストに塗って食べたって聞きました」

クラス中がミスター・ワッツを見た。これにはさすがの先生も何か文句を言うだろう。白人をマーマレードに変えてトーストに塗ったなんて。ミスター・ワッツはこの滑稽なほら話を聞いても、それを決して顔には出さなかった。母さんの演技の間、彼はいつものように、目を少し伏せて注意深く聞いている様子でそこに立っていた。

「そして、その女は私たちが献金を盗んだかと聞くので、いいえと答えましたが、彼女は不満そうで、たぶん次に言う言葉を考えているのか、それとももう興味がないのかだと思い、私たちは行ってしまおうとしました。すると、それじゃあ、献金を盗んできなよとあたしが言ったらどうするね、と言うんです。

「男の子も女の子も、お互いの顔を見合わせる余裕もない。だって献金を盗むぐらいなら死んだほうがましです。もし盗んだりしたら、否が応でも死ぬでしょう。私たちは教会のお金を盗むなんてしません。絶対に。

「悪魔の女は私たちの心が読めて、こう言うんです。よく聞きな。あたしがお前たちに献金を盗めと言ったら、お前たちは盗むんだよ。なぜか分かるかい？　もちろん誰も分からないし、何と答えればいいかも分かりません。分からないと思ったよ。役立たずの子どもらだ。じゃあ、これでも見な」

母さんはそこで息をつき、私たちはいっせいに彼女を見た。ミスター・ワッツですら注目している。「それから何が起こったかをお話しましょう」と彼女は言った。

「子どもたちの立っていたところから煙みたいな黒い玉がたち昇ったのです。誰もが目を覆い、それからやっと見てみると、今まで見たこともない黒い鳥が一羽います。怖そうな頭部に、鳩の体で、鋭い爪があり、おのおのに一羽ずつ小さな鳥を捕まえていました。その嘴は裂けて広く開き、片方の眼が私たちを見ていて、それが悪魔だとすぐ分かりました。鳥は私たちを見据えながら、片方の小鳥を嘴の中に入れ、クチャクチャと音を立ててゆっくり噛んで飲み込み、もう一方の小鳥も同じようにして食べました。それからその醜い鳥は真っ黒な塊になって、私たちの足元に跳ね返ると、あっという間に元の醜い女になって現れ、口から小鳥の羽が飛び出していました。

分かったら、次の日曜に教会から献金を盗んであたしのところに持ってくるんだ。さもなくば、どうなるか。もちろん誰にも言わないだろうね。もし言ったら、あたしにはすぐ分かるから、お前らが寝床でぐっすり眠っているとき、目玉をくり抜いて魚の餌にしてやるさ。

「私たちは親には話しませんでした。目玉を取られたくなかったから。目が見えなくなってうれしい人がこの世にいるものですか。でも私たちは命令に従えば、ふたつの罪を犯すことになることも分かっていました。ひとつは献金を盗む罪、もうひとつは悪いと知っていながらそれをするという罪です。それは二倍悪いことと言えます。そしてそれで感じる暗闇は、目が見えなくなったときの暗さよりもはるかに暗いのです。だから、結局子どもたちは何も行動を起こしませんでした。次の日曜の教会では、献金の箱が私たちの鼻の下を素通りして回されるままにしました。どちらかというなら、目の見えない暗さのほうがいいと考えはじめていたからです。悪魔の女に目玉を取り出されて魚の餌にされてもです。

「日曜日は一日中彼女が現れるのを待っていました。次の日も学校の窓を見ては、彼女がそこに飛び込んでくるかと待ちました。そして、このことを牧師さんに話すことにしたのです。牧師さんは、私たちのとった行動が悪魔をやりこめたのだと言いました。悪魔は子どもたちを試すために送られてきたのだと。悪魔はそのためにいるのだから。人々の信仰心を試すために。もし君たちが献金を盗んでいたら、きっとその女は現れていたでしょう。なぜなら彼女は君たちを悪魔の懐に入れたわけだから。牧師さんは――みんな、よくできましたね、と言ってお菓子を一個ずつくれました」

話し終えて、母さんはミスター・ワッツを見やり、ふたりはじっとお互いの目を見合っていて、それから生徒たちが待っていることに気づいてこちらを向いた。母さんが最後の部分を付け加えなかったら、私たちは悪魔の話だけを記憶に残し、レッドスキン兵のことを考えるとき、ただ憎むことしかできなかっただろうと思う。

母さんは自分の学校訪問がクラスでどう受け止められているか、一度も私に尋ねようとしなかった。とても知りたかったけれど、直接聞いてくるのではなく、違う方向から攻めてきた。その夜、私は悪魔を信じるかと質問されて、愚かにも、信じないよと答えてしまった。すると、どうして信じないの？　あのお話を聞いた後でもそう思うの？　私はミスター・ワッツの言葉をそのまま母さんに投げつける。悪魔というのはただのシンボルで、生きた実在のものではないから。

「でもピップも生きてないでしょ」と母がやり返す。

だが私は答えを用意していた。「悪魔の声は聞こえないけれど、ピップの声は聞こえるから」

それを聞いて母さんは黙る。私はじっと待って、待って、待ちつづけたけれど、そのうち彼女のかすかな寝息が聞こえてきた。

次の朝、母さんが教室に現れたときは、明らかにお知らせのためではなかった。ミスター・ワッツと喧嘩しにきたのだ。

「私の大切な娘マティルダが」と彼女は語りはじめた。「悪魔は信じないが、ピップは信じると言います」

ミスター・ワッツが何のことか分かるまでちょっと待って、それから応えを待った。しかしいつものように、彼は驚きの表情は見せなかった。

「ええ、ドロレス」と静かに言う。「それはこういうことではないでしょうか。本の中ではピップと悪魔は同じような状況にいる」

今度はミスター・ワッツが母さんの反応を待った。もちろん彼女には何のことだかさっぱり分からない。

「ええとですね」彼は言った。「ピップは孤児で、自分自身と自分の運命を自分で築く機会を与えられた人です。ピップの体験は移民の体験のようなものです。生まれ育った場所を後にして、自分の力のみで生き、新しい自分を作り出す自由があります。そして間違いを犯す自由もあります……」

そこで母さんは彼の論に隙間を見つける。

彼女は手を挙げて彼の話をさえぎった。「でもピップは、自分が間違いを犯していることをどうやって知るんですか」

二月十日に『大いなる遺産』の朗読が終わった。私の計算とは四日違いだった。クリスマスの日と、ミスター・ワッツが風邪をひいて休みをとった三日間があったからだ。

私は本の終わり方に戸惑っている。ピップはなぜそれほどエステラを追い求めるのだろう。とくに、物語上の彼女の役目が理解できる今、それが不思議に見える。ミス・ハヴィシャムがエステラの心に固い石を据えつけ、その石のせいでエステラは言い寄る男性の心をすべて砕くようになる。それはミス・ハヴィシャムにとって遠い昔の婚礼の日に起こったことへの仕返しだった。それは分かる。仕返しや恩返しという概念は、私たちも知っていたから。脱獄囚のマグウィッチは――オーストラリアに逃げて、そこで金持ちになり、湿地からの逃亡を助けてくれた少年ピップに恩返しをして、今度はピップが湿地から抜け出せるようにするというのは素晴らしい考えで、私はたいへん気に入っているのだが――いったいなぜオーストラリアから英国へ戻ってくるのだろう。監獄に入れられる危険を冒してまで英国に戻り、そしてピップが自分の計画どおりジェントルマンになりつつあるかを確かめにくる。今度は、ピップとピップの新しい友人ハーバート・ポケットが彼を助けて二度目の脱出を成功させる。そこはいい。繰り返しのパターンが見える。

「好奇心は九生ある猫でも殺したことがある」とミスター・ワッツは言った。「もし私たち人間のとる行動がすべて理屈にかなったものだったら、世界は今とは違っているでしょう。そんな世界では人生はあんまり面白味がないんじゃないかな。そう思いませんか?」

ということはなぜ登場人物がそういう行動をとったのか、ミスター・ワッツにもよくは分からないというわけだ。彼が終わり近くの章を読んでいるとき、私はじぶんがちゃんと聞けているのかどうか訝った。私がちゃんと聞いているとしたら、物語は満足できる終わり方じゃなかった。マグウィッチはエステラのお父さんだと分かるのだが、なぜそれが判明するのにそんなに時間がかかったのだろう。全部で五十九日もかかって朗読を聞き、そのあげく私たちに見えるのはまるで蜘蛛の巣だった。小さな部分が解明し、それがそれぞれに関連していることが分かり、それで私に見えてきた図が、もしも全部間違っていたとしたら。

しかし、この質問をするにはぴったりの瞬間を待たなければならない。愚か者だと思われたくはない。私がこの本の魔力にとり憑かれていることは誰もが知るところで、ミスター・ワッツもしばしば私だけを指して物語について討論したりもした。だから彼の信頼を裏切るよりは、質問せずに黙っていたほうがいいと思った。

『大いなる遺産』を読み終わって数日後、クラスは元気がなくなっていた。毎日楽しみにすることが何もなくなったからだ。物語は終わった。そして私たちのその世界での旅も終わった。私たちはまた自分たちの日常の世界に呼び戻された。脱出の見込みのない毎日は目的のない毎日だ。ミスター・ワッツが何か新しいことを思いついてくれて、私たちの生活にぽっかり開いた穴をふさいでくれるといいのに。

彼の解決法は、恐らくずらりと並んだふさぎ顔を見て思いついたに違いないのだが、『大いなる遺産』をもう一度読むことだった。ただ、今度は生徒が朗読を当番する。英語の練習になるだろう。でも、何度読んでも物語の内容は変わりはしない。筋書きはもう決まっていて、ピップはジョー・ガージャリーを再びがっかりさせるだろうし、ジョーはジョーで、それを心の中で許してあげるだろうし、ピップはまたあの永遠の恋人——不愉快きわまる——エステラを追いかける。二回目も三回目も四回目に読んでもそういう出来事は変わらない。ただ、ひとつだけ救いがあった。それは二回、三回と読むたびに私たちは他の国へと飛び去ることができ、それによって正気を保つことができる。

ミスター・ワッツは机に近づいて本を取り上げた。私たちは朗読に誰が選ばれるのか待った。彼が振り向いて、墓場の場面のページが開かれているのが見えたそのとき、ダニエルが突然手を挙げた。

「はい、ダニエル」とミスター・ワッツ。

「自分が白人っていうのはどんな気持ちですか?」

ダニエルはそう言ったとたんに腰を下ろして私のほうを見た。ミスター・ワッツはダニエルの視線を追っていって、私のところにたどり着く直前で目を伏せ、この質問がどこから来たのかを知った。知ったに違いないと私は思った。なおかつ彼はダニエルに向けて答えはじめた。

「白人っていうのがどんな気持ちかって？　それは白人としてこの島に住むことをどう感じるかっていう問いでしょうか？　最後のマンモスの気持ちみたいなものかな。時々寂しいですよ」

マンモス？　それがどういう意味なのかさっぱりだ。ダニエルのした質問は私たちがたいへん聞きたかった質問だった。だが、誰もそんな待ち伏せ攻撃には加わりたくなかったので、マンモスのことは尋ねないことにした。しかしながら、ミスター・ワッツは、今度は自分の質問を私たちにぶつけてきた。

「では、黒人っていうのはどんな気持ちですか？」

ダニエルを指してした質問だったが、ミスター・ワッツはそれからクラス全体を見回す。

「普通の感じです」とダニエルがみんなを代表して答える。

彼は笑い出すように見えた。だがそうするのは止めておいて、『大いなる遺産』に視線を落とした。

「そうですか」と言った。

その一週間後レッドスキンたちが村にやって来たとき、私たちはダニエルの質問に対する、よりはっきりした答えを得ることになる。

レッドスキンたちは夜明け前にやって来た。彼らのヘリコプターは海岸沿いをずっと上がった岬の川のこちら側に降りたので、前回のように前もってそれを知ることができなかった。今回は彼らの声や高い口笛などで私たちは目を覚ました。

私たち村人はこの瞬間を待っていた。気が違って聞こえるだろうが、実際私たちはこれを望んでいたのだった。

湿度が日毎に上昇しつづけ、空気が重くのしかかり、ついにそれが破裂して雨が落ちはじめるとき、私たちはやっと楽に息がつけるものだ。これまで二、三週間、緊張感が続き、あまりにも長い待ち時間があり、私たちはそれと同じように感じはじめていた。いっそレッドスキンが来てくれたらい い、それでこの待つという時間が終わりになるのなら。

まるでリハーサルでもしていたかのように、村人が家々から出てくる。おかしなことに、何も命令されなくても、私たちはどう行動すべきかよく分かっていた。レッドスキンたちは顔を真っ黒に塗り、目だけが光って見える。だれも叫んだりしていない。そんな必要もなかった。私たちはどうするべきか分かっていたから。レッドスキンと私たち、お互いの立場をよく知っていたのだった。

レッドスキンのリーダーが口を開いたとき、それが感じのいい声だったので私はほっとした。きっと怒鳴るのだろうと想像していたから。彼の要求は簡潔だった。村人の名前の一覧がほしい、保安が目的。だから怖がる必要はない、ただ協力的に対応してほしい。名前と年齢を言いなさい。彼は一度も声を荒げずに言った。この要求には簡単に従える。だって私たちの名前が危険なわけもなく、爆発したり、魚釣りの針が隠してあるわけではないのだから。

兵士がふたり、一列に並んだ私たちの名前を書き留めていった。中には兵士のペンをもらって自分で正しく書き直す者もいて、そうするとき私たちは、微笑んだ。正しい綴りを教えてあげるとき、ちょっとうれしかったからだ。これにはあまり時間はかからなかった。

二枚の紙が士官に手渡され、私たちは彼がゆっくり名前の一覧を読んでいくのを見ていた。彼はある名前を探していて、それはたぶんこの村から革命軍に参加した者の名前なのだろう。

士官が顔を上げたとき、もう子どもたちには興味はないのが明らかで、大人たちの顔だけを見ていた。ひとりひとりの顔をじっと見入り、親たちが目を伏せるたびに彼は自分の勝ちを誇っている。最後のひとりまでそれをすませた後、質問がある、と告げる。それは難しい質問ではなく、村人なら誰でも答えられるものだと言い、自分で自分の言葉ににやりとした。いったいなぜこの村には若い男がひとりもいないのか。若い女はいるのに、なぜ男はいないのか？

腕を組んで足元の土をじっと見つめ、まるで私たちと共に面白いパズルでも考えているみたいだ。彼自身で答えは知っているのだ。でも答えを探すのが目的ではなくて、私たちが彼に答えること自体が目的なんだ。もしその答えを私たちが言ったら、それは罪を認めることになる。まるでカモメがカニの甲羅を嘴で裏返すみたいに、私たちは今ついばまれている。この士官は必要な情報すべてに精通している。しかし、それだけでは足りない、もっと知りたいと言っているのだ。

そこへひとりの兵士が浜辺から走ってきて、その瞬間、私たちは答えを言わずにすんだようだった。彼は士官に話をした。遠くてその内容は聞こえなかったが、その情報の効果だけは私たちにもはっきりと見えた。士官は口の端をピクッとさせ、自分の太腿を片手で叩く。それからふたりは浜辺の方向へと歩いていった。間もなく大股で戻ってきた。以前見せた士官のちょっとからかうような雰囲気はもう消えていた。

彼は一列に並んだ私たちの顔を凝視しながら歩く。列の最後までたどり着くと戻って前に立ち、両手で握りこぶしを作って背に回し、体を揺らしている。

「ピップというのはどいつだ？」と彼が言った。

誰も答えない。

「俺は村人全員の名前を出せといった」と彼は言った。「なぜこいつは抜けているのか」

ミスター・ワッツのクラスはその答えを知っている。そして私の母さんも。しかし母さんは目を閉じ、何も聞かないようにしている。お祈りをしているのかしら。子どもたちは互いを見やっている。その中のひとりは答えたくてうずうずしている。

「ピップはミスター・ディケンズの元にいるのです」とダニエルが思わず言ってしまう。

士官はダニエルのところまで行き、「そのミスター・ディケンズというのは誰なんだ」と冷たく笑って聞く。

ダニエルは自分が答えていることが自慢そうに、校舎の方を指差す。ダニエルが指差しているのは学校ではなくて、生え放題の草に隠れて見えない古い牧師館なのだと、みんなには分かっている。

士官は何人かの部下にピジン語で何か言い、ダニエルが指差した方を全員で見やる。士官はダニエルのことを忘れてはいない。村人の列を離れるようにと指を鳴らして指図すると、ダニエルはレッドスキン兵たちがするのを真似て、駆け足で指示に従う。それを見て士官は妙な顔をした。生意気だとダニエルを殴るのではないかと思ったが、そうしなかった。ダニエルの肩に手を置くと、そのミスター・ディケンズとやらを兵士たちと一緒に行ってここへ連れてこいと言った。

ミスター・ワッツはいつものスーツ姿だ。目玉が顔から飛び出そうとしていて、痩せた体にスーツがぶら下がっている。この汗ばむ緑色の世界にあっては、白色がいかに浮き出た存在であるかということを私たちは忘れていた。ミスター・ワッツと彼の妻が兵士たちによって引き出されてきたとき、そのことを再び知ることとなった。

士官は私たちに背を向けて、その行列が校舎に向かって近づくのを見て、腕を組んだ。ダニエルが先頭に立った。とても自慢げに両手を大きく振って行進している。そのとき私は、レッドスキンたちの目に写るミスター・ワッツを見た。私たちがもう慣れてしまっている事柄が、また真新しく見えてくる。背の高い彼は兵士たちを見下ろす位置にあった。朝の太陽がそれほど強くもないのにまぶしそうに瞬きをしている。でも実は、あの瞬きは陽射しとは関係ないと私は気づいた。母さんが何か直接に失礼なことを言ったとき、彼は同じことをしていた。それは先生が傷ついた感情を押さえ込もうとしているときなのだ。

でもそれもまた、私の思い過ごしかもしれない。なぜなら広場に着いたとき、彼は誰とも目を合わせないようにするために瞬きをしているように見えたから。彼は私たち知った顔の人間を見ないように視線をさ迷わさせている。批判的にその様子を見るなら、尊大で自尊心だらけの白人、私の祖父が人間ピラミッドを築いて見せたあの白人たちのように見ることもできた。彼はまるで、これから紹介にあずかり前へ進んで演説でもする人のように振る舞っていた。

他にも小さな変化が見えた。彼がネクタイをしているのを見るのは久しぶりだった。ネクタイをしめた喉のあたりを左手で触ったりしている。ボタンをきちんと留められるシャツを着て、靴を履いている。まるでこれから飛行機にでも乗る人みたいだ。

レッドスキン兵たちは私たちのことは忘れているようだった。ミスター・ワッツひとりだけを取り立ててにらみつけている。以前、浜に打ち上げられた不思議な魚を見たように、私たちは彼を見ていた。

兵士たちも白人を見たことはもちろんあるはずだ。ポート・モレスビーにはたくさんの白人がいる。ラエやラバウルにもいる。抗争が始まるまでの長い年月、オーストラリアから白人がやって来て鉱山を運営していた。その頃、彼らの乗ったヘリコプターや軽飛行機をよく見た。海には舟遊びのボートが浮かんでいた。白人の世界で働いた村の男たちは、戻ってくるたびにどこか少し前とは違っていたことに、私がもう少し大人だったら気づいたはずだと、母さんは言っていた。

士官はミスター・ワッツに向かって歩いていき、半歩ほど必要以上に近い位置に陣取って、彼の顔を見上げた。

「ミスター・ディケンズというのはあんたか？」

さてこの瞬間、ミスター・ワッツには明確な答え方があったわけで、ピップに関するこの間違いを、彼が一気にはっきりさせてくれるだろうと私は期待した。グレイスですら何か言ってくれるかもしれない。だが彼女は母さんと同じように目を閉じて完全に無心になり、体はそこにあるのに、心はそこにはない様子になっている。

ミスター・ワッツが何を言おうと意図していたにしても、彼が士官の一歩後ろで得意そうにしているダニエルの顔を見た瞬間、それは変わってしまった。そのとき彼は、この誤解がどこで発生したのか一瞬に理解し、状況はそれですっかり変わったと感じたに違いない。そして「はい、それは私です」と言ってしまう。

そんなのは嘘だ、と子どもならだれでもその嘘を正せたのに、私たちはそうはしなかった。彼はその瞬間、私たちにとてつもなく大きな信頼を持ってくれたことになる。ただしダニエル本人はいったいどんな危険が潜んでいるのか分かっていなかった。ダニエルは何が起こっているのか理解できていないか、それともたんにミスター・ワッツの声が聞こえなかったのか、彼が十九世紀のもっとも偉大な作家にすんなりとなりすましたことに気づいていなかったようだ。

それにこの瞬間、母さんは自分の宿敵をやりこめる好機があったにもかかわらず、何も言わなかった。彼女は目を閉じたままだった。状況を理解でき、何か言うことができる立場の他の大人たちも目立つのを恐れていた。ミスター・ワッツと私たちの列との間の距離、それは彼の白さと私たちの黒さの距離で、それが大きく開いてしまって、村人の誰もが、彼がずっとひとりで立たされている場所の隣に立つ勇気はなかった。

「では、ミスター・ピップはどこにいる」と士官が尋ねる。

他の白人がいたら大笑いしたかもしれないが、ミスター・ワッツはその質問にきちんと受け答えた。

「ご説明してさしつかえなければ申します。ピップというのは作られた人物で、ある本に登場する名前なのです」

士官は怒っているようだった。取調べのはずがなぜか自分が操れない方向へ向いてしまっている。いったいそれはどんな本のどんな人物なのかと尋ねることは、自分の無知をさらけだすことになる。彼の顔にそういった質問が生まれてくる様子が私には見えていた。そこでミスター・ワッツがやっと言った。

「誤解が生まれるのもごもっともです。もしよろしければご説明いたしますが、その本をお見せして、ピップというのが『大いなる遺産』という本の登場人物だということを証明したいと存じます」そこで初めて、ミスター・ワッツは私たちに目をやった。私を指して、「マティルダ、本は机の上にあります。持ってきてください」と言う。

私は士官がよしと頷くのを見て動き出す。

だれか兵士をつけてよこすかと思ったが、士官はそうはしなかった。腕の中に武器を抱いている兵士のひとりが振り返って、校舎に向かって駆けていく私を見た。その短い道のりを行きながら、私はその兵士の血走った目と彼の持つ銃を頭から払いのけることができなかった。私に課せられた仕事は、私には分かっている。できるだけ素早く、そしてみんなの期待に応えて、これをやりとげるんだ。

私は空の教室に駆け込んで立ち止まった。『大いなる遺産』がない。ミスター・ワッツの言われたところにない。机の間の通路を探し、生徒の机の上を探し回った。もしかして床に落ちているのかもと思い、かがんでも見た。天井も見上げた。青白いヤモリたちは私が教室に走り込んだときからじっと動かない。ヤモリたちの目は、これまで何度となく私を見たときとまったく同じように、何も写してはいず、もし本がどこにあるのか知っていたとしても教えてはくれない。

ピップがマグウィッチに脅されて、食べ物とヤスリを翌朝に持ってこなければ内臓をむしり取ると言われたときの恐怖感を、私はたった今理解した。私たち村人の生活の上に突然降りてきたこの闇の中で、私がひとりだけ選ばれてしまった。校舎を出て歩きはじめると、村全体と兵士たちと士官とミスター・ワッツが私を見つめている。目の血走った兵士の前を一気に走り抜け、士官を通り過ぎてミスター・ワッツの元へ走った。ミスター・ワッツ、とほんとうの名を呼びそうになって止めた。

「先生、本がありません」と言った。

彼が恐怖心を表すとしたら、今がそのときだ。

「ほんとうになかったの、マティルダ？」

「はい先生。机の上にありませんでした」

ミスター・ワッツはちょっと驚いた風をして、近くの木々を見やり、いったいどこにあるんだろうと考えている。

士官が私を睨みつけた。

「本がないんだって」

「本はあるんです。私が見つけられなかったんです」

「そうじゃないだろう。嘘だったんだ。本なんてないんだ」

士官は大声で部下に命令を出し、一軒一軒残らず家捜しさせることにした。ミスター・ワッツが何か言おうとしたとき、士官がそれを止めて指を先生の胸に突き立てた。

「だめだ！　じっとしてろ。全員ここで動くな」

ふたりの兵士が選ばれて、武器を持って私たちを見張り、士官はピップ探しをする集団に加わった。レッドスキンが私たちの家に入っていくのを見ていた。私たちの持ち物を壊す音が聞こえる。いろいろな物を家々の中から引き出している。寝床。服。ほんの少ししかない私たちの持ち物。彼らはすべてを引っぱり出しては、大きな山にする。それが終わると、見張りのふたりに命令が出て、彼らはその積み上げた山へ向かって行進した。

士官の顔にはこれまでになかった危険な表情が表れている。前にあった怒りが消えて、そのかわり冷淡で抜け目のない顔つきに変わっている。いずれにしても彼が最後には勝つのだ。協力的でなかったという理由で私たちは罰せられるのだ。

私たち（今度はミスター・ワッツとグレイスも仲間に入っていた）が再び寄せ集められ、士官はマッチをすった。マッチ棒を高く掲げて私たち全員に見せる。

「もう一度だけチャンスをやる。ピップという男を出せ、さもなくばお前たちの持ち物を燃やす」

誰も何も言わなかった。ただ足元の土に目を落とす。このときミスター・ワッツが咳払いをするのが聞こえた。それは私たち生徒みんなが知っている合図だから、顔を上げると、彼は士官に近づいて言った。

「士官、ご説明したいのですが、あなたが探しておられる人物は想像上の人物なのです。小説の中にいて……」。ここで、いつものミスター・ワッツなら十九世紀のもっとも偉大な英国作家、チャールズ・ディケンズによって書かれたというのが入るところだが、おっとそれはできない、と言う思いが彼の顔に浮かんだ。ダニエルが彼のことをミスター・ディケンズだとばらしていた。そのダニエルを守るために自分が作家本人になりすましていたわけだから、もし今そうではないと言えば、なおさら事を悪くするだろう。

このとき初めて、彼は心配そうな顔をした。これ以上何と言ってレッドスキンを説得することができるだろうか。真実は士官の面子を部下の前でつぶすことになるだけだ。さまざまな問題が彼の顔の表情になって浮かんできた。さらに悪いことに士官は、この戸惑いの表情が嘘の証拠だと受け取った。

「いったいどう信じろというのだ？　お前はその男が本の中の人物だと言った。それでその本を見せろと言うと、その本がないと言う」

ミスター・ワッツは何か言って説明しようと口を開けるが、士官は手を挙げて黙れと合図した。

「黙れ、俺が許可したときにだけ話せ。もうお前の嘘には興味がない」

そう言って今度は私たち村人の方へ向いた。

「お前たちはピップという名の男を隠している。これが最後のチャンスだ。その男を差し出せ。もしできないなら、革命軍隠しの罪を負わせることになる。これが最後だ。男を差し出せ」

できることなら喜んでピップを差し出すところだ。でもない袖は振れない、少なくともレッドスキンの士官が考えているような意味では、私たちはピップを所有してはいなかったから。

士官は二本目のマッチをすり、私たちに見せた。今度は誰も下を向かず、その炎が士官の指まで届いて燃え尽きるのを見つめた。ダニエルは山積みの中に何か自分の物が突き出しているのを見つけた。ふらりとそちらへ歩いていこうとする。あたかも誰かが間違ってそこへ置いた彼のビニールのボールを、拾おうと思っているかのように。兵士がダニエルをライフルで制止し、元の列へと彼を後ずさりさせた。

私は母さんを見た。手の平に何か棘が刺さっているような振りをしている。首を横に振りながら独り言をつぶやいている。前かがみになって、手首を顔の近くにやり、他の誰にも見えない傷を熱心に見ている。

士官が叫んで命令が出ると、ふたりの兵士が私たちの寝床や服に灯油をふりかけた。士官はまたマッチをすって、今度はそれを山に投げ入れた。炎が立ち上がり灯油の帯を伝って燃え上がった。その時点ではまだ、火は表面だけに留まっていたが、次第に煙が立ち昇りはじめた。一瞬の後に私たちの持ち物の山が大きな炎となって燃え上がった。豚肉の脂身のようにパチパチ、ピチピチと音を立てて燃えた。私たちの全所持品を跡形なく消してしまうのに五分ほどしかかからなかった。今ここに立っている自分たちが身に着けているもの以外はすべて消えた。

士官はうれしそうでも、復讐心に燃えているようでもなく、むしろ仕方なくこんなことをしている人のように悲しそうだ。

両肩を落としていた。自分ひとりの思いにふけるために、恐らくもっと暗い場所へと心を沈めているようだ。何もかもが思ったより深刻な事態になった。私がこれと同じ声を最後に聞いたのは牧師の説教のときだったと思うような厳粛な声で、士官は語り出す。「お前たちは愚かであった。つまらぬ嘘で俺を負かそうとしても無駄なことだ。これから二週間の猶予をやるから、次に我々が来るとき、ピップという男を差し出してもらう」

士官が最後にもう一度村人の顔を見やり、それから浜辺に向かって戻っていった。部下たちは主人を追う犬の群れのようにそれに従った。

私たちはしばらく燃えかすの周りに立っていた。誰も何も言わない。燃えかすになってしまった何かを思って涙をこらえ、鼻をすするの女の人の声を聞いたような気がする。ギルバートのお父さんは棒切れを使って燃えかすを探り、魚釣りのリールを見つけ出し、それを引きずって取り出した。それはプラスティック製で、部分的に溶けている。見つかったほとんどの物がそういう状態だった。元来の姿を少しは留めているものの、使い物にならないほど壊れている。寝床のマットは、切れ端も残っていなかった。

村人の中には子どもがいないので、『大いなる遺産』のことを知らない人たちもいた。これらの大人たちはピップが誰なのかも、この大騒ぎがいったい何なのかもさっぱり分かっていない。たぶん誰かが誰かと間違えたのだろうとか、レッドスキンの探している人は海岸をもっと北に行った所に住んでいるんだろうとか。私にもそれが聞こえてくる。誰かがその人の居場所についての真実味のある話さえしている。だがミスター・ワッツのクラスに子どもを通わせている親たちは、この事態の責任の所在を知っている。ミスター・ワッツはこの親たちに向かって話を始めた。その声は悲しそうで、残念そうで、今まで聞いたことのない声だった。それは『大いなる遺産』の第五十六章でマグウィッチが再び捕らえられ、病気の老人として監獄に横たわり裁判を待つ、あの箇所を読んだときに似ている。その声の調子は、聞く者に誰を哀れむべきかが分かる仕組みになっている。

彼は今、村が何もかも失ったことの責任を負うという不可能な仕事に直面している。人々はまだ、もしかして髪留めのひとつも見つかるのではないかと、灰色に燻る燃えかすを突きさして見ている。ミスター・ワッツはその燻っている燃えかすの前にゆっくりと歩み出る。それは言うまでもなく、人が虐げられた者の役に容易になりきってしまうあの瞬間だ。彼は責めを逃れようとはしなかった。その謝罪の言葉は思いもよらないところから始まった。ずっと後になって私は、あれは彼が人々から向けられるかもしれない強い怒りを静めようと計画したことだったのだろうと思った。

「昨日はグレイスと私がこの島に移り住んで十年目の記念日でした。素晴らしくたくさんの思い出を作り、素晴らしくたくさんのことを経験しました。でもいったいどうして今日の出来事が起こったのか分かりません。みなさんに向かって言う言葉がありません。どんな言葉もみなさんが失った物に置き換えることはできません。しかし、どうか信じてください。私はピップに関する誤解がこんな問題を引き起こすとは気づかず、それに気づいたときはすでに手の施しようがなかったんです。ほんとうに申し訳ありません」

そう話されても、誰も先生の目を見ることができない。いや何人かは見つめ返した。母さんもそのひとりだった。返事なんかしてやるもんか。白人は熱い太陽に焼かれてしまえばいい。

空になった家へ戻りはじめる者もいれば、燃えかすをまだ突っつく者もいる。もしかしてまだ灰の中に何か見逃しているかもしれないから。何かを手に取り、笑みを浮かべている人がひとりふたりいる。マシェティを手にジャングルに入っていく者たちは、寝床用のマットを作るための柔らかい若葉を取りにいくのだ。

ミスター・ワッツは誰かが返答するのを辛抱強く待ったが、誰も何も答えなかった。グレイスが手首を掴んで古い牧師館へと彼を連れ帰るしかなかった。私はふたりが立ち去る様子を見ていた。痩せっぽちの白人と腰のあたりに重い肉をつけた黒人。

追いかけて何か言い、ミスター・ワッツを慰めたかった。そうしたかったのに、でもしなかった。そのかわり家へ入って、兵士たちが何か見過ごしていないか探してみた。あった。隅に挟まって落ちていたのは、私がカレンダーをつけていた鉛筆だった。それに屋根の垂木の上にあった父の寝床用のマットが残っている。兵士たちがわざと見逃してくれたはずもないから、きっと気づかなかったのだ。母さんが喜ぶだろう。少なくともこれが残って、父さんを思い出せるし。そうだ、床の上に広げて、母さんをびっくりさせてあげよう。

マットを引き下ろしながら、何か小さくて硬いものに触る。川原の石ぐらいの大きさの物。そして、「石」だと思いながらも、もうひとつの可能性へと考えが飛躍する。大急ぎでマットを広げると、そこにはミスター・ワッツの本『大いなる遺産』があった。

そのときの裏切られた感情を言葉に表すのは難しい。

恐怖に震えていた私たちの列で、母さんは目を閉じて立っていたことを思い起こす。あのとき母さんはいったい何を聞いていたのか。レッドスキンの士官が一度ならずも、繰り返しあの本はどこだと訊いたのに、彼女には聞こえなかったのか。士官が燃えるマッチ棒を指先まで燃やしながら、もう一度、そしてこれが最後だ、誰かピップを連れてこい、それともピップが現れる本とやらをここへ出せと言ったとき、彼女はいったい何を見て、何を聞いていたのか。

こう自問しながら、私は母さんが何をしていたか想像してみる。沈黙することで、ピップとミスター・ワッツの立場を破壊してしまうことができる。娘の頭の中に作りごとの人物を押し込み、彼女の親族と同じ立場を与えさせようとする白人。黙っているほうを選ぶ、たとえ村中の所持品を救えずとも。

だが今、困ったことになった。それは母さんだけでなく私にとっても困ったことだ。もしあのとき母さんが家に走っていき、この本を持ってきたとして、なぜ本がそこにあったのかをまず説明しなければならなかっただろう。今また同じ理由から、私も本をミスター・ワッツに返しにいくことができない。どこで見つけたのか話さなくてはならないだろうし、それを言うことは母さんを裏切ることになる。彼女が板ばさみになったように、今度は私が板ばさみになっている。私は使い古したこの本『大いなる遺産』をまたマットの中に入れて巻き上げ、垂木の上へ押し上げて、母さんが後で見つけるようにしておく以外に、もうどうすることもできなかった。

私たちは、今まだある物を数えてみることで自分たちを元気づけた。海にはまだ魚がいる。木々にはまだ果物が生る。レッドスキンは空気と日陰を私たちに残していった。

私が母さんの立場だったら、こう自問したと思う。娘の気持ちが離れていってしまうのだったら、私がこんなことをしていったい何のためになるのだろう、と。レッドスキンが去ると同時に母さんは姿を消していた。とくに探したわけでもなかったが、しばらく後で浜辺にいる彼女を見たときは、それだけでほっとした。

近くに行く必要はなかった。それはできなかった。でも心のどこかで、私が母さんのしたことを知っていると告げたかった。母さんにそれを知ってほしかった。

その夜、床板の上に何とか寝床を作ろうとしていたとき、母さんは父のマットがあることに気づかない振りをしていて、堅く沈黙を守っていた。レッドスキンのことはもちろん話題にしたくないようだった。その話題がなかったのは村中でわが家だけだったに違いない。横になるや否や、母は私に背を向けた。そしてふたりとも一睡もしなかった。

夜が明けてから、その罪悪感で息苦しくなった空気を逃れるために、私は浜辺へ下りていった。そこにあった私のピップの神殿は壊されていて、貝殻やフウセンカズラのハート型の種は蹴り散らされていた。あんな騒動を起こした後では、もう二度とピップの神殿を砂に作ったりはしない。

私たちはいろいろな物を失くしてしまい、その中には父からの絵葉書のようにかけがえのない物もあった。とりわけオウムの絵や、カンガルーの絵のついた葉書を覚えている。いつ何時父がふらりと私たちの生活に舞い戻ってきてもいいように、彼の服は折り畳んで片隅にまとめてあった。一度、母さんが父のシャツを手に取って、顔にあてがっているのを見たことがある。それもすべて他の物と一緒に消えてしまった。それに私の大切なスニーカーも。それは封鎖の始まる前に届いた最後の小包の中に入っていたが、足に当たって痛かったので履けなかった。父はどうしてサイズ違いの靴を送ってきたのだろうと考えたとき、自分が父の記憶の中では今よりずっと小さな子どものままなのだということに思い当たった。スニーカーは役立たずだったけれど、だからといって誰かにあげることはできなかった。他人にあげることなんかできない。父が私にくれた物なんだから。

少しばかりの写真もあったが、焚き火にくべられてしまった。その中には島で写された父の数少ない写真もあった。写真は失くなっても、私はまだ覚えている。その一枚に、職場のクリスマスパーティーがキエタの漁師クラブであり、父は母さんと並んで座っていた。母さんは今よりずっと若かった。耳の後ろに花をさし、下唇は、微笑みと共に開こうとしている蕾のように半ばあけられ、父の腕は母さんの肩を抱いていた。ふたりは少し前かがみで、それはまるで、娘が、何年も後になって、この写真を掲げてする質問を、聞き取ろうとしているかのように見える。どうやってそんなに幸せになれたの？　そして、その幸せは今どこに行ってしまったの？

櫛と歯ブラシとがそんなに大切で必要なものか、失くなるまで思いもよらなかった。皿とお椀もそれが失くなるまで、大切だなんて誰も気づかない。また同時に、一個のココナッツがどんなにさまざまな用途に使えるのか、ということもそれまで知らなかった。

そんな中でひとつだけ面白いことがあった。それはミスター・ワッツの『大いなる遺産』が焼けずに残ったのに、母さんの大切なピジン語の聖書が焚き火にくべられてしまったのだ。母さんが黙っている理由のひとつである。

それから数日、村人はミスター・ワッツを避けていた。彼が近づくたびに、人の輪がバナナの房みたいにくっついたり、あるいは離れたりした。彼はそれを追いかけようとはしなかった。自分に罪はないと認めてもらおうなどとは思っていなかった。彼はみんなのよそよそしさを気づいていないかのように見えるかもしれないが、そんなことはない。私にはそれがよく分かる。私にそのときマンモスの意味が分かっていたら、ミスター・ワッツは最後のマンモスみたいに孤独を噛みしめていた、とでも言ったに違いない。

村人はあらためてピップの件に興味を戻している。今では、村中の誰もがピップのことを知っていて、いや、そう思い込んでいて、せっかちな連中はピップ捜索隊を作り、マシェティを武器にジャングルへと消えていく。母さんと私はそんな愚かな男たちを別々の思いの中で、黙って見送った。ピップが本の中の人物だと知っている者たちは、いったいあの本がどこに消えたのだろうと不思議に思っていた。レッドスキンはまた戻ってくるだろうし、ピップという名前の散りばめられたあの本を差し出す以外に、自分たちの家を救う手段はない。母さんも十分それが分かっているはずで、あの本を家の外のどこかに隠して、誰かが見つけ出すようにしたいと考えているだろう。

母さんは頭の悪い人じゃない。どうすべきかいろいろ考慮していたに違いない。とりわけ近所の人たちが、レッドスキンがいつ戻ってくるだろうと怖がっているのを聞くたびに。夜が私たちの上に重く長く沈んでくる時間には、自分が今とるべき行動を知りながら、他に何か方法はないものかと眠れないでいるに違いない。母さんは私に何か言おうとしたかもしれない。一度は、告白して私に助けを求めるなり、ただ話しを聞いてもらうなりしたかったかもしれない。でもそうするには、私はあまりにも彼女から遠いところにいた。秘密を打ち明けて私の意見を聞けるようなところにはいなかった。すぐ隣の寝床に横になっているけれど、私は暗闇の中で沈黙を守り、母さんには手の届かない距離にいた。彼女にとって、誰よりも失望させたくない人間のリストのいちばん上にいるのが私でもあった。村人の所持品が焼かれ、そのうえそれがミスター・ワッツのせいにされたことで自分を恨んでいる娘。もしあのとき私が沈黙を破ることができたとしたら、彼女のいつもの言い草をそのまま投げ返してやっただろうと思う。母さんは悪魔に入り込まれたんだわ、と。

夜に銃声が聞こえる。戦闘ではない。ただ革命軍ランボーたちがジャングルジュースを飲んで酔っ払い、レッドスキンを嚇そうと銃声を響かせているのだ。星を的にして、木々のてっぺんをふっ飛ばしながら銃を撃つ。しかし時おり、別の銃声がして、煙の筋が夜明けの空にたなびき、それは想像も拒むような事態が起こった名残りだとわかった。

私たちはまたレッドスキンの到来を待っている。前回と同じように緊張感が満ちてきている。村人同士の小競り合いや、大声の言い争いが聞こえた。夫婦喧嘩が始まり、子どもたちが怒鳴られた。以前よく雄鶏がそうしたように、小さな子どもたちが家を飛び出して庭を駆け抜けるのが見えた。

そしてある朝、ミスター・ワッツが例の手押し車に妻のグレイスを乗せて引いていくのが見えた。いつものように、ピエロの赤鼻をつけている。昔の飛び出し目玉のポップアイに戻っているミスター・ワッツに衝撃を受けた。彼が昔の役に戻ったことだけでなく、私たち自身がこんなに簡単に、あの昔の彼をすんなり受け入れられるということが。

グレイスが引かれていくのを見ながら、彼らの家は焼かれていないんだということが村人たちの心にじんわりと伝わってきて、それが群集心理をもたらした。ミスター・ワッツとグレイスは自分たちの所持品を失っていない。あの馬鹿げたピエロの赤鼻も手押し車もまだ持っていたんだ。思い出してみると、彼らの持ち物は焚き火にくべられなかった。しかし、それはなぜか当たり前のことのようにも思えた。なぜならミスター・ワッツは白人で、白人はそんなことの起こる私たちの世界の外の住人なのだから。

そう考えたとき、人々の心に浮かんだのは、もしかしたらミスター・ワッツはあのなくなった本を実は持っているのではないか、それが見つかれば村の家々が焼かれずにすむのだということだった。

もちろん私は、その村人の群れに加わってふたりの家へ押しかけたりしなかった。理性を失くした群集の中に、ミスター・ワッツがお気に入りのマティルダを見るのは耐えられなかった。それに、村人の本探しは時間の無駄だと分かっている。『大いなる遺産』は私の家の母の寝床の真上に、垂木から吊るされた父のマットの中に巻き上げてあるのだから。それまでの人生でも、その後でも、私はこのときほど、実に重大な情報を自分ひとりの胸におさめたことはなかった。

母が経験したはずの正しい道を選べない辛さを、私も今経験している。近所の人々がミスター・ワッツの家へと詰め寄り、私はそれを止められる情報を持ちながら、口を閉じ何もしないでいる。

臆病者はこう考える。家の中にじっとして、ミスター・ワッツの家が荒らされるのを見ないようにすればいい。見なかったことは知らなかったことだから村人は彼の家でどれほど徹底して本の捜索にあたったのか、私は知らないが、いずれにしろ捜索は怒りと焦燥へと変わった。群集心理の正確な動向を計る方法はない。

私が戸をあけてにじり寄り、外を見ると、人々がワッツ家の持ち物をすべて抱えて出ていくところだった。どんなに小さな物もすべて。役にも立たない電器コードやプラグが土の上を跳ねていく。ある女はプラスティックの衣類籠を抱え、自分でそれを使おうとでも思っているかのように見える。しかし、誰も自分で使うために物を取り出しているのではなく、もっと大きな物も引きずり出されている。男たちはまるで、火あぶりにする豚でも抱えるように家具を抱えてきた。中にはちょっと笑顔を見せている者もいるにはいるが、誰ひとりとしてはやし立てている者がいないことに、私は救われた気がした。

こんな出来事は、見たことがなかった。それはこれまでに経験したことのない報復行為でありながら、人々はお互いになすべきことを了解してでもいるかのようだった。どこに何を置くか、誰も指示したりしなかった。それはそれはたくさんの品物で、村人にとっては高価な品もあったのに、誰も何ひとつ盗もうとしなかった。洋服。写真。椅子。木製の置物。木彫りや小さなテーブル。そして本。見たことのない量の本また本。ミスター・ワッツなら、私たち子どもが読むように、くださったに違いない、と思った。

一切が炎となって燃え上がる。

この前の焚き火よりもっと壮観な眺めだった。木製の品が多かったからだ。沈黙の中で、みんなが炎を見つめていた。誰もこの仕業に加担したことを隠そうとはせず、ワッツ夫妻も炎を消そうとはしなかった。怒りの言葉も責めの言葉も発せられなかった。

ミスター・ワッツはグレイスの肩を抱いて焚き火の前に立っていた。それはまるでふたりが誰かに別れを告げているかのように見えた。彼は積極的な参加者とは言わないまでも、事件が起こるべくして起こり、これはむしろ必要な始末であったと甘受している印象を与えた。


そして再び、レッドスキンが現れた。今度は、まるでジャングルから溶け出てきたかのように、猫のように姿を現した。最後に出てきたのは例の士官だった。

兵士たちの中には血の滲み出た包帯を巻いている者もいて、その包帯も自分のシャツを引き裂いたものだ。士官は病気で、熱があるようで、黄疸が出ている。部下たちの目が腫れぼったくて赤いのに比べ、彼の目は黄ばんでいる。汗が顔を覆い、さらに皮膚から滲み出ている。疲労と病で怒ることもできずにいるように見える。

今回もまた、村人は命令されることなく集合した。何人かの兵士は肩にかけた武器を軽く揺すりながら、勝手に歩いていった。その中のひとりが一軒の家へ入り、ズボンの前を開けて放尿するのが見えた。

私たちは振り返って士官を見る。きっと彼なら、こんなことに黙ってはいないだろう——自分の部下が私たちの家の中で放尿するなんて。しかし、士官はそんなことは知りたくもなく、もうどうでもよかった。彼が疲労し切った声で話し出したとき、私は彼がやっと立っていることに気づいた。ひどい病気なのだ。

彼は食糧と薬が必要だ、と言う。メイベルの父親が手を挙げて私たちを代表して言う。「私たちはもう薬を持っていないんです」。それは真実だった。そして悪い知らせだった。とてつもなく悪い知らせ。なぜなら、士官はあの焚き火の件を忘れていたに違いない。彼が村に薬がない理由にようやく気づいたのが、その病に犯された顔の表情に出た。

彼は首をぐるりと回して頭をのけぞらせ、真っ青な空を見上げた。私たちに対して腹を立てる理由はない。メイベルの父親は焚き火のことなど一言も触れずに、ただ礼儀正しく薬に関する情報をあげたのだから。いずれにしろ、その話を聞いて士官の気分は沈んで見えた。自分が自分であることにうんざりしている。仕事にも、この島にも、私たち村人にも、そして負わされている責務にも。

彼を元気づけようと思ってだろう。部下のひとりがパイナップルを持ってきて、まるで奉納品か何かのように両手に掲げて差し出した。士官は頷いたものの、手を振って退けた。そしてその熱っぽい目を上げたとき、私たちは次に何が来るのか理解していた。

「前回、お前たちはある男をかくまっていた。自分たちの馬鹿げた行為のせいで何が起きたかをしっかり見たはずだ。お前たちに考える時間を与えるために我々は去っていった。自分たちで決断するようにだ。今、その決断を聞くためにここに戻ってきた」

母さんが目を閉じているのを見て、今度は私も同じようにした。だから、次の言葉は私の頭に耳からだけ入ってきた。「言っておくが」と士官が言う。「前回お前たちが見たような辛抱強さは今回の俺にはもうない」

それから一瞬、沈黙があり、その長さと共に真昼の陽射しの分厚い熱気が漂ってくる。場違いに楽しそうなカラスの声が聞こえる。そして、レッドスキンの声。「ピップという男をここへ出せ」

ここで何か発言したいと思う人もいただろう。たとえば、ミスター・ワッツ、もし彼がここにいたら。兵士たちはミスター・ワッツの家の場所を忘れたか、もしくは彼を避けることにしたのだろう。私はグレイスが熱を出していて、ミスター・ワッツができる限りの看病をしていると知っている。

私たちを救えるもうひとりの人物は母さんだ。しかし今ここへ、あの本を持ってくることはできない。あの焚き火があった後では。そして、それは最初にあの本を出さなかったがために起こったことだったから。母さんにそれができないように、私も母さんを裏切って兵士を家へ連れていき、父の寝床用マットを指差すことはできない。

そんな状況の中で、大きな集団が完全に沈黙しているというのは、居心地の悪いものだ。罪の意識が悪性の腫瘍のように広がり、何も罪のない者まで襲う。村人の多くが息を呑んだ。いや、後で聞いたことだが、みんな私と母さんのように目を閉じて、自分をその場から遠ざけようと試みていたのだった。

私は今でも、浜辺に波の打ち寄せるぴしゃりというのんびりした音が聞こえたのを覚えている。そのときまで、海が何てうすのろで役立たずなんだろう、と思ったことはなかった。

「それなら、よかろう」と仕官は力なく言った。まるでその言葉を言いたくなかったんじゃないかとさえ思えるような声だった。ほとんど、私たちが彼をそう言うしかないところへ追いつめたのだと思えるような声。まるで私たちが問題の根源であるかのような。

兵士たちのために証言しよう。彼らは村の家々に火をつけて回りながら、厳粛さをもって行動していた。荒々しい歓喜の叫び声をあげるでもなく、銃を撃ちまくるのでもなかった。否、そのやり方はまったく意外で、私たちに自ら自分の家に火をつけるよう頼んだのだ。彼らはまず家の入り口に灯油を撒いては離れ、その家の主に火のついた松明を戸口へ投げ入れさせる。母さんもそうした。それでミスター・ワッツの『大いなる遺産』が永久に失われることを知りつつ。

炎がめらめらと自分の家を飲み込んでいく様子を見るのは、自分の人生の一部にさよならを告げるような感じがする。家の中の懐かしい空間を思うと、そのときまでそんな風に思いを馳せたことはなかったことに気づく。今、私たちの中の何人かは、ミスター・ワッツがこの島へやって来るときに失ったものが何であったか、少し分かった気がしている。私たちは目を閉じて、これまであの屋根の下で起こったことすべてに思いを馳せる。そこで食べた料理の匂い、懐かしい匂い、会話や言い争い。そして恐らくもっと大切なこと、重大な決心や家族のお祝いなどにも。隣家の人々が、平穏な静けさがそこにはあった、と語る。静けさなんてどこにでもありそうだ。沖へ出ても、背の高い木々の下にも。だが、自分の家が破壊されて初めて気づく、まったく質の違う静けさというものがあるのだ。

最初の焚き火では、贈り物の品やお気に入りの持ち物を失くした。ボールとか幸運を呼ぶ魚釣りの針だとか。私も父が贈ってくれたスニーカーと、絵葉書を失くした。そして今回私たちが失くしたものは私的な生活だった。これからどこに体を隠せばいいのだろう、みんなも、私も。

最も簡素な家が夢や空想を満たす。開けっ放しの窓でいい。開けっ放しの戸でもいい。でも四つの壁と屋根が必要不可欠であることを発見した。実は囲われていることが、外に逃げ出せることでもあるのだ。

私がピップと過ごす秘密の世界はこれからどうなるだろう。また木陰や浜辺で彼に会うことができるだろうか。それとも現実の世界がもっとうるさくなって、私にしつこくまといつくのだろうか。

私たちは村の家々が燃え燻る屋外で眠った。家なしの生活は何だか裸にされたような感じだった。服も着の身着のまま。それでも、誰にも盗めないものがあった。火をつけたり銃で撃ったりできないものが。空気があって、清流の小川があった。果物が生り、畑があり、豚も少しは残っている。それに、予期せぬ幸運で、ギルバートの父親のボートがあることにレッドスキン兵たちは気づかなかった。彼は渓流の川べりの濡れないところにいつもそのボートを泊めておいた。その青色の船体がひっくり返って、キールの上に乗っかっているのを見たときは、胸の中で魚が跳ねたような気がした。みんなで魚釣りの網と道具に飛びついて、それはまるで贈り物をもらったときのようだった。それらは、小さいながら、私たちが生き残るためには重要な勝利に他ならなかった。

ギルバートの父親は、自分の負う責任の重さに突然目覚めた男のようだった。彼は魚釣りの名人で、夜、どこに魚がおり、どこに網を張るのが効果的か知っていた。魚の感覚を持って生まれたのだ。魚のことが魚自身よりも分かるようで、夜釣りしかできない今、それが役に立つ。レッドスキン兵のパトロールが彼のボートを見つけたら、たちまち撃ってくる。海岸をずっと北に行った場所で、そういう事件が起こっているそうだ。

二日間燻っていた家々の跡に、何ひとつ残ってはいなかった。まもなくマシェティのザクザクいう音が聞こえ、村人たちがジャングルから出たり入ったりした。槍型の葉や、葉を落とした長い枝を運ぶ。梁にする重い材木は男ふたりでどうにか抱えて持ち出した。

一週間のうちに新しい家々ができあがった。今度の家は製材された木材も木張りの床もなく、前のとは比べようがなかった。だが、そこらにある物を使って作ったにしては上出来だった。周りにある物を縫いつけたり編んだりして、鳥が巣を作るのを見たことがあるなら、それと同じような具合に私たちの家もできあがった。

村中で焼かれずにすんだふたつきりの建物のひとつは学校で、なぜだろうと私は思った。母さんの意見によると、学校は政府の建物で、それを壊すことは、レッドスキンにとって首都のポート・モレスビーの一部分を破壊するのと同じだから、意味を成さないのだそうだ。もうひとつの生き残りは、ミスター・ワッツの家だ。これも母さんによると、それは彼が白人だからで、レッドスキンは白人を不愉快にするような仕業は決してしない。ポート・モレスビーはオーストラリアからの経済援助に依存していて、さまざまなものを援助され、受け取っていた。学校の教師たち、宣教師たち、魚の缶詰、そして革命軍を海に落とすのに使われるヘリコプターすら、オーストラリアから来ている。

さて、今度は誰もミスター・ワッツの家に報復の火を放とうなどとはしなかった。私たちはグレイスが高熱におかされていると知っていたが、それだけが理由ではなかった。思うに、前回ミスター・ワッツの家の所持品を火に投げこんだとき、その後味は決して良いものではなかったからだ。たぶんそれだからこそ、子どもたちがミスター・ワッツの授業に出席するのを誰も止めたりしなかったのだと思う。

ただ、ひとつだけ変化があった。クラスが前の半分の人数になっていた。年長の男の子たちの中には、家出して革命軍に参加した者たちがいた。そして、ジュヌヴィーヴという女の子で、学校へ来ることにも『大いなる遺産』にもあまり興味が持てなかった子が、兄弟姉妹とともに、歩いて親類の住む山の中の村へ移っていったからだ。

ミスター・ワッツは、みんな来てくれてありがとう、と言って授業を始めた。彼自身が来られるかどうか分からなかった。ミセス・ワッツの具合がとても悪いからだ。でも今ここに彼がいて、私たちもいて、まるであの頃と同じだねと彼は思わず口にしそうだった。私たちが失くしたものの大きさがあって、私たちがワッツ夫妻から奪ったものの大きさがあって、それが小さな、だがくっきりとした形でお互いを隔てている。私たちは彼に真っ直ぐ視線を向けることができず、宙を見やる。彼特有のいつもは真っ直ぐ投げられる視線が、教室の後ろの天井の隅へとさ迷う。私はその視線の下に潜り込むように彼の手の動きを見つめた。その声の調子に、不当な扱いをされた者の思いが混じるのではと耳を澄ませた。

「私たちはみんな持ち物を失くし、ほとんどの者が自分の家も失くしました」と彼は始めた。「しかしそれは、物を失くした痛手がいかに大きくとも、誰も奪えない物もあることを私たちに思い出させてくれます。それは私たちの心と、そして想像力です」

ダニエルが手を高く突き出す。

「はい、ダニエル」

「想像力って何ですか?」

「ダニエル、あっちのほうだよ」

私たちは指差されたドアの向こう側を振り向いて見た。

「そしてここだよ」

また振り向いて、彼が頭の横を指で軽く突くのを見た。

「目を閉じてごらん。」と彼が言った。「自分だけに聞こえる声で自分の名前を言ってみてごらん、ダニエル、自分だけに話しかけて」

私はダニエルのふたつ後ろの席に移っていたので、ダニエルが自分の名前を言いながら両の頬の横が動くのが見えた。

「ダニエル、想像力がどこにあるか分かったかい」

「はい、ミスター・ワッツ」

「じゃ、みんなもやってみましょう」とミスターワッツが言う。「目を閉じて自分の名前を心の中で言ってみよう」

「マティルダ」という音の響きは、頭の中のずっと深いところへと私を連れていった。言葉が新しい別の世界へ私たちを運んでいくことはすでに知っていたけれど、たったひとつの言葉が私の耳の中に響き、それが他の誰も知らない私だけの部屋へと導いてくれる力を持っていることは知らなかった。マティルダ。マティルダ。マティルダ。繰り返し言ってみた。ちょっと言い方を変えてみる。マーティルーダ、と音を引っぱって、私だけの部屋を大きくしてみた。

「それからもうひとつ」とミスター・ワッツが言った。「君たちがこれまで生きてきた短い年月に、誰も君たちの名前をそんな風に呼んだことはなかったでしょう。だからその声は君だけのもので、誰にも取り上げられない君がもらった特別な贈り物です。そして、そんな声を使って、私たちの友であり仲間であるミスター・ディケンズは物語を書いたのです」

ミスター・ワッツはそこで息をついて、話が早すぎてよく分からなかったのではないかと、私たちの顔を見回した。

私が大きく頷いて応えると、彼は続けた。

「さて、一八六〇年にミスター・ディケンズが『大いなる遺産』を書いたとき、まず最初にしたことは、ピップの声を聞くために、心の部屋を片づけることでした。私たちも今そうしたよね。自分の中にある小さな部屋を見つけると、そこでは私たちの声は乱されず、生き生きしている。ミスター・ディケンズは目を閉じて、いちばん最初の文が聞こえてくるのを、そこでじっと待ったのです」

ミスター・ワッツが目を閉じ、私たちはじっと待つ。テストのつもりだったのだろう。彼はすぐにぱっと目を開けて、誰か始まりの文を覚えていますか、と尋ねる。誰も覚えていない。そこで彼がかわりに思い出してくれる。私たちがまた目を閉じると、今では私が自分の名前ほどにも心に刻み込んでいる、あの文をミスター・ワッツは引用しはじめた。私は生きている限り、彼が私たち子どもに向かって暗唱したその文を忘れない。僕の父の名前はピリップで、僕のクリスチャンネームはフィリップだったので、幼い僕の口ではどちらの名前もきちんと長く発音できずに、ピップと聞こえるようにしか言えなかった。だから僕は自分のことをピップと呼び、人にもピップと呼ばれるようになった。

こんな状況でなかったら、自分の中の部屋とか自分だけの声とかいう話は私たちには分かりにくかったかもしれない。しかし、家を失うことで、私たちは、それが守ってくれていたのはたんに持ち物だけではなくて、夜に寝床に横たわるとき、他の誰にも見せない私たち自身を家はかくまってくれていたのだということを実感していた。そして今、ミスター・ワッツが私たちに、ゆっくり体を伸ばしてくつろげるもうひとつの部屋を与えてくれた。次の手順は、そこに家具を置くことだ。

そのために、彼は特別な作業を命じた。私たちで『大いなる遺産』を回収する作業だ。

「回収」という言葉の意味が分からなかった者も、ダニエルが質問して、おかげでかなりはっきりしてきた。私たちはそれでもまだ本当に理解しているか不安だった。『大いなる遺産』の本は燃えてなくなり、灰の中から回収することはできない。だがミスター・ワッツの提案は違っていた。「さあ、物語をどれだけ思い出せるかみんなでやってみましょう」と彼は言った。

そして、それが私たちのやった回収だった。その一時間の授業だけでなく、何週間も、いや何か月もかかっておこなった。鉛筆と私のつけていたカレンダーが焚き火の中に放り込まれて以来、もう時の経過を記録しようとは思わず、一日がまた次の一日に溶け込んでいった。

ミスター・ワッツは、自由に夢を見るようにと私たちに言う。つまり、物語を順序だって思い出さなくていい、本に忠実でなくていい、いやむしろ私たちが受け取ったままの物語がいい。「ただし、物語の記憶は必ずしもタイミングよくやってくるわけではありません」と忠告する。「たとえば、夜中にふと何か思い出すかもしれませんね。そうしたら、その記憶の切れ端をしっかり摑んで、次の授業に持ってくるのです。そしてそこでクラスメートと分かち合い、他の人が持ってきた切れ端と一緒にします。切れ端と切れ端をすべてつなげたとき、ひとつの物語ができあがります。それはきっと新品の本のように素敵なものになるはずです」

同じような作業を以前にしたことがある。まだ魚釣りの網や糸があった頃、私たちはよく浜辺で収獲を等分に分かちあったものだった。私たちは今それを『大いなる遺産』で始めようとしている。

その日の授業では、回収はあまり進まなかった。落ち着いて気持ちを集中させるのは容易ではなかった。教室の外に目をやると、ツカツクリドリがうろうろしているのが視野に入り、正面を向くとミスター・ワッツのあご髭の中に白髪が混じってきたのに気づく。思いが迷子になると、そういったことに捕まってしまう。ツカツクリドリの味を思い出してみたり、ミスター・ワッツが目に見えて老けてきたことを思いやったりして、後には何も頭に残らない。

しかし、いったん『大いなる遺産』の切れ端を拾い集めはじめると、それは驚くほどいつでもどこにでも見つかった。それがいちばんよく見つかるのは、私が現実から離れてもうひとつの世界へ入り込みたいと願う夜の時間だったが、ほかにも意外な瞬間に突然見つかることがある。たとえば何も考えずに沖を眺めているとき、予告もなしに突然それが頭に浮かぶ。私はピップと並んでサティス邸に向かって歩いている。その陰気で蜘蛛の巣だらけの館は、過ぎ去った過去だけしか見ようとはしない。

そして思い出すのは、私がどんなにピップを守りたいと願ったかだ。エステラのピップに対する話し方がきらいで、セーラ・ポケットがゴシップを聞かせて、ピップをからかったりなじったりするのが耐えられなかった。いったいなぜピップはあのふたりに言い返しもせず、たやすく取り込まれてしまうのか分からない。

これまでに、私にはふたつの切れ端が出てきた。ひとつは、ミス・ハヴィシャムが家中の時計を止めたままにしていたことで、それをクラスに持っていく。忘れてしまうんじゃないかとても心配だったので、誰にも話しかけられないようにする。他の子たちから顔をそらして歩き、会話などして切れ端が消えてしまわないように注意する。ミスター・ワッツに言われたとおり、頭の中の小さな部屋にその切れ端をしまって、扉を閉じてはいたけれど、それがほんとうに安全かどうかわからない。いったん他の子の声が進入すると、扉が開いてしまうかもしれない。

ミスター・ワッツが私たち子どもに秘密を話してくれたのはこの頃だった。それはシーリアが彼女の切れ端を話した後だった——ピップが姉の作ったパイをマグウッチにこっそり渡して家に戻ったとき、台所に銃を持った警察官がいるのを見る場面。シーリアはピップのそのときの罪悪感がとてもよく分かると言う。でもいったいどうして警察がピップを捕まえにきているなんて、想像したのかしら。なぜ私はそんなこと思ったのかしら、とシーリアは声に出して自問した。そう、どうして彼女は、本には書いてないことを思いついたのだろうか?

私はシーリアのことをいつも好もしく思っていたが、このときはより眩しく見えた。それまで、私の他にも『大いなる遺産』の世界に好んで住み込み、それを宝物にしている生徒がいるかもしれないことを考えたことがなかったのだった。シーリアの問いはその質の高さで、この本が彼女の心をいかに広く占有しているか示していた。そしてたぶん、ピップも。

ミスター・ワッツはシーリアに礼を言った。彼女の言ったことが私たちに興味深い洞察を示してくれた、と言う。ページ上の言葉から、読者は自分なりにもうひとつの世界を作り出す。「本当にありがとう、シーリア」と彼が言うと、シーリアは褒められて頬を赤くした。

ミスター・ワッツはクラス全体に向けて言う。「このシーリアの切れ端はいったいどうしたもんでしょう？　どうやったら、忘れずにとっておくことができるでしょうか？」

私たちは声に出して考えた。それから手を思いっきり挙げて提案する。木の枝を見つけて、それで砂に書いておく、というのはダニエルのアイデア。これにはクラス中が沈黙した。ギルバートが手を挙げ、秘密の場所に書いておいたらどうかと言う。ミスター・ワッツがその案に賛成して人差し指を上向きに差し出すと、みんなの気持ちもギルバートの提案の周りに集合した。

「秘密の場所というのはとてもいいアイデアですが、でもそこは完全に安全なところでなくちゃいけませんね」と彼は注意をうながす。

みんなも同意する。

「それは私たちだけの秘密でなくちゃいけない」。ミスター・ワッツは間違いなく私たちと言う部分を強調した。みんなの顔を見回した彼の表情は真剣だったから、それがどんな秘密なのか分からないまでも、なんだか危険な匂いがするに違いないと私は思った。「私たちの秘密です」と彼は繰り返す。

それから上着の胸ポケットに手を入れ、一冊のノートを取り出す。それはポケットに入るようふたつに折り曲げられていた。彼は机の上に置いて折れ目を伸ばし、次に私たち子どもに見えるように掲げて見せた。そしてもう一方の手で別の胸ポケットから一本の鉛筆を取り出して見せた。何年も後になって、私はテレビでマジシャンが白いウサギを同様な身振りで取り出すのを見たが、そのときの彼のマジックの素晴らしさと私たちの驚きはその比ではなかった。舌を巻くと言う表現が決して大げさではないほど、私たちの当時の生活には物がなかった。私たちは心の中でそれぞれ、いったいどうやって彼はノートと鉛筆を焚き火にされずにすんだのだろうと不思議がっていた。

ミスター・ワッツは私たちのあっけにとられた顔に微笑みながら、これからの仕事は責任重大ですよ、と言う。「責任重大。ミスター・ディケンズの大いなる物語が永久に失われてしまわないかどうかは、私たちにかかっています」。彼は教室の真ん中の通路を行ったり来たりしはじめた。「永久にあの本がなくなってしまうことが想像できますか？　考えてみただけで、私たちの後に来る世代は、私たちがちゃんと保存すべき物を保存しなかったと言って、私たち全員を責めるでしょう」

私たちはこの状況にふさわしい表情を見せようと努力した。重苦しく、まじめくさった顔つき。

「いいでしょう。それでは君たちの沈黙は同意と受け止めることにします。登録番号一番はシーリアの切れ端です」

ミスター・ワッツは机に戻って、腰を下ろして、書きはじめる。彼が一度何か忘れたかのように顔を上げたとき、シーリアが半分腰を上げるのが見えた。だが彼はまた書きはじめ、シーリアもまた腰を下ろした。彼は書き終わるとそれをじっと見返した。「ええと、これで全部正確かなあ。そうだ確かめてみよう」と言ってノートを読みはじめた。シーリアの頬が赤らんでいる。ミスター・ワッツは明らかにところどころ自分の言葉を付け加えている。彼が顔を上げ、シーリアを見やった。彼女は急いで頷いてみせ、彼はほっとした様子をして見せた。

次に彼は二番目の切れ端の貢献者を探して見回した。「マティルダ、君のはどういうのだろう?」

私はピップがサティス邸に向かっていく様子を回収しはじめた。すると、ミスター・ワッツは思わず微笑んで、私が話し終わるのを待たずにノートに書きつけはじめた。

私がふたつめの切れ端を話し始めると、彼は書くのを止めて目を上げ、よそを見やっている。それは実に困惑した表情だったので、私はすっかり自信を失くしてしまう。もしかして間違って覚えていたのかもしれない。

「エステラがピップを容赦なくからかうのはね」と、とうとう彼は口を挟む。「これはふたりのつながりにおける重要な一面なのです。ピップは自分のものにすることができないものを、できないがゆえに愛するのです」

そこでいったん止めて、彼は椅子の背にもたれると、その大きな目が跳ね上がって、天井にくっついているヤモリたちを驚かせた。それから突然立ち上がるとドアまで歩いていき、鮮やかな緑に射す陽光を見ている。

いったいそこに何を見ているのだろう。何に思いを馳せているのだろう。ロンドン? オーストラリア? 白人部族のことかしら? 故郷のことかしら?

すると彼は急に探していたものが見つかったかのように頷いた。くるりと振り返って私たちに体を向け、そのまなざしは真っ直ぐ私の机を指している。

「マティルダ、言葉を思い出す必要があります。エステラが実際にピップに言った言葉です」

前列の生徒たちは全員振り返って私を見た。ミスター・ワッツと一緒にみんなも私がその言葉を回収するのを待っている。すると頭の中が空っぽになった。エステラがピップに言った言葉を一言一句引用することなどとてもできやしない。そしてそのことがはっきり見えてくると、ひとりずつ頭が前に向いていった。私たちは彼が自分の机に戻るのを待つ。ミスター・ワッツは悪い知らせを聞いてうなだれた人のように見える。

「君たちに忠告ですが、これが私たちの任務のもっともたいへんな部分なんです。でもそれだけ重要な部分でもあります。本の中の人物がもうひとりの人物に何と言ったか、それを思い出すことに力を入れなければなりません」と言ったと同時に、まったく違う考えも浮かんできたようだ。「しかしながら、そういった会話の主旨だけでも思い出せれば、それはそれで何がしか役にたつでしょうね」

主旨。これは説明の要る言葉だ。ミスター・ワッツはそこで言い換えてみる。「木と聞くと、私はすぐに英国の樫の木を思い浮かべ、君たちは椰子の木を思うでしょう。どちらも木に違いはなく、椰子でも樫でもどちらの言葉を使っても同じように木とはどんなものかを説明できますが、かといってそれらは同じものではありませんね」

それが主旨の意味するところにつながる。自分たちの言葉を使って隙間を埋めていけばいいのだ。

ギルバートがちょっと頭をかいて、それから決心して手を挙げた。

「カヌーの木はどうですか?」

ミスター・ワッツは明らかにカヌーの木がどんな木が知らないようだ。

「ギルバート、その木に他の呼び名がありますか？」

「えーと、カヌーの木です」とギルバート。

ミスター・ワッツは賭けを打って出た。

「カヌーの木でもいいでしょう」

ギルバートは満足して椅子の背にもたれる。

ミスター・ワッツが「木」の例を使ってした説明は苦肉の策であり、本当は何が言いたかったのか、私は知っていた。彼は会話の一語一句がほしかったのだ。しかし、エステラがピップに言った非人情な言葉を私が思い出そうと努力すればするほど、それは遠のいてしまう。昼間の世界は必死に思い出そうとしている私を嘲笑い、邪魔をしにやって来る。


母さんは罪悪感をどこかへ仕舞い込んでしまい、いつもの自分の意見を取り戻していた。そして今や、まるで失った時間を埋め合わせようとするかのように、ミスター・ワッツの、いやポップアイという昔の呼び方に戻り、悪口を言いつづけるというお気に入りの趣味を取り戻していた。

ポ、ッ、プ、ア、イ。軽蔑をこの一語に込めて彼女は言う。彼は、ココナッツの木の下に立ちながら、その実が自分の頭の上に落ちるまでそんなことはありえないと思っているような人間だよ。機会があれば毒のあるマンボウだって食っちまうだろう、馬鹿な奴さ。あんたのミスター・ワッツはオニダルマオコゼを見たらそれが何だか分かるかね？　あの無知さ加減は危険だよ。それにマティルダ、あんたはいったいなんであんな無知で危険な人間を先生として尊敬するわけ。狂った世の中になったもんだね。あんたのミスター・ワッツは、家を建てられるかい？　日暮れに船を漕いで魚礁に出て、ブダイの群れにこっそり近づけるかい？　あんたのミスター・ワッツは、自分と自分の奥さんの食料を他人に頼るしかないじゃないか。ひとりじゃ何の役にも立たない。

以前なら母さんのミスター・ワッツ攻撃を聞くに堪えず、そこを離れるところだ。今の私はじっとそれを聞いていた。母さんの嘲笑の中にエステラの声が聞こえるからだ。私は残飯をほしがるみすぼらしい犬みたいに、母さんの後をついて回った。私たちの住む粗雑な小屋から庭へ出て、そして小川へと、しまいに母さんが私を追っ払うまでずっとついて回った。母さんは私のことを蚊だとか、犬の尻尾につくダニだなどと呼んでからかった。「あんたいったいどうしちゃったのよ。自分の影とでも遊んだらどう？」

母さんのからかいはたいてい無害で私はやり過ごすことができた。だがその最後の一言は頭に焼きついて離れなかった。自分の影とでも遊んだらどう？　思わず母に向かって微笑む。母さんにありがとうと言いたいけれど、どう説明していいのか分からなかった。ただ母さんを抱きしめようとすると、あわてて一歩後ろに身を引いてかわされた。母さんは両手を掲げて、私が悪魔に取り憑かれたかのように振る舞った。私は何も言えなかった。なぜなら、他のことを喋りだしたら大事な言葉が逃げていくかもしれないから。虫を口にくわえた鳥になっていた。

その大切な切れ端を持って、ミスター・ワッツの家へ一目散に走った。言葉を少しもこぼさないように。校舎の横を抜け、茂みに覆われて半分の幅になった道をたどる。それはミスター・ワッツが村人たちから広く非難されていたことのひとつで、彼は自分の敷地をいっこうに整えようとしなかった。それはたんに母さんだけが指摘したことではない。でも私はこう思う。他の村人の家がすべて焼きつくされた後、彼は意図的に敷地をかまわないようにしたのではないか、そしてそれなら彼が最も賢い人になるわけだと。

ミスター・ワッツの家に近づくにつれて、何だかサティス邸に向かうピップになったような気がして、私も不安になる。少なくともピップはミス・ハヴィシャムに招かれていたのだし、彼は私がこんなふうに突然おじゃまして気分を害しないかしら。いや大丈夫だと思う。これは責任重大な仕事なんだし、私の見つけた切れ端はかなり上等のものだから。

彼の家が見えるところまで来て、思い出が突然胸をつまらせる。入り口の木の階段、木製の三角に尖った破風屋根、そして玄関の扉。それはすべて外の世界の美しい名残だ。

小さなベランダに上がって、その空いている扉から大きな居間を覗いてみる。家のこちら側は一部よろい戸が閉めてあり、木の床には陽の光が広い縞模様の波の道を作っている。部屋の片隅にはミセス・ワッツがマットの上に横になっている。彼女の体はミスター・ワッツに隠れてあまり見えない。彼は病気の奥さんの横に膝をついて、彼女の髪の毛をなでながら、湿った布切れで額を湿らせてあげている。

私の目は飽くことなく部屋の中を見つめる、天井のファン、扇風機もある（もちろんどちらももう使えない）。テーブルの向こう端に大きなコーンビーフの缶が見える。私はそんな缶は、いや缶と呼べるものすべて、もう長い間見てはいなかった。最後に見たときには、缶詰のような日常的な物が、人に大きな希望を感じさせるような時が後に来るのだ、とは思ってもみなかったはずだ。

そんな驚きをしまいこんで、部屋の中に入った。もう切れ端を胸に貯めておく限界だった。扉がバタンと開くと同時に叫んでしまう。

「自分の影とでも遊んだらどう？」

ミスター・ワッツはゆっくりと振り向き、それと同時に私はここに来たことが間違いだったと気づいた。彼は私を見てうれしそうでもなければ、私の持ってきた切れ端に感動してもいない。当て外れだった。彼が私に説明を求める様子をした。

「これが」と私は言う。「エステラがピップに言ったことの主旨です」

彼がよくしたことのひとつは、沈黙し、教室の開いているドアに向かって歩き、そしてまるですべての答えを外の風景に求めるかのようにそこに立つことで、それはあたかも、生徒たちの当てずっぽうの意見を正しいとするかどうかを、外に見えるものによって判定するかのようだった。

だから私はじっと待った。そしてついに、彼はかなりの努力を払って、次第に私の知っているミスター・ワッツに戻った様子だった。「マティルダ、その発見は核心に近づいていると思いますよ」。彼は一瞬天井を見上げて、「そう、きっと核心に」と言った。

そのとき初めて彼の声の低さに気づきはしたが、彼の悲しみにはまだ気づいていなかった。私はただ自分の切れ端がたいした感動をもたらさなかったことに失望していた。彼が私をじっと見た。ここでもっと何か言うべきなのかしら

「マティルダ、それをここに書き留めておきましょうか」と彼は言う。

ミスター・ワッツは自分の白い上着が壁の釘に掛かっているのを見やる。こうして近距離でその上

着を見ると、彼が着ているときとは違って、何と汚いことだろう。汚れで光ってさえいる。とくにポケットの中は触るのが気持ち悪かった。ノートと鉛筆を取り出し、それから床にひざまづいて、私の切れ端をそこに書きつけた。

私は鉛筆を持つ指が不器用になっている。ずいぶん練習してないうえに、もともと私の字はきれいじゃない。

彼は私がちょっと長くかかりすぎていると思ったのだろうか。「マティルダ、終ったらそのノートを上着にまた戻しておいてくれないかね。それに鉛筆も」と言った。

その声がとても疲れていたので、どうしてだろう、何が原因だろうと顔を上げてみた。ミセス・ワッツの目を見ることができない。ミスター・ワッツが手で覆っている。私は書き終わると、ノートと鉛筆を例の安全な場所へと戻し、静かに扉を閉めてそこを立ち去った。

ミスター・ワッツの家へ行ったことは母さんには言わなかった。裏切りだと取られるだろうから。もちろん私自身はミスター・ワッツ派に属しているつもりだが、だからと言って、母さんにそのことをこれ以上思い出させたくはない。母さんに反抗できる限度を心得ていたから、これに関しては用心深く振る舞った。

だが時おり、彼女が母親という立場を離れて、ドロレスという名のひとりの人間になる瞬間に出会うことがある。

早朝、浜辺にたたずんで沖を見ている母さんに、後ろからそっと近づいてみる。彼女の静かな肩から、何かを見つけようとしているのを感じる。でもたぶん探し物は彼女の心の内側にあって、希望の潮に乗って海に浮かんでいるはずだ。この島を外の世界から隔てている、あの巨大で不可解な青い海の空のかなたにあるわけではないと思う。

もし私たち島民が餓死の危機にさらされていたなら、外の世界も助けに来てくれたかもしれない。援助活動の対象にされただろう。でも食べ物があって、菜園があって、果物もあって、ギルバートの父さんの釣り船を隠しておける限りは魚もある。

隠すといえば、大人たちが隠そうとしていた話も最後には隠しおおせなくなっていた。もうそんな配慮はなくなってしまっている。正しい方向性をもって動くには努力がいる。でもそんな努力をしていったい何になるだろう。何の持ち物もなく、何の希望もない生活に努力の甲斐などあるだろうか。私たち村人は、まさに聖書に言う、人類がこの世界に現れた、それと同じ状態にあったのだから。

一枚きりの服を洗い、それが乾くまで日なたで裸で座って待つ。裸足で歩き回り、にわか作りの家の屋根からは星が見え、陽光が入り、そしてどしゃ降り雨も落ちてくる。夜には、浜辺から手ですくってきた砂の上に寝る。寒くもなければそんなに寝心地が悪いわけでもない。辛いのは、成すすべもないその長い夜の時間だ。

母さんのピジン語の聖書も焼かれてしまったので、私が『大いなる遺産』の一節を呼び戻そうと努力している夜、彼女も同じことを聖書でしようとしていた。暗闇の中で母さんのぶつぶつ言う声が聞こえ、私は反対側に転がって耳を手でふさいで、自分自身の記憶の回収に集中した。

教室ではもっと簡単にできた。どういうわけか、誰かが切れ端を差し出すと、決まって私もその前後の記憶を取り戻せる。みんなも同様で、切れ端のリストは次第に長くなり、それと共にヴィクトリア、ギルバート、メイベル、そしてダニエルでさえも、私と同じように『大いなる遺産』に思い入れがあることが分かった。

ミスター・ワッツが私の切れ端――ピップがミス・ハヴィシャム宅へ向かうときのこと――を読みあげると、ギルバートが突然、ミスター・パンブルチュックを思い出す。ギルバートは彼をウシガエルと呼んだが、ヴィクトリアがパンブルチュックという名を思い出した。するとヴァイオレットが必死に手を振って、何か思い出したと言う。そのパンブルチュックがピップをタウンホールに連れていって、あの鍛冶屋のジョー・ガージャリーに弟子入りさせたんじゃなかった？　ミスター・ワッツは笑みを満面に浮かべて、私たちと同じように誇らしげだった。クラスは興奮してにぎやかになった。彼は私たちの切れ端をノートに書きつけながら、時おり片手を挙げて、もっとゆっくり、落ち着いてとクラスを制し、切れ端のひとつひとつに私たちの名前を書き留めた。

私は寝床の暗闇の中で聞こえる夜の物音に、ひとつずつ説明の言葉を当ててみる。ざらざらと耳障りな鳴き声は、つやつやした羽のカッコウ。ぴたぴたとけだるく寄せる波の音は、昼間より数倍大きく聞こえる。カエルのふさぎこんだ声に重なって、突然あがる誰かの鋭い声。悪さをしたか、もしくはまだ起きているという理由だけで子どもが叱られている。低いいなきのような老人の笑い声。そしてちっとも眠くなれずにいる母さん。

「ねえ、マティルダ」。私を起こそうという魂胆だから、ささやき声ですらない。「ねえってば」と今度は顔に吐く息がかかる。私の腕を引いて、「ちょっとあんたに話したいことがあるの」。

私はどう答えたものか迷う。もちろん目は覚めているわけだけれど、それを認めるのはまずい、少なくともこの瞬間は。私は、ミスター・ジャガーズが湿地にあるピップの家の近所を訪ねている最中のことを考えていて、思いがけない幸運が舞い込んだときのピップの気持ちを思い出そうとしていた。あとほんの少しでそれが手に取れるというところで、母さんが言った次の言葉で、それまで頭の中で組み立てていたものがすべて壊れ去ってしまった。

「あんたも聞いたと思うけど、グレイス・ワッツが死んだんだよね」

男たちの足音が私の小屋を通り過ぎていくのを聞いたのは、まだ鳥たちも起きる前の早い時間だったと思う。ギルバートの父親と他のもっと年をとった村の男たちだ。私は彼らの後ろ姿が校舎の裏手に消え去るのを見た。

男たちは丘の上にミセス・ワッツのための穴を掘った。シャベルも何もないので、棒切れやマシェティを使って地面を割った。それから素手や折れたオールを使って墓を掘った。

ミセス・ワッツを埋葬するときになると、子どもたちも老人も歩ける者なら誰もが、ミスター・ワッツを支えようと丘を登った。その静かな足取りと、参列者の沈黙を今も覚えている。森の湿った空気の匂いと、朝日に当たって輝いている水溜りに渓流が流れ落ちる鈴のような音。それは世界がそれでも変わらず、いつもどおりに動いていることを示していた。

ミスター・ワッツは地面に開いたその穴から目を離さなかったから、私たち子どもは先生を見つめることができた。彼が何を思い何を感じているかは、私たちには明らかだった。彼は例の上着と、いつも教室で見る白いシャツを着ていたが、そのシャツは洗ってから、まだちゃんと乾かないうちに着ていた。濡れたコットンの生地を通して胸の部分のピンク色が透けて見える。初めて見る緑色のネクタイをつけている。靴下と靴も履いてる。顔色はとても青白い。ミセス・ワッツの上にかがみこんだ彼のあご髭が宙に垂れている。

ミセス・ワッツは村の女たちが編んだゴザに上から下までくるまれていた。ギルバートがこっそりその頭の側へ回って、中を盗み見ようとした。それを私に見られたことに気づいた彼は、あわててよそを向いた。私が怒っていたのはギルバートに対してではなかった。私自信に対してだった。

私がワッツ家へ飛び込んだあのとき、ミセス・ワッツはすでに死んでしまっていたのではないか、と考えずにいられなかった。私がひざまずいて先生のノートに自慢げに私の切れ端を書きつけていたとき、すでに彼女が死んでしまっていたとしたら。先生がすぐに褒めてくれなかったからとがっかりした自分が恥ずかしくてならない。お気の毒な先生。顔を上げると、ギルバートが私を見ていて、何か口元で言った。

集まった参列者を見回すと、男たちの顔には汗が光り、女たちは物憂げにミセス・ワッツを見下ろしている。小枝が木の頂から時間をかけて落ちてきて、誰もそれに気をとられる様子ではなかったが、ただそれによって、何か言葉を口にする必要があることにみんなが気づいた。そして母さんが、グレイスのためにお祈りしましょうと言った。お祈りの言葉を唱えるのに、すらすらと最後まで言うことができなかった。彼女は一度先が続かなくなり、目を閉じて下唇を嚙み、記憶の糸をまさぐり、それからまた続けた。そしてとうとう最後にたどりついた。

するとまた訪れた沈黙に、ミスター・マソイがもう一度お祈りをお願いしますと、母さんに言い、今度は目を閉じることなく、最後までとどこおりなく唱えることができた。ミスター・ワッツは頷いて、声にならない「ありがとう」を言った。

灰から灰へ……他の誰かが聖書の一句を思い出したが、それっきりで、また沈黙が覆った。私たちは頭を垂れてじっと待つ。そこへミセス・スィープが、「地は混沌であって、闇が深淵の……どこにでも……」と言うとまた続きが出てこなかった。ミスター・ワッツが頷いて感謝を示そうとしたそのとき、ミセス・スィープがさえぎった。

「待って！」と彼女がほとんど叫ぶように言ったので、私たちは屍衣をまとった死者に向かって叫ぶなんてと非難の目を向けた。彼女は「違うんです」と手を両側に下ろしながら、もっと静かに語り出した。「私が言おうとしたのはこういうことです……言いたかったのは」

とミスター・ワッツが青ざめた顔を上げるのを待った。

「私はグレイスがまだこんなに小さかった頃を知っています」。自分の膝頭あたりへ手を掲げて、ミセス・スィープ母さんを見やった。

「そのとおり、私らみんなは学校で一緒だったから」と母さんが言った。

「それに尼さんたち、ドイツ人の尼さん先生たち」と誰かが言う。

「ミスター・ワッツ」とメイベルのお母さんが言う。「あんたのグレイスは、私ら女の子の中でいちばん頭のいい子だったよ」

「ありがとう」と先生はつぶやく。

年寄りの男たちの中でも、最年長の中のひとりが言う。「わしはグレイスの母親を知っとる。あの人も美人じゃった……」と言って顔を上げはしたが、その目は美しい女性の昔の思い出に浸りきっていた。

他の者たちが語りはじめ、それぞれの記憶の切れ端をミスター・ワッツに贈る。彼の亡くなった妻の絵に隙間を埋めていく作業だった。それによって彼は自分が会うことのなかった少女のグレイスを知ることができた。他の誰よりも長く水の中で息を止めることができた女の子。尼さんたちとドイツ語で会話のできた女の子。一度迷子になった幼い女の子。さんざん探し回ったあげくどこにいたと思う？　留めてあったボートの下に丸まっていたんだ、太陽を怖がるぷっくりしたチビカニみたいにね。誰かがそう言うと、みんな笑い出して、それから今の状況を思い出して急いで止めた。

大切な記憶があり、取るに足らない記憶がある。ミスター・ワッツはどんなに小さな思い出も大切に受け取る。死んだ妻が学校に行くときに付けていたリボンの色を知り、前歯がどんなふうにして抜けたかを聞く。それは昼間、少女が魚になった気分でカヌーにうつ伏せに寝ていたとき、へさきが突然持ち上がって唇を強く打ったときだった。初めて靴を履いたとき、どんなに自慢げで、どこへ行くにもそれを抱えていった。やはり裸足で歩くほうが気持ちがよかったのだろう。

ミスター・ワッツは過去に遡ってこれらを知った。口をぽかんと開けて、今にも笑い出しそうな様子だった。私たち子どもはそのとき、どんなに彼に笑ってほしいと願っただろう。そしてついに彼はちょっとだけ微笑む。いずれにしても顔を上げたのには違いなく、それはいい兆しの一歩だと子どもたちは感じる。それから彼は木々の頂を見上げ、涙する目をもう隠そうとはしなかった。

私は初め、ミスター・ワッツは妻と一緒に土の中に入りたいと思っていたが、今ではそうせずに、私たちと一緒にここへ残ることにしたのだと思った。ことにあのグレイスについてのたくさんの切れ端を聞いた後は。私たちにとってそれは、火に焚きつけを入れるような作業だった。ミスター・ワッツの青ざめた顔に浮かんだ微かな笑みを、絶やさずにいたいと願った。

ミスター・マソイは、グレイスが浜辺を泣き叫びながら走ってきたのを思い出す。釣り針の食い込んだ指を差し出しながら。その頃はまだ生まれてもいないダニエルが手を叩いて、ミセス・ワッツの子どもの頃を覚えていると言う。「あの子が木に登るとき、ぼくはよくその後から登ったんだ」

私たちはやれやれと思って、ミスター・ワッツの顔をうかがったが、「ダニエル、ありがとう」と彼は言った。「そんな素敵な思い出を教えてくれてありがとう」と他のみんなにも同じ言葉を繰り返した。

みんなの話が次々と続き、彼はとうとう両手を挙げて、こう言った。「みなさん、ありがとう。温かい気持ちをありがとう。そんなにたくさんの思い出をありがとう。私の大切なグレイスもみなさんにどんなに愛されていたのか」。そこで止めて最後まで言わない。その続きは、「今になってやっと分かった」のはずだった。なぜなら、私に記憶にある限り、村人はグレイス・ワッツを避けていたから。ひとつには、白人、それも近づきがたい白人の男と住んでいたゆえにだった。だがもうひとつには、ピエロの赤鼻をつけたミスター・ワッツに引かれて、手押し車の上に立っている彼女の何とも不可思議な光景のゆえにだった。なぜそんなことをするのか誰も理解できず、その行為の意味を知らないので、彼女は気が違っていると考えるのが都合がよかったのだ。

母さんは自分の思い出話を最後まで取っておき、結局丘の上の墓の前で、みんなとそれを分かち合うことはしなかった。その夜遅くなって、ミセス・ワッツの埋葬が終って何時間も後に、私ひとりだけがそれを聞くこととなった。彼女は横になって、夜を支え持ってくれている粗野な造りの屋根を見ながら、話しはじめた。

「マティルダ、グレイスはね、私ら子どもの中でいちばん勉強ができた。必ず手を挙げて、とにかくやたらと頭がいい。言われる前に何でも知ってるみたいで、そういう人が世の中にはいるもんだよね。辞書か百科事典か、それに六か国語なんかを持って生まれてきてるんだ。何でそうなるのかは知らないけど、ほんとうにそういうことがあるんだよ。グレイスがオーストラリアへ行って勉強する奨学金をもらったときは、私らもそれはうれしかった。

「グレイスが白人の世界に行って、黒人でもこんなに頭のいい子がいるかを見せてくれるかと思うと、それが誇らしかったよ。ブリスベンの高校に入って、その後はニュージーランドの歯科の学校に入ったと聞いてた。つまりこの村へ戻ってきて、みんなの歯の世話をすることになるだろうっていうんだよ。みんながその日を待ちわびていた。でも実際に戻ってきたのは、別人になったグレイスだった」

母さんはそこで一息ついたが、別人というのがいい意味ではないのは明らかだった。私は彼女がもっとはっきり話したものか、戸惑っているのかと思った。しかし、それはただ思い出すのがつらいことを思い出そうとしている一瞬に過ぎなかった。

「グレイスが、歯の治療はできない、勉強は中断した、とみんなに告げた。村は結局、歯科衛生士のかわりにポップアイをもらったわけ。彼女は奨学金を使って白人の男を引っかけてきたってわけ。私らは何と言っていいか分からないし、どう付き合ったものかも検討がつかなかった。それにね、マティルダ、もうひとつあるんだけど、グレイスがそんなに具合が悪かったなんて誰も知らなかったんだよ。白人なのか黒人なのかさえ、もうはっきりしなくなっていたからね。それだけ。彼女が死んだ今、私が言えることはそれだけ」

ドサッという音を立てて、母さんの腕が私との間の地面に落ちた。そしてただちに、彼女の低い寝息が聞こえてきた。

ミスター・ワッツがどのくらいの期間、喪に服すのか分からなかった。もしかしてもう二度とあの家から出てこなくなって、そう、ミス・ハヴィシャムみたいに家から離れられなくなるかもしれない、と心配する者も何人かいた。しかし驚いたことに、ほんの三日後に、彼はギルバートに命じて、なぜ私が学校に来ていないか尋ねによこした。

教室では、ミスター・ワッツの笑みは疑いようがなく、もう悲しみに打ちひしがれてはいないのだというように、みんなが席につくまで待って、人差し指を持ち上げた。

「みなさん、ピップがミス・ハヴィシャムの屋敷の門のところで、非常に無作法な態度のセーラ・ポケットに出会う場面を覚えていますか……?」誰か覚えている者はいないかとクラス中を見回す。「ほら、覚えているでしょう。ミス・ハヴィシャムが残酷にもピップに告げるんです。エステラは貴婦人になるためによその国へ行ったんです。エステラには誰もが感心している、と彼女は可哀そうなピップに言うんです。そして、ピップの頭の上で卵を割ってから、エステラを失ってしまったかと思うか、と尋ねるんです」

ミスター・ワッツが話しをするとき、私たちはいつも静かにして、決して騒いだりしなかった。だがこのときはもう一段静かになった。静か過ぎるくらい静かだった。

まるで走り回る猫の足音を聞いているネズミみたいだった。それは、ミスター・ワッツがミセス・ワッツのことを言っているのだと感じたからだ。怒りの表情はピップの苦しみを反映してのものなのだが、それは、実は自身の喪失感から来ていた。私たちは彼がその悲しみの場所から出てくるのをじっと待った。彼は私たちの眼前で目が覚めたように瞬きをすると、子どもたちがそこにいてほっとしたように見えた。「それでは、今日は他にどんな切れ端を持ってきましたか」と言った。

みんなの手がすくっと挙がり、私の手も挙がった。誰もが彼の気持ちを奥さんの死から遠ざけてあげたかった。

次の日から、消えてしまった世界の断片を生み出すために、私たちはがんばりつづけた。目を細めて集中しながら歩き回った。「いったいどうしたっていうの、あんたたちは。日の光でも目に入ったの?」と母親たちが言ったりした。もちろん私はこの作業のことを母さんに言おうなどとは思わない。彼女はきっと、「そんなことしたって、魚一匹釣れるわけでも、バナナ一本皮がむけるわけでもないじゃないか」と言うに決まっている。そして、それはそのとおりなのだ。でも私たちがほしいのは魚やバナナではなかった。私たちがしていたのはもっとずっと大切なこと。それは自分のためのもうひとつの生を作り出すことだった。

いや、それだけじゃない。ミスター・ワッツが私たちの責任について話すとき、彼の使う言葉に背筋の伸びる思いがした。私たちの任務は、この世から消滅しようとしているミスター・ディケンズのもっとも優れた作品を救うことである。今やミスター・ワッツもこの作業に参加し、もちろん彼は私たちよりずっとたくさんの切れ端を見つけることができた。

私たちの前に立って、彼は暗唱を始める。ピップは紳士となるべく養育されるべし。すなわち、偉大な期待を担う若者となるべく。

ディケンズの声が聞こえてきて、私たちはうれしさで胸がいっぱいになった。ミスター・ワッツも髯の中でにやりと笑う。彼はたった今、大きな一節をミスター・ディケンズの言葉どおり、一言ずつ正確に原型を保って水面まで拾い上げてくれたのだった。それは私たちの切れ端のようにうろ覚えの半熟の記憶ではない。感心しきっている生徒たちの顔を見回す。「これは誰の言った言葉か分かる人？」

ギルバートが答えて、「ミスター・ジャガーズ」。

「何のミスター・ジャガーズ？」

「弁護士の！」

私たちが声をそろえたのに、彼も顔をほころばせる。

「そのとおり。弁護士のミスター・ジャガーズ」と彼。

私は目を閉じて頭蓋骨の内側で言葉と言葉を積み上げてみる。ピップは紳士となるべく養育されるべし。すなわち、偉大な期待を担う若者となるべく。奇跡的にその一文がそっくり積めた。私は手を振ってミスター・ワッツの注意を引く。

「はい、マティルダ」

「私の夢は尽きた」

ミスター・ワッツは教室のドアの方向へと離れていった。彼がそれについて熟考している間、私は胸をつまらせる思いで待った。そして彼は頷きはじめ、私はやっと楽に息をついた。

「はい、そうですね」と彼は言った。

「それは正しいと思います。だれかその次の部分を覚えていませんか。ミスター・ジャガーズが条件のいろいろを提示する場面ですね。ひとつ、ピップはピップという名前を持ちつづけること。ふたつ、後援者の名前は匿名であること」

ダニエルが手を挙げたが、ミスター・ワッツは質問を先に察していた。

「ああ、後援者とは、ですね。それは他の人に贈り物をするか、必要なものを供給する人のことです」

「じゃ、木みたいですね」とダニエル。

いや、ちょっと違うとミスター・ワッツ。

「ダニエル、君はたぶん椰子の木の油のことを考えているんだろうね。そういうふうに考えていくとみんなが分からなくなってしまうと思うよ。それよりも、後援者は誰かにお金や機会を与える人のことだと考えよう」

彼はまた私たちの表情を読んで、

「機会というのはね、チャンスのことだよ」と言う。「窓が開くと、部屋にいる鳥が外へ飛び出すような」

私たちには時間の計り方がいくつかあった。レッドスキン兵たちの見張る中、自分で家に火をつけたあの日に遡って数えるやり方。あるいは、最初の焚き火の日に戻るやり方。もっと不運な人たちは赤ちゃんがマラリアで死んだ日を目安に数え、いつまでもその日に思いを捕らえられたままの人もいる。

私の場合は一生懸命集中すると、父を最後に見た日まで数えることができる。父は滑走路に立って、持っているぼろぼろの茶色のスーツケースと自分は全く関係がないとでもいうように、小さな白い飛行機を見つめていた。

母さんはめったに父のことを話さない。恐らくそのほうが、私にとっても彼女にとっても辛くないからと思ったのだろう。だが、私には分かる。燃え尽きた聖書の一節を回収しようとする努力より、もっと切実に彼に思いを馳せていたに違いない。にもかかわらず、母さんが父を持ち出すのは決まって何かがうまくいかなかったときで、「こんな目に遭っている私たちを父さんに見せさえできたらねえ」と言う。父を恥じ入らせようという類いの言葉なのだ。

ミスター・ワッツが、ピップに幸運が舞い込んだ場面を再現してから、父の人生にもミスター・ジャガーズのような人物が現れたのだと理解した。父は銅山で地ならし機やトラクターを操作できる作業員を求めていることを知った。パングナ山脈を蛇行して進むトラックは、鉱山と放水路の間を鉱山くずを載せて運んだ。父の場合は、機械類とその部品をアラワにある倉庫から運んでいく。それが仕事だった。

始めて六か月後には、父はその倉庫の新しい管理人になっていた。それは父さんが信用できるからよ、と母さんは言った。白人はパプア・ニューギニアから来たレッドスキンを信用できなかったの。レッドスキンたちは物を盗んでは仲間に回す。責められると全部否定して、そんなことは何も知らないという顔をするから、と母さんは言った。

父のこの新しい仕事はオーストラリアの白人と接触する機会を大きくした。父は英語も上手だったようだ。私が一度アラワに連れていかれたとき、父がオーストラリア人たちと談笑しているのを見たことがある。白人の男たちは鼻の下に髭を生やし、サングラスをかけ、ショートパンツに靴下を履いていた。白人はお腹が出ていた。それを真似ようとする父が無理をしてお腹を突き出していて、同じように両手を腰に当て、ティーポットみたいな格好になっていた。そして、父はそのときずる賢こそうな笑みを浮かべていた。それは白人特有の笑みだったので、私ははっとした。そう、私も母さんの娘だからそう思ったのかもしれない。だが見てしまったことを忘れることはできず、父が私たちの元からすり抜けていくのを感じていた。

父にとってのミスター・ジャガーズは、契約で来ている多くの鉱山エンジニアのひとりで、父のボスに当たる人。彼はオーストラリア人だが、ドイツ語の響きを持つ名前だった。母さんと父がこの人物のことを話しているのをよく聞いたものだ。父は「友だちの」とこの人を呼んだ。母さんはその友だちがあんたを酔っ払わせたんじゃない、といって責める。それは事実だった。父が風紀を乱した罪に問われ裁判にかけられたのを見たのは、一生の恥だったと母さんは言う。二度と見たくない。父がアルコールを飲みはじめたのは倉庫の管理人になってからだった。それが、母さんが村を出て父についていくのを拒否した理由のひとつだった。アラワ市まで引っ越していって、父が白人になってしまうのを見たくはないから。

私は、父が戻ってきてパングナの話をするとき、母さんはもっと興味を持って聞いていたのを覚えている。鉱山の問題は深刻で、日増しに悪化していくようだった。革命軍が鉱山の爆薬を手に入れて、道路を何か所か爆破して以来、状況は急速に収束不可能となった。それからしばらくして、革命軍が武装したことを知った。第二次世界大戦で日本軍が使った大量の武器が隠されたままになっており、革命軍はその銃を修復しているという。ジャングルの中に秘密の工場があって、そこでこれらのライフルが新品のように作り変えられている。パングナの山を蛇行して登っていくトラックは、そのライフルに狙われているという話を聞いた。

レッドスキン兵たちが島に到着するまでに、私たちの耳にはさまざまな噂が伝わってきており、将来の予測もすでにできていた。パプア・ニューギニアの政府軍が来て革命軍を捕まえようとする間、白人は島を出ていくだろう。そして鉱山は閉鎖され、仕事がなくなるだろう。そしてお金も。そこでドイツ人の名前の人物は、父に、そして母さんと私に、脱出の機会を与えようとしていた。彼は父のスポンサーになるという。「スポンサー」というのが彼の使った言葉だった。何年も後になって、その意味が私にもちゃんと分かった。ミスター・ワッツに後で尋ねてみると、彼はそれは「養子にする」という言葉に近いだろうと考えた。あの人物が父に何を申し出たかということと、父がいかにオーストラリア人に倣って自分を形作ろうとしていたかを思い出すと、それはぴったりくるのだと思った。

父がタウンズヴィルでどんな暮らしをしているかを想像してみる。ミスター・ディケンズの英国を私のガイドにして。そこにも物乞いをする人がいるだろうか。煙突があって、泥棒がいるだろうか。酔っ払いに見えるのに、話すと実に筋のたつジョー・ガージャリーみたいな、親切な人たちがいるだろうか。

父のお腹は大きくなったかしら、と思う。ビールを飲んで、ショートパンツを履いて、あの二枚舌の笑顔を顔に浮かべているかしら。私たち——大事なマティルダと母さん——のことをどのくらい思い出しているかしら。もし島の封鎖以前に私たちが逃げ出していたとしたら、私の通うはずのタウンズヴィルの学校はどんなところだったのかしら。私の想像力はそこまでで、今の生活のすべてとなっている村の教室から先へは進めない。ミスター・ワッツとミスター・ディケンズの言葉に親しむようには、タウンズヴィルの世界に近づくことはできない。

今では母さんも、それがどんな暮らしであってもいいから、父のところへ行きたいと思っている。でもそれは夢にすぎない。なぜなら母さんには、ミスター・ジャガーズが現れてはいないから。私たちはこの島から脱出する方法もなく、閉じ込められたままだから。

浜辺に立つ母さんの思いは、海がここから脱出する唯一の道だ、ということに違いない。海は日々飽くこともなく、その唯一の道を私たちに見せびらかしている。

ミスター・ワッツが私たちに教えてくれた逃避先は、オーストラリアでもポート・モレスビーでもなく、島内の他の土地でもなかった。それは『大いなる遺産』の十九世紀の英国。子どもたちそれぞれが自分の切れ端を持ちより、先生の舵取りで、その切れ端を集め、何とか順序よく並べて意味をつなげ、それに導かれつつ、その地へと近づいていく。

私はこの作業では決して誰にも負けられない。他の誰よりも多くの切れ端を見つけることが根本的に重要なことなのだ。なぜなら、それが私、このマティルダが、他の誰よりもピップのことを想っていることの自分に対する証だと信じているから。

自分が物語のどこの部分にいて、回収した切れ端それぞれがどういう役割なのか、私はしっかり覚えておくことができる。それ以外、普通の意味で日常の時間の経過を知る由はなかった。島の封鎖は医薬品や自由を私たちから取り上げただけでなく、時間も盗んでしまった。初めのうちはそれに気づかなかった。だがふとあるとき、私たちは誰かの誕生日を祝うことをもう久しくしていないことに、はっとする。

今や切れ端を記憶に留めることにも上達した。ピップが夜明けに村を出て、ロンドンの街での新しい人生へと出発する場面を思い出しても、もうミスター・ワッツの家へ駆け込まなくてよかった。浜辺の椰子の木陰に腰を下ろすだけで、その瞬間をはっきり目に浮かべることができる。ジョーが心を込めてさよならを言い、ビディーがエプロンで涙を拭く。だがピップの心はもうすでに前を向いて歩きはじめている。もう引き返せないところまで来ていたから、歩きつづけた……ほら、ミスター・ディケンズの一節をまた回収できた。

日が沈む頃も便利だった。砂の上に棒切れで思い出したことを書いておくと、翌朝、走ってそこに戻り、回収することができるから、忘れる心配もなかった。早朝、母さんより先に起きて、誰かがそれを読んだり、盗んだり、何か誤解したりする前に、浜辺に言葉を取りに下りていく。

その時刻の世界は灰色をしていて、すべてがゆっくりと動いている。海鳥たちでさえ、水面に映った自分の像に満足げに留まっている。後の時間になると見えないような物が、その時間には注意すると見える。これは母さんがよく言うことでもあった。世界が目を覚ます前に浜辺へ行ってごらん、神様が見えるから。神様はいなかったけれど、浜辺のずっと向こうに、ふたりの男がボートで岸へ滑り込むのが見えた。ひとりは、間違いなくミスター・ワッツで、もうひとりの重そうな体格は、ギルバートの父親だった。ふたりがボートを入江の乾いた土手に引き上げている。機敏に動いている。夜明けの光に捕まらないように。誰にも見られないように。そして私も、隠しておいた切れ端を先生に見られたくなかったから、ふたりが木々の向こうに消えるまで隠れていた。

それから、足の下で砂がきしむ音だけが聞こえた。私はミスター・ディケンズの言葉を見つけ、目を閉じ、一心不乱にそれを記憶に留め、それから形跡を残さないように砂を蹴散らした。

その日の午後、私は入江の洗濯場へ行く途中、知らぬ間にミセス・ワッツのお墓のあたりに迷いこんでいた。覚えてはいないが、恐らく何か白昼夢でも見ていたか、あるいはまったく頭が空っぽだったのだろう。灰色のカエルがいて、オウムとオカメインコと、茂みにいる鳥たちの鳴き声が、木々の合間から聞こえるだけだ。すると突然声がした。「マティルダ、どこかへ行く途中？」

「いいえ先生、散歩です」

「それなら、よかったらここへどうぞ。ミセス・ワッツと僕のそばに」

ミスター・ワッツが立ち上がると、ミセス・ワッツのお墓がきれいになっているのが見える。白い珊瑚のかけらで縁取りがなされ、紫と赤のブーゲンビリアの花が散りばめられている。

ミセス・ワッツにこんにちわと挨拶をしたものかしら。僕とミセス・ワッツのそばに、と言われたのだから。私はどうしようかと迷いながら、とくにミセス・ワッツに対してだが、気まずそうにそこへ腰を下ろした。彼は何にというわけでもなく笑みを浮かべた。大きな蝶が木の幹に羽ばたきながら降りて、また飛び去った。ちらっと見ると、ミスター・ワッツはまだミセス・ワッツに笑いかけている。何か言わなくちゃ。ミスター・ワッツ、ミセス・ワッツは『大いなる遺産』を呼んだことがありますか。

「残念ながら、読んでいません」と彼は言った。「読んでみようとはしたんですよ。でもね、マティルダ、本を読んでいる振りをすることはできない、目を見れば分かるし、息づかいでも分かる。本に魅了されているとき、人は呼吸することさえ忘れるんです。本の世界に深く入り込んでいる人は、家が火事になっても、壁紙に火がつくまで顔を上げようとしません。マティルダ、僕にとって『大いなる遺産』はそんな本なんです。この本のおかげで人生を変えることができたんです」

ミセス・ワッツに聞こえないようにとでもいうかのように、体を後ろにそらして言う。

「でも、グレイスはあまりに何度も中途で本を置くから、どこを読んでいたか分からなくなっていました。電話のベルでも鳴れば、待ってましたとばかりに本から離れて、ついにはもうこの本を読むのは止めるときっぱり言い切ってしまいました。というより、正確に言うと、私が聖書を読むなら、彼女も『大いなる遺産』を最後まで読み通してもいい、と言ったんです。で、それっきり」

ミスター・ワッツが饒舌で、そんなことまで話してくれたことに私は勇気づけられて、もうひとつの訊きたくてたまらない質問をする好機だと思った。その勇気さえ持てればだが。しかし、死んだ妻が『大いなる遺産』を好きになれなかったと失望している彼に、なぜ手押し車にミセス・ワッツを乗せて引っぱっていたんですかとは尋ねようがない。それにあのピエロの赤鼻はいったいなぜ。そして一瞬が過ぎ、小枝が彼の足元に落ちた。彼が前かがみにそれを拾い上げたときには、もう質問の機会は失われていた。

革命軍ランボーが予告もなく村に現れ、彼らの目は真っ黒な顔から飛び出していて、伸びすぎて縄状のモップのようになった髪に、色のついた紐を結んで頭から垂れ下げていた。革命軍戦士たちはカットオフジーンズを履き、中にはレッドスキン兵から取り上げたブーツを履いている者もいる。私はブーツを履いている連中をすぐに嫌った。だがたいていの者は裸足だった。Tシャツが痩せた胴体にへばりついていた。ボタンダウンのシャツを着ている者もボタンが全部取れていたり、袖が肩からもぎ取られていたりした。彼らもレッドスキン兵と同様に、銃やライフルをまるで家族のように、肌身離さず持ち歩く。

ジャングルの縁にふたり。浜に三人。村の小屋の端からひとり。教室のある建物の後ろからふたり。全部で十二人足らずが、木々の中から這い出してくる。

彼らはこの村人と同じブーゲンヴィル人の若者には違いないが、私たちは彼らにどう接するべきかが分からなかった。困ったことに、彼らは私たちに不意打ちを食らわせて現れ、それは友好的なやり方とは言えない。それだけじゃない。彼らは私たちのことを知っているようである。スパイしていたのだろうか。大木の陰に立って、ミスター・ワッツの妻があの本を読まなかったことや、子どもたちが懸命にあの本を蘇らせようとしていることを、盗み聞きしていたのだろうか。何をスパイしたにしても驚くことは何ひとつないだろう。私たちの粗末な住居と校舎――それは昔慣れ親しんだ、あの安心できる古い世界のなごりに過ぎない――がここにあるだけだから。

彼らは私たちと同じブーゲンヴィル人の少年たちだが、私たちの知っている顔はこの集団にはいない。彼らはジャングルの近くで再集合し、ライフルに寄りかかってかがみこむ者もいる。私たちが不安なように、彼らもまた私たちのことを疑っている。それが私たちをいっそう不安にさせる。多くのことが不透明だ。

彼らはレッドスキン兵がここを訪れた事実を知っているようだ。だが、どんな対話がなされ、レッドスキンがこの村から何を得たかは知らされていない。レッドスキンに協力したよその村がどういうめにあったか、私たちは伝え聞いている。ランボーたちにすれば、この村がそうであるかもしれなかった。

ギルバートの父親がフルーツを持って、彼らのところまでそっと歩いていく。ランボーたちはそれに歩み寄って受け取ろうともせず、ただライフルと懐疑心を胸にじっとしている。私たちには遠すぎてその会話は聞こえなかったが、間もなく、かがんでいた戦士のひとりが立ち上がって、グアバをひとつ手に取った。他の連中は彼が食べるのを見ており、毒を盛られているわけでもないことを確認してから、徐々に立ち上がり、武器を置いて果物を食べはじめた。見かけよりずっと空腹なのだ。彼らが種と皮を吐き出しながら食べつづけているのを、私たちはじっと見ている。

そうするうちに、ミスター・マソイがランボーたちに睨まれて、私たちに合図をし、村人全員が見物人になっていたことに気づかされた。ギルバートの父親が彼らに宿と食べ物を提供しようとしていることは想像ついたが、彼も私たちと同じくらい、一刻も早く連中にここを立ち去ってもらいたがっているに違いなかった。連中がいることで、村はレッドスキン兵たちの攻撃の的にされるからである。

時間の観念を失くしてしまったと先に言った。だが考えてみると、ランボーたちがやって来たのは、恐らく鉱山が閉まって三年近く経った頃だと思う。ということは、この男の子たちは三年間もジャングルに住み、レッドスキン兵を殺したり、彼らから逃げ回ったりして暮らしてきたことになる。彼らは私たちと同じ皮膚の色をして、同じ島の出身だ。それなのにジャングルでの生活で、別の人種になってしまっている。それは目つきや顔の表情に現れていて、まるで森に棲む生き物に変身したかのようだった。

彼らは広い空間を恐れ、木々の近くにキャンプを張り、家畜の豚から遠い場所を選んだ。明るいうちはお互いのそばを離れなかった。後で聞いたことだが、医薬品をくれと言ったそうだ。病人もけが人もいないように見えたのだが。村人はそれぞれ食べ物を運んでいった。誰もが彼らにいい印象を与えたいと望んでいた。

幼い子どもたちは共同線をはって少しずつ近づいていった。ランボーのひとりが急に振り向いて、シッと言ったり、手を叩いたりすると、チビたちはあわてて魚のように飛び散る。ランボーたちは体をそり返して笑い、その笑い声がいちばん私たちをほっとさせる。ビンロウの実に珊瑚の粉を混ぜて、キンマの葉でくるんで噛む習慣のため、口が赤く染まり、狂ったような目つきをしてはいるけれど、彼らも結局は、私たちとたいして違わない人間なのかもしれない。

その夜、彼らは小さな焚き火を作った。彼らの影が暗闇に立ち昇ったり、消えたりしていた。私たちにはそれが見えるが、彼らから私たちの姿は見えないし、囁き声も聞こえない。私が母さんの隣に横になると、彼女の体の緊張が伝わってくる。息遣いも締まっている。連中のところへ出かけていって、もっと静かにしなさい、子どもたちが寝ようとしてるんだから、と言いたかったに違いない。ランボーたちの声は暗闇に乗って伝わってきた。七十メートルぐらいの距離はあるにもかかわらず、まるで隣にいるように聞こえてくる。

ジャングルジュースを飲む者もいて、その連中の声はますます大きく荒くなっていった。本物の兵士は沈黙を守り、影のように動く。この若者たちもそうやって村に現れたのだから。しかしアルコールの効果で、自分たちの立場も忘れてしまっているのだ。

母さんは起き上がって小屋の戸口をふさぐように立つ。何してるの。母さんは初めは黙っていたが、とうとう言った。「連中は女の子をほしいのよ」。何だか変な気がする。そして母さんが私たちの寝場所にバリケードを作りはじめるまで、それが自分に関係のあることとは思ってもみなかった。小さな果物が自分が果物だということを知らず、それゆえ誰かの食欲の対象になることを知らないように、この瞬間、私はとても妙な気分になった。

次の日の夕刻、連中はミスター・ワッツを見つけた。母さんと私と他の何人かでランボーに食べ物を運んでいると、ミスター・ワッツがこちらへ歩いてくるのが見える。ランボーがふたりで彼の両脇を歩き、こんな発見があるなんてと興奮気味に、ライフルの台尻で大切な獲物を軽く一突きする。彼はいらいらしているように見える。背中を突つかれるのはまっぴらだ、というように眼鏡の位置を直した。

他のランボーたちが次々と飛び起きた。ミスター・ワッツはその大げさな反応を気にしない振りをした。酔っ払ったひとりが前に飛び出し、ジャングルジュースに酔った勢いで彼の顔に向かって叫んだ。「ケツの穴からやってやろうか！」

ミスター・ワッツは体を強ばらせて、用心深くそちらを向いた。眼鏡をはずして、彼らを大丈夫か見てみる仕草をする。それはまるで、連中に邪魔をされる前にしていたことを、それが何であれ考えつづけているように見えた。酔っ払いのランボーは彼の周りを踊るように回り、無礼な指の仕草をした。ミスター・ワッツを最初に見つけたふたりも、それから他の何人かもそれを見て笑った。酔っ払いランボーはズボンのベルトをはずしかけた。「やってやるぜ」

もう、限界だ。ミスター・ワッツは非常にきつい声で言う。「そんな馬鹿げたことは止しなさい」。そのランボーが前に座っていた地面のあたりを指差すと、「そこに座って私がこれから言うことを聞きなさい」と言った。

彼はそのランボーが言うことを聞いたかどうかを見て、確かめようとはせず、まるでその男はもう存在しないかのように無視した。すると、その酔っ払いは誰の目にも滑稽に見えはじめた。自分でもそれを感じたのか、私たちの視線を避けてズボンのベルトを締め、他の連中は彼から少し身を離した。そのとき、リーダーのように見えたが、私たちはその確証が持てずにいたランボー――片方だけ眠そうな目をした、がっしりした体つきの男――がキャンプの場所から起き上がって、ミスター・ワッツに名前を訊いた。感じのいい話し方だったので、ミスター・ワッツも躊躇せずに答えた。「私の名はピップ」

「ミスター・ピップ」とランボー。

私たちの中の誰かが、それは嘘だ、と言ってもよかった。教室でそうするように、手を挙げて。だが、誰も何もせず、何も言おうとしなかった。驚きが先に立って、彼の言葉を否定することができないのだ。リーダーが彼にあなたの名前は、と尋ねた瞬間に、もうその答えはすでに彼の口元まで出てきていたはずだ。もちろん、ランボーたちはその言葉の意味を知る由もない。ピップもミスター・ディケンズも『大いなる遺産』も聞いたことはなかった。彼らは何も知らず、それはたんに白人の名前のひとつとして聞こえただけだ。

そのランボーは「ピップか」とその名を繰り返し、それは何か不快な物で、口から吐き出したいとでもいうように聞こえた。

ミスター・ワッツはそれから、『大いなる遺産』の一節を暗唱しはじめる。僕のクリスチャンネームはフィリップだったが、幼い僕の口ではきちんと長く発音できなかったので、自分のことをピップと呼び、人にもピップと呼ばれるようになった。

私はこの先生の行為が目を見張るような勇敢な行為なのか、まったく愚かな行為なのか決めかねていた。

片目の眠そうな男はさらに質問を始める。どこから来た？　ここで何をしている？　スパイなのか？　オーストラリア政府に送られてきたのか？　これらの質問は聞こえたが、ミスター・ワッツの答えはひとつも聞こえない。母さんは私の手首を強く摑んでいて、連れていこうとしていた。私たちは彼を見捨てようとしている。きっともう二度と彼に会えなくなる。母さんと同様、私もとても怖かった。

私たちはついに浜辺に向けて走った。でもいったいどこへ逃げようとしているのだろう。海は空の果てまで広がり、母さんと私はここに閉じ込められている。どこへも逃げるところがないから、自分たちの小屋へ帰るしかないのに。

暗くなってから、親の言いつけを聞かなかった子どものように、家へ忍び帰った。自分たちだけで家出できると思ったことを後悔するかのように。いや、それとは少し違う。なぜなら、家に帰ってほっとしたわけではないから。むしろ横になりながらも、何か恐ろしいことが今にも起ころうとしているのを待っているようだった。

しばらくそうしていると、ギルバートの父親が戸口の外で私の名を呼ぶのが聞こえた。

「マティルダ、いるかい？　ちょっとおいで」

母さんが代わりに返事をし、私はいないと言う。ギルバートの父親の大きな頭が戸口から中をのぞき、「マティルダ、ミスター・ワッツが呼んでるよ」と言う。

母さんが、私はここから一歩も動きません、と言うと、ギルバートの父親は、大丈夫なんだ、と母さんに言う。彼が私をしっかり守るから。約束するから。あなたを信用してないわけじゃないの、と母さん。「ドロレス、わしがマティルダを安全に守るから」。母さんが私の細い足首を摑んでいた手を緩めるのを感じた。

ギルバートの父親は私の手を握り、その手は、信じきってなついているヤギを屠畜場に連れていく人の手であったかもしれなかった。

ランボーたちのキャンプの焚き火がちらついたり、燃え上がったりして、暗闇が揺れている。私は高なる胸や冷や汗とともに、そういう光景に気づいていた。そして近づくにつれて、何かが変わっていることがはっきり分かった。

ミスター・ワッツはそこに立って、あの片目の眠そうな男と話をしている。私を見ると彼はほっとした様子で、失礼、と言い、そこを離れて私のほうへやって来た。彼はどこか困惑したような表情で、それはギルバートがいつか手を挙げて、「ピップはエステラがそれほど好きなのなら、どうしてあの娘を誘拐しないのですか」と質問したときに見せた、あの表情を思い出させた。彼が私の肩に手を置いて、それによって、私はギルバートの父親からワッツ先生の保護下へと移動した。

「マティルダ、来てくれてありがとう。迷惑じゃないといいんだが。実は、言葉の通訳が必要な場合のために君を呼んだんだよ」

母さんと私が浜辺へと走り去ってから、外の世界から身を隠すカタツムリのように自分たちの小屋へこっそり戻った間に、何かがここで起こっていた。私たちのいない間に、ミスター・ワッツは彼のいつもの威厳を取り戻していた。彼が話しをすると、焚き火の周りの声が急に静かになることに、私は気づいていた。私の肩に手を置いたまま、彼は私を、焚き火の明かりで光っているいくつもの顔のほうに向かせた。

「この村で私が何をしているかと尋ねましたね」と彼は言う。「それはある意味で私に私の物語をしろと言っていることになります。それは喜んで話しますが、ふたつ条件があります。ひとつは話の途中で邪魔をしないこと。もうひとつは、私の物語は数夜はかかるということ。合計七晩はかかります」


最初の夜、そこに集まったのは、ランボーたち（ミスター・ワッツにケツの穴からやってやろうと嚇した例の酔っ払いも含めて）と子どもたちで、それに親たちがその後ろに立って、子どもたちの影を覆った。

ミスター・ワッツが自分の話をすることになったという噂が広まった。私たちのほとんどは、自分たちが見たこともない世界のことを聞きたいと、そこに集まった。誰もがその外の世界について知りたくてならなかった。常に恐れをもって暮らさざるを得ないこの世界以外なら、どんな世界のことでもよかった。噂話や、その他さまざまな目的で来た者もいた。誰もがミスター・ワッツについて私見を持っていて、私の母さんは彼とグレイスの生活について聞きたくて、来ていた。彼女から見て何とも不運な出来事に思えるふたりの出会いの経緯について、ついに聞き出すことができると思っていた。

最初の夜は、ランボーがどこまで先生の話に興味があり、どこまで黙って聞けるのか心配だったので、いちばん怖かった。彼らはミスター・ワッツ自身についての説明を求め、それに彼が答えているわけで、私たちがよく知っているあの落ち着いた声と話し方で、彼はそれを始めようとしていた。そして、その条件のひとつは、誰も途中で邪魔をしないことなのだ。

ランボーたちは、お話を語る声というものを、もう何年も聞いていなかった。若者たちはそこに座り、口を開けて耳を澄まし、言葉のひとつも逃すまいと、武器も裸足の足の前の地面に寝かせて、それはもう用無しになった古代の遺物みたいに見えた。

ミスター・ワッツが、自分をピップだと革命軍に自己紹介することにしたのは危険な行為だったが、今ではなぜそうしたのかは、一目瞭然だった。ピップの役にはまることは、彼には容易だったからだ。彼はピップの物語なら、ミスター・ディケンズが書いたとおりに話して、それが自分の物語だと主張することだってできる。あるいはまたその一部分を取り出して、好きなように新しい物語を紡ぎ直すこともできる。彼はその後者を選んだ。

それからの六夜、私はミスター・ワッツの近くに立って、彼が自分の大いなる遺産を語るのを聞いた。物語はゆっくりと進行した。話の筋が私たちの知っている本来の筋、つまり子どもたちが回収しようとしている筋から離れるとき、彼の声の調子がかすかに変わることに私は気づく。私が顔を上げると、彼は私の方をちらっと見やり、その目はお願いだから黙って、この話についてきてくれないか、それは違うと言わないでくれないか、と言っていた。時おり彼は、実際の本の一節を引用してみせて、それは聞いた瞬間にすぐ分かる種類の一節で、私たち子どもを驚かせた。さらにそれはまだあのノートには書き込まれていない一節であり、私は彼に喜びを言いたくなるのを必死で我慢した。私たちに回収作業を命じたミスター・ワッツは、実はもっとずっとたくさん知っていたのだった。私はそのことについて、なぜか腹も立たず、がっかりもしなかった。あれほど彼を信じて切れ端を思い出そうと、きつく目を閉じた私たちだったのに、この抜け目のない私たちの先生は初めから、それを知っていたというのに。

彼の物語は、『大いなる遺産』が子どもたちに与えたと同じ感動を与えなければならない。村全体が心を奪われて、この忘れられた島の小さな焚き火の周りに座っている。言葉にできないような出来事が起こっても、外の世界はこれっぽっちの憤りも感じてくれなかったこの場所で。

ミスター・ワッツのピップは銅山のレンガ造りの倉庫で育ち、両親の顔も知らない。父親は跡形もなく消え、いわゆる「海で遭難」したことになっている。母親はジャングルジュースで酔っ払い、家の中に生えていた木に登って落ちた。彼女は地面を打った瞬間に目玉が頭蓋骨から飛び出して、目玉と一緒に記憶も失くしてしまった。以前見えていた物を思い出せないので、ミスター・ワッツのことも忘れてしまった。いちばん近い親類はクイーンズランドのサトウキビ農家だったので、彼女はその暗闇の中で、サトウキビのたてるカチカチ音を聞きながら、残りの人生を過ごした。

うれしいことに、私の通訳は次第に上達し、人々が私の存在を気にせずに聞き入っているのを見るにつけ、ゆとりも出てきた。みんなは気持ちを集中させるときの角度に頭を傾け、耳をピクッとさせる。それはまるで、犬が自分めがけて近づいている箒の音に、たった今聞こえたかしらと耳をそばだてるときみたいだ。

孤児のミスター・ワッツは、ミス・ライアンという名の世捨て人に育てられ、その家は蜘蛛の巣だらけの暗い部屋ばかりある大きな家だった。彼は子どもの頃のことはあまり触れず、通った学校については何も話さなかった。でもその家の大きな庭について多くを語った。年老いたミス・ライアンを手伝って、草取りをしたり花を植えたりした。話の中に冒険がひとつだけ出てきた。

ミスター・ワッツの十二歳の誕生日、ミス・ライアンは熱気球に彼を乗せて、家や庭の全景を見せてくれた。気球がふたりを乗せて空高く上昇するにつれて、彼はその庭がある形を成していることに気づいて目を丸くした。いつもはただ無作為に広がった荒地のように思えたその大きな庭が、実は綿密にデザインされた庭で、ミス・ライアンが婚約者に贈られたウェディングドレス用のアイリッシュレースの写し絵になっていた。だがその男は結婚式当日に現れなかった。その男は航空会社のパイロットであった。ミスター・ワッツがミス・ライアンの元で成長していったその間、一度もその滑走路に男の飛行機が降りてくることはなかった。

ミスター・ワッツの十八歳の誕生日の二日前、彼が帰宅するとミス・ライアンは草取りをしていた花壇の上に倒れており、庭仕事用の手袋は彼女のぷっくりした指を包み、藁帽子はあごにくくりつけられたままで、テントウムシが一匹、額を這っているので、彼はそれを葉のほうへうながした。

この老婦人には親族がいず、正式に養子縁組をしたわけではなかったけれど、その家と土地が彼に残された。

それからしばらく経った。ミスター・ワッツが何かしら時間の経過を語ったのだが、その言葉も、私がそれをどう通訳したかも覚えていない。いずれにしろあまり重要なことではなかったように思うので、急いで次の部分へ飛ぶことにする。ミスター・ワッツはその家を改築して二軒にすることにした。そのうちの前側の一軒を借家にし、この島から来た美しい黒人女性がそこへ入居したのだった。

彼はあんなに真っ黒な人をそれまで見たことがなかったし、あれほど真っ白な歯も、途方もなく愉快そうに輝くあの瞳も、生まれて初めて見るものだった。まだ若い彼は、彼女にすっかり魅せられてしまう。その真っ黒な体に真っ白な歯科衛生士の制服を着て、無慈悲に彼を苦しめたのは、彼女が彼の気持を知っていたからに違いない、と彼は思う。満面の笑みを投げかけたり、冗談を言ってみたり、手を差し伸べるかと思うと、すぐまた舞い立ってしまう。

ふたりはひとつ屋根の下に住み、一枚の壁だけがふたりを隔てていた。耳をつけると彼女の足音が聞こえ、彼女が今部屋のどこにいるのかが分かるのだった。彼は次第にそれが目に見えるほどになった。ラジオがついているときは彼女が料理をしているとき。お風呂に水を入れているのもテレビを見ているのも分かる。丸いお尻の下に足を引き寄せて、床に丸くなってテレビを見ている彼女を想像する。前に一度家賃をもらいにいったとき、そうしているのを見たことがある。彼女の生活がどんなものか分かっているのに、ふたりは壁で隔てられ、彼女にそれ以上近づくことができない。

ミスター・ワッツは夜毎、その薄い壁の向こうにいる彼女の動きを追いながら、土曜日が来るのを待ち焦がれた。その日はグレイスが自分の髪と服を洗う日だ。彼はびしょぬれの彼女が洗濯物を持って、窓の外を正確に何時に通るか知っていた。

その寒い国に冬がやって来る。家の壁に強風が音をたてて吹きつける。木々を横倒しにする。家々の屋根を瓶の蓋のように弾き落とす、そんなある日、彼はドアを開けて、どしゃぶりの雨の中に立っているグレイスを中に招きいれた。

私の母さんの考えはこうだ。それはグレイスが独りぼっちで寂しかったからだよ。お茶を一杯ごちそうになってもならなくてもよかった。ミスター・ワッツでなくても誰でもよかった。

グレイスは助言がほしいと彼を訪ねたのだった。歯科学校を辞めようかと思う。そこでする訓練を好きになれないし、それはドリルのせいだと言う。大きく開いた口の中と、怖がっている患者の目。とりわけあの目が、釣り針に掛かった魚をはずすときを思い出させる。そしてそれは魚じゃなくて、人間なんだから。

その冬のうちに、ふたりを隔てる物はあの壁から木のテーブルに変わり、ミスター・ワッツがこちら側でグレイスが向こう側に座る。ふたりは一緒に居ることにすっかり慣れていった。そしてある夜、グレイスは立ち上がって自分の椅子を抱えて彼の側に回ってきた。ミスター・ワッツの隣に座り、彼の手を取って自分の膝の上に置いた。

聴衆の中から笑い声が上がった。誰かが口笛を吹いた。ミスター・ワッツは頷いて、照れくさそうに微笑んだ。私たちもそんなミスター・ワッツが好ましかった。それからのロマンスについては、彼は詳しく話そうとはしなかったが、ふたりが結婚したことはみんなも承知の事実だから、そのいきさつにサスペンスも何も生み出す部分はなかったわけだ。ただひとつだけ、私たちの知らないことを話してくれた。

ミスター・ワッツは、私たちの笑顔を見回しながら、このときほどそれを話すのに適切なときはないと判断する。彼は襟のボタンを触る。上着の白さが焚き火の明かりに輝いている。

「グレイスは私にこのうえもない幸せをくれました。子どもはそのうちの最高のものでした。女の子で、セーラと名づけました」

そこで彼はちょっと息をとめ、その一息はいつものそれではないことに私は気づいた。彼はそこで感情が高ぶるのを抑えようとして、焚き火の炎の上の闇を見つめていた。

みんなはミスター・ワッツがぐっと息を呑みこむのを見て、いっそう沈黙する。

それから彼はその女の子のことを思い出して微笑み、私たちもそれに合わせる。そして彼が笑い出しそうになると、私たちもそれに合わせようとする。ミスター・ワッツが話し出す。「私たちはこの子から目が離せなくなって、よくベビーベッドの柵の横で、この子の顔に見とれたものです」。彼は思い出に向かって頷くと、周囲を見回した。「それはですね、白がムラト（白人と黒人の混血）になり、黒が白くなった色なんです。それが気に食わないというなら、水平線にでも文句を言うんですね」。そのジョークが分かった者たちが笑うと、ランボーの中のチンプンカンプンな者まで遅れをとらないようにと、追って笑った。

ミスター・ワッツは続けた。

「初めに言いましたが、私は孤児としてこの世に生まれ、両親の記憶がありません。写真もなく、両親がどんな顔をしていたのかまったく知りません。ところが、この赤ちゃんの顔になぜか死んだ両親の面影を見たと感じたのです。母の目と、父のあごのくぼみとを。私はベビーベッドの柵の横に立ち、初めての領域に踏み入った探検家みたいに、熱心に赤ちゃんの顔を見つめました。懐かしい場所がそこに一堂に会しているんです。コーヒー色の肌の上にアングロ - ウェールズの継承が、そここに表れているんです。それはグレイスと私とで作った新世界でした」

私はこの着想がとても気に入った。それは私に父のことを思い出させた。まだ父を失ったわけではないし、父も母さんと私を失くしたわけじゃない、と。

もし鏡があったら、ここにいない父の面影を探して、私の顔をじっと見ることができるだろう。山の渓流が作る水たまりは、鏡のようには詳細を映してくれない。私の顔はすぐに滲んで影となる。しかたがないので岩に座って、指で自分の顔をたどってみる。もしかすると父の面影がそこにくっきり浮かんでいるかもしれない。

父の唇はゴムでできてるみたいで、それはきっとあの太い笑い声のせい。でも私の唇は母さんのと同じで薄い。それは物事を批判することでとがってきたから。今度は目を触ってみると、やはりそれは私のもの以外の何ものでもないと感じる。そして耳。とても大きな耳。これは人の話を聞く耳で、決して失くしたくない耳。母さんによると、父さんの耳は誰の言うことも聞かず、自分の大きな笑い声を聞くためだけにある耳。

もし父の面影というものが私の中にあるとしたら、それは顔の表面に浮かんでいるのではなく、もっと深いところにあって、たぶん心臓の中を巡回し、記憶の集まる頭の中をめぐるものだと思いたい。身体的な類似点を持たなくても、父が私を覚えていてくれるという願いにかけたい。父が白人世界のどこに住んでいても、娘マティルダを忘れないでいるということに。

毎夜、私たちは集まり、地面に膝を立てて座るか、両手を頭の下に敷いて仰向けに寝転がり、星を数えながら話を聞く。ひとりまたひとりと集まってくる様子は、珊瑚礁の穴から臆病な魚がぽつぽつ現れるのに似ている。ちょっと立ち寄っただけとばかりに、立ちんぼの連中もいた（必ず最後まで話を聞くことになるのが常だったが）。

母さんは決まって最後にやって来た。それが彼女の自尊心の証だった。もっと他に大切な用事があって忙しいんだけど、来たんだよと。

母さんは自分の遅い登場に気づいてくれる者がいたら、そういう印象を与えたいと思っているのだ。だから必ずいちばん遅れた人がやって来るのを待って、その時点でやっと気が変わって、ミスター・ワッツの話を聞いてやる時間がないわけじゃないから、と出てくる。これまでの話で、結構うまく面白い話ができる人だと分かったわけだしね、と。

ミスター・ワッツを注意深く見ていると、自分の世界に沈んでいく様子が分かる。目が閉じられ、はるか彼方の星へ、遠くにある言葉に届こうとしている。彼は決して声を大きくしたりしない。その必要もなかった。唯一の雑音は焚き火の音と、波のつぶやきと、昼の眠りから覚めた夜行性の生き物が木々の間でたてる音だけだった。そんな生き物も、ミスター・ワッツの話が始まると同時に静かになる。木々ですら、彼の話を聞いていた。年老いた女たちは、昔、屋根の下に座って、白人のドイツ人牧師を見つめながらお祈りをしたときの、あの敬虔さを取り戻して話を聞いた。

ランボーたちも村人と同じように熱心だった。レッドスキン兵を殺すための罠をかけて暮らした三年間のジャングル生活が、彼らを危険な人間にしていたが、焚き火の横でうっとりした目つきをした彼らは、学校に行く機会を失った、ただの男の子たちの顔をしていた。実際彼らはまだ子どもだった。片目の眠そうなリーダー格の男も、せいぜい二十歳といったところで、他はみんな十代だった。

今にして思えば、彼らは昔の戦争が残していった武器を持ち、ぼろぼろの服を着た、子どもたちに過ぎなかったのかもしれない。しかし、彼らはまた権力を持っていたことも確かだ。彼らはその権力を使って、誰も思いもよらなかった質問を提示した。それは*お前は誰だ*という実に簡潔な質問だった。あの最初の時点で彼らがほしかったのは情報であった。しかし次の瞬間には、ミスター・ワッツの物語の魅力に憑かれてしまった。それから三晩目には、もうこの軌道が敷かれていた。ミスター・ワッツはピップで、彼らは私たち村人と同じように物語の聞き手になっていた。

ミスター・ワッツは誰も置いてきぼりにしないようにと、気を配って話を進めた。私たちはといえば、グレイスの名が出てくるたびに、白人の世界で暮らす自分たちの仲間の話を聞こうとにじり寄る。ミスター・ワッツの声がこもりがちになるとき、それはその夜の物語りが終わりに近づいたことを示した。彼の声はしばしば文の半ばで滞りはじめ――それはトリックなのだが――それと同時に彼が真っ黒な夜の空を見つめると、私たちも同じように顔を上げて見る。次に私たちが視線を下ろすと、もう彼は夜の闇に紛れ、家に戻ってしまっていた。

もうこれ以上彼の語ったことをなぞるのは止めよう。だがそれは、私が『大いなる遺産』太平洋版と呼ぶ物語で、その骨子はいつまでも私の脳裏に焼きついて離れない。ディケンズ原作版と同様、この太平洋版も連載で語られ、同じように締め切りに追われつつ、何晩かに分けて出版されたわけである。

ミスター・ワッツはこの間、学校はお休みにしようと言い、子どもたちは夜だけ彼に会った。おかげで昼間は何もすることのない暇な毎日となった。

ある朝、彼が丘に登ろうとするのを見かけ、私は思わず追いかけた。何か質問があったわけでもなく、『大いなる遺産』の切れ端を持っていったわけでもなく、あるいは私の通訳がうまくいっていると思うか尋ねるためでもない。私が彼についていったのは、無心で忠実な気持ちからだった。犬が起き上がって主人についていく、飼いならされたオウムが飼い主の肩に飛んでいく、そんなふうだった。

ミセス・ワッツのお墓のところで追いついた。彼はちょっと振り返って私だと知ると、安心してまたお墓の方を見つめた。蚊が一匹、彼の首にとまったが、それに気づいていない。私は彼の横に立って、ミセス・ワッツの横たわる土を見下ろした。「マティルダ、秘密守れるかい?」と彼が言った。

私の返事を待たずに、彼は話しはじめた。「満月の次の日の夜に船がやって来るんだ。あと五晩の後に、ギルバートの父親が私たちを乗せてその船まで運んでくれる。そこから二、三時間の船旅で、ソロモン諸島にたどり着く。そこから後は、まあ君次第だね。」

私が何も言えないでいると、ミスター・ワッツは私の沈黙の理由を察して、「君のお母さんも一緒だよ、マティルダ」と付け加えた。しかし私が思っていたのは母さんのことではなかった。やっと父に会えるんだ、やっと。

「マティルダ、もうひとつとても重要なことがある。私がいいと言うまで、ドロレスにはこのことを伏せておくこと」。私は彼の視線を感じながら、ミセス・ワッツの墓を見つづけていた。「マティルダ、分かるね？　分かったなら、ただ頷いてごらん」

「はい」と私は言った。

ミスター・ワッツは、私が知っているたったひとつの世界を後に残して出発しようと呼びかけている。それを夢見ていたのは事実だけれど、実際に島を出ることができるなど思ってもみなかった。でもいったいどんな世界が私を受け入れてくれるというのか。

彼が言う。「君は何も怖がることはないよ」

「はい」と私。

「そう。怖がることはない。マティルダ、それをしっかり覚えておくんだよ」

「分かっています」

「誤解してはだめだよ。もちろんドロレスにも言うつもりだ。ただ今の時点ではね、ここだけの秘密にしよう、君と僕と、木々と。ああ、そしてミセス・ワッツとの間の」

そして私は再び、暗闇の中でひとつの秘密を胸に、眠れないまま横になって、母さんの荒い寝息を聞いている。ミスター・ワッツは母さんを信用していない。したがって、私も母さんを信用して知っているることを話したりしないようにと言われたわけだ。一週間足らずのうちに、母さんは私とミスター・ワッツと一緒に島を出ることになっている。そして、もしかしたら、二、三週間もしないうちに母さんは父に会うことになるかもしれない。

胸が痛いほど、母さんに告げたかった。何か言いたいことがあるんじゃないの、と一度問われた。母さんは、あんたの胸の中で何かの翼がバタバタ音を立ててるのが聞こえるよ、と言う。

「考えてるだけよ」と私。

「何を？」と母さん。

「何にも」と私。

「それなら、ミスター・マソイのところへ行って、魚を一匹もらってくる時間があるはずね」

私のこの知らせが母さんをどんなに喜ばせるだろうと思うと、苦しかった。父のことをもう少し違った風に考える契機になるだろう。あの外の世界へと思いを向けはじめるだろう。そしてあの世界の中に住む自分を母さんに思い描かせることになるだろう。しかし、ミスター・ワッツに説明されるまでもなく、私にはよく分かっている。母さんにその情報を渡すのは危険だ。そしてミスター・ワッツ以上に私は、母さんが彼をやっつけるためにならどんなことでもやりかねないことを知っている。

他の子たちといるときは、自分の頰がこの秘密で熱くなるのを感じ、それと同時に悲しみでいっぱいになった。一週間もしないうちにもう二度とみんなに会えなくなることを誰も知らない。一方で私は、すでにさよならを言い始めていた——木々に、雲の流れる空に、ゆっくりと転がり落ちる渓流の水に、夜明けの鳥の叫びに、そしていつも空腹のうるさい豚の声に。

しかし、ミスター・ワッツの秘密の計画は私を悩ませはじめる。島を離れるんだったら、母さんだって前もって聞かされなければ困るだろう。彼は直前になって言おうとしているのだから、母さんはその場ですぐに決心しなければならず、行かないと言うかもしれないではないか。そうしたら、私だって。

ミスター・ワッツとの約束を破るつもりは決してなかったが、母さんには何がしかの心の準備が必要だろうと思う。そしてその準備を彼女にしてもらうために私ができることは、湿地に住むピップを、ミスター・ジャガーズが訪ねる場面を彼女に話すことだと思った。それはミスター・ディケンズの物語の中で長く私の記憶に残るくだりだ。前触れもなく、突然、人の人生が変わることがあるという考え方は、私の心に強く訴える。母さんなら別の言い方をするだろう。彼女なら、ピップが後になって言ったことと同じように、お祈りが叶えられた、という言うだろう。だから、私たちふたりが眠れずに横になり、夜明けの光にぼうぜんとしている魚みたいにしているとき、私はそれを切り出した。

私は素早く、なおかつ思慮深そうに、まだ一度も行ったことはないけれど、私たちの住む熱帯海岸のこの土地と同じほど、私が慣れ親しんでいるもうひとつの世界について話し、母さんは、広い世界のことを知りたい人なら誰でもがそうするように、私の話を聞いた。母さんが理解したことは、ピップがいかに容易にすべてを後にしたかということ。痩せっぽちの姉と、あの愛情深いジョー・ガージャリーと、気取り屋のミスター・パンブルチュックと、湿地とその陰気臭い陽光と、それらは今ある彼を作ったすべてで、彼が故郷と呼べるものすべてだったにもかかわらず。

ミスター・ワッツがランボーの焚き火を囲んで私たちに展開した世界は、この島でも、オーストラリアやニュージーランドでもなく、いや十九世紀の英国ですらなかった。それは彼とグレイスがふたりで生み出したまったく新しい空間であり、それをふたりはスペアルームと呼んだ。

スペアルーム。それをみんなに通訳するのは難しい。たとえば赤ちゃんの入る子宮、たとえば魚で一杯になる船体、ココナッツの果肉とミルクを出してしまった後を想像してみて、と。このスペアルームとは、私たちのコーヒー色の娘が大きくなってから自分の場所と呼べる空間のことでした、と彼は言った。

実際、彼の家にはセーラが生まれるまで不用品を入れておく空き部屋がひとつあり、ふたりはそれを空っぽにして一から始めようと思った。ふたりのうちのどちらも所有権を持たない部屋にしたい。すでにあるイメージに囚われない、何か新しい世界がその部屋に創造されうる。この空白の壁が生み出すものは、運に任せて創造する絶好の機会を与えてくれる。それを見逃す法はない。カワセミや鳥の飛んでいる絵の壁紙を貼る代わりに、ここにはもっと、この子に役立つことを書きこめばいい。ふたりが育ったそれぞれの世界のことを隣合わせに書いて、この子が自分で決めて好きなほうを選ぶようにすればいい。

ある夜、グレイスはその壁に自分の親族の名前と、あの伝説の空飛ぶ魚にまで遡る自分の家系を描いた。

そのとき、私が通訳しはじめて以来、初めて誰かにさえぎられた。ほとんど盲目のグレイスの祖母が、あの強情者の孫娘はあたしの名前をちゃんと壁に書いたかしら、とミスター・ワッツに訊いた。

彼は目を閉じて、あごを抱えて考え、それから頷いて「ええ、書いてありました」と答え、老女はほっとした。すると今度はグレイスの叔母が手を挙げて同じことを尋ね、続いて数人の親戚が手を挙げ、あの白人の世界のどこかにある一軒の家の壁に、自分たちの名前が記されているという事実に、みんながすっかり満足するまで質問が続いた。

ミスター・ワッツはまずスペアルームの壁を白く塗り、グレイスはそこに、私の生まれた島の白の歴史、と書いた。

それからの話は、私たち子どもを愕然とさせた。なぜなら彼は、私たちの母さんや叔父や叔母たちがクラスに来て話してくれた切れ端をすべて使って、話しはじめたからだ。私たちの白という色に関する想い。その次はブルー。ミスター・ワッツは私たちが教室で聞いたのと同じ話、私たちの実体験から生まれた物語をひとつずつ組み立てていきながら、それに新しい話も加えていった。たとえばグレイスの茶色に対する想いが語られる。

コーラで作った氷が発明されるまで、茶色の氷は島にはなかった。それは彗星のように、素早く現れては消えてしまった。店にひとつもなくなったので、グレイスは店主になぜかと尋ねた。誰もほしがらないからだと店主は言う。「ほしいよ」とグレイスが言うと、「子どもなんざ客じゃない、とっとと出てけ」と言われた。

焚き火を囲んで、ランボーたちはお互いをぴしゃりと叩いたり、叫んだりしながら笑う。遠くでそれに呼応する犬もいる。

そこでもうひとつ、通訳の難しい話が来る。ミスター・ワッツ自身の白い色に関する想いが語られるときだ。ミス・ライアンはかつて彼にこう言った。航空パイロットである彼女の婚約者は黒い靴磨きクリームの匂いがした。その彼とのデートの前に、彼女は白いチューインガムを使ってぐらついている前歯を固定したことがある。その歯は、彼女が庭の噴水のところで打ちつけたからだった。

ミスター・ワッツはそこで止めて満足そうに私を見る。このエピソードは完全に聞き手に受けると信じている。でも黒い靴磨きクリームっていったい何?

彼は続けて、「その頃は白い石鹼の匂いがするというのが普通でしたから」と言った。

シーリアとヴィクトリアがこちらを見ている。知らないのは私だけじゃなかった。彼が何を言おうとしているのかさっぱり分からない、と三人とも不安になった。私はそこで『大いなる遺産』のジョー・ガージャリーと、彼の口からあふれ出るナンセンスを思い出す。

ジョーの言葉を彼が読んでくれたとき、ひとつひとつの言葉は全部意味がわかるのに、それが文になると、さっぱり意味をなさない。私たちが説明を求めても、ミスター・ワッツは分からなくてもいいんだよと答えた。鍛冶屋のジョーが意味のないことを話している、そのこと自体が理解すべき要点なんだよ。それはそうかもしれないが。今のミスター・ワッツは自分のキャラクターを間違えて、いつの間にかピップからジョー・ガージャリーに移ってしまったんじゃないかしら。私の通訳は、彼が独りよがりに期待した反応を聞き手から引き出せなかった。そのかわりに彼は、約束の骨をいまだ待っている犬の表情の聴衆を見る。

彼は気を取り直して、ミス・ライアンの近所に住む、水上飛行機を運転して島々に客を運ぶ仕事をしていた男の話を始める。彼は白いペンキに濡れた刷毛を片手に心臓発作で死んでいた。郵便受けを白く塗っていたところだった。白砂糖の取りすぎだったそうだ。いや塩の取りすぎだったかな？

という具合にやっと白い色の物語へ立ち戻る。

もっとも白いものは、トイレの便器の内側。白は清潔であり、清潔は神聖なのです。

白はかつて航空パイロットとスチュワーデスだけのものでした。子どもは白人の国々についてまず勉強します。

パンは白く、泡も白い。肉の脂身も、ミルクも白い。

白い色はまたゴムの色でもあり、ゴムはすべてを縛って正しい位置に留めるものです。白は救急車の色、投票用紙の色、そして駐車場の係員の上着の色。

「そして何よりも」と彼は言う。「白はある感覚なのです」

私はミスター・ワッツの言葉のリズムに酔い、その文をすんなりと訳してしまう。現れては消え去るつかの間の思考には意外性があってしかり。しかし書かれたり、口に出して語られた言葉は明確な説明を要する。「白はある感覚」だという彼の考えを私が伝えたとき、島全体が沈黙に陥ってしまったといっても大げさではない。私たちはずっとそうではないかと疑ってはいたが、これまで確信はなかった。今それをミスター・ワッツの口から聞こうとしている。

私たちは長いこと待った。その間、彼は視線を私たち聞き手から斜めにそらして立ち、体を強ばらせている。私は初め、それはこの話題へ通じる道へ分け入ったことへの後悔の念かと見たが、しかしそうではなく、ミスター・ワッツはひとつ頷くと、私がそれまで聞いたことのないような誠実で、率直な声で言った。「それは真実です。私たちは黒人のそばにいるとき。自分の白さを感じるのです」

気づまりな雰囲気が流れた。そして誰もがそのことについてもう少し聞きたいと思っただろう。しかしそのとき、ダニエルが急に甲高い声を出した。

「おんなじだ。ぼくたちも白人のそばにいるとき黒く感じるよ」と言った。そして緊張が一気に破れ、みんなが笑いだした。ランボーたちは起き上がって、酔っ払いの歩き方でダニエルに近づくと、パチンとハイファイブをした。ダニエルは赤くなった。本人は、何か特別なことを言ったようだが、いったいそれがどう特別だったのか分かっていなかった。

それはグレイスがスペアルームの壁に親族の名前を書くことから始まった。それが他の分野へと広がり、ふたりは雄鶏の喧嘩のように騒がしく議論しながら、それぞれの経験や考えを書いた。場所の名前を書く。キエタとアラワ。グレイブセンド、それは私が後に、英国が移民をひり出す尻であると聞いた場所だ。

若いランボーたちは、グレイスの書いた考えがほんとうに私たち側——この村——から来たものだと知らなかった。今その考えをすべて思い出すことはできない。記憶に残っているのは、ミスター・ワッツが、グレイスは時おり文章にピリオドを打つのを忘れるとこぼしていたこと。彼女の文は突然ぷっつり切れるので、読む者の目は空白にぶつかって放り出される。彼は一度だけこの点を彼女にぶつけた。すると彼女は、じゃあ、あんたならどっちがいい？　埠頭に腰かけて足をぶらぶらさせている気分と、硬い皮靴の中に足を突っこまされるときの気分と、とやり返した。

壁を覆った項目の中で、より非現実的で風変わりなもののほうが、強く印象に残ったのだと思う。それが交じり合ってひとつになった。日常的なことや、それゆえに捉えにくい繊細な事柄は記憶から逃れてしまったようだ。私が覚えているのはこんなことだ。

故郷を教えてくれる物

思い出がくっついたところ。家の窓。庭の木。

まるで電報のように太平洋を上から下まで軽く飛び交い、いつも故郷へ帰れると信じて疑わないハマシギドリ。

知ってることを教えてくれよ、と問える気兼ねのないよそ者。

通りをふたつ越えた先の道路でバスがギアを変える音が聞こえ、それを通して子どもの頃のあの瞬間へ遡るとき。

紙片も木の葉もすべてを高く吹き上げる風が、あたかも感情を持っているように見えるとき。

古い海図は、主要な風と潮の流れを表す線が多く描かれていて、まるで紐で編んだ買い物袋に見える。

腐った果物の匂い。

刈ったばかり芝の匂いと芝刈り機の油の匂い。

ひとつの島に七十五年間も生きた老人は聖なる静寂を持ち、もう何も言うべきことがない。

世界の歴史

ステップ1：上からも下からもたくさんの水が必要で、天からの水が湖と川を満たす。それに同じ量の陽光と暗闇を与える。明るいうちに太陽が水を天に戻し、またそこに水を貯蔵する。

ステップ2：人間は塵から生まれ、人生の終わりにまた塵に戻る。そしてそこに貯蔵される。

ステップ3：もっとも大切な材料は男の肋骨だ。それを取って女を創り、女は男と共に住み、男を食べさせ、そして正しい行動をとるように見守る。それからひと匙の砂糖を楽しみのために、苦い薬草を悲しみのために加え、そこから先はその両方がもっとたくさん入ることになる。

記憶の歴史

島で聞く笑い声が懐かしい。白人の笑い方は違っていて、自分ひとりの皮肉な笑いを浮かべる。あんたの父親に本当の笑い方を教えたよ。でもね、習おうとはしてるみたいだけど、練習不足。

暖かい海が懐かしい。私たち子どもは毎日埠頭から飛び込んで遊んだ。日曜以外だけどね。

青い色が懐かしい、夕暮れに飛ぶフルーツコウモリが懐かしい。

ココナッツの実一個が落ちるドサッという音が懐かしい。

途切れた夢

私が育った家の隣に、夜中に寝ぼけて歩き回る女の子がいた。ちゃんと眠っていながら、驚くほど遠くまで歩いていく。一度カヌーで沖へ漕ぎ出て、また戻り、家に帰って寝床に入ったことがある。またあるときは、教会に遅れたみたいに浜辺を走っていることもあった。

ある夜、その子は目を閉じたままうちのテーブルに着いて、まるで冷たい水をもらうのを待ってでもいるかのように見えた。私が起こそうとすると母さんが止めて、夢の中にいるとしたらどうするの……？　夢は私的なもので他の人が邪魔しちゃだめなのよ、と言う。彼女の言うとおり。夢は他の人が聞いたり読んだりするものじゃない。

世界が星の数よりも頻繁に再生しつづけてきたのは、全部夢のおかげなのさ。

うちに来た女の子は、埠頭から飛び込む夢を見ていただけだろうけど、もちろんそれでもいいよね。

自分の魂の見つけ方
母親につく嘘は君の頬をちょっと赤くし、体をほんの少し熱くする。けれども後になって、真夜中の二時頃に馬鹿な車の運転席に座っているとき、君は自分がペテン師だという思いに突然襲われるんだ。
そんな思いはすべてどこかへ行かなければならない。それは体内の奥深い金庫に貯蔵され、医者にもそれは探せない。医者は君の父親と同じくらい、そういうことには役立たずなんだから。
地獄について知っているほうがいいが、父親に訊いてもだめだ。彼の地理の知識は限られているから。彼にとって、地獄はロンドンやパリほども重要じゃない。ロンドンやパリに行ってすることは、食べて、ウンチをして、写真を撮るだけさ。でも天国と地獄はどちらも魂の都市さ！　そこが君の育つ都市なんだ！

君の靴ひも

靴ひもはそれだけでは無用の長物。有用になるにはまず靴がなきゃならない。神を知らない人間はたんに血と肉にすぎない。神のなき家は悪魔を招く空っぽの家。境界線について理解することが大事。

境界線

三つ編みのおさげは、どこまでが善でどこからが悪かを知るのが難しいことがある、と教えてくれる。

ミスター・ワッツとグレイスは、真っ白な壁にそれぞれの世界を隣同士に並べて、どちらを取るかは娘自身の選択にゆだねることにした。

ふたりは自分の考えや主張を娘に受け継いでほしかったけれど、それがときには相反している考えや立場だということは、気に留めなかった。ミスター・ワッツが神を信じていないことは、私だけでなく誰もが知っている。あらためて彼に聞かなくてもそれは衆知のことだった。母さんが学校に来て、悪魔の話を私たち子どもにするときの、彼の顔を見るだけで明らかだった。

彼は教室で母さんの後ろに立ち、あごを引いて、目を閉じ、腕を組み、子どもたちが聞いている事柄から鉄格子を作って、まるで自分を守ろうとするかのようだった。今、焚き火を囲む聴衆の前で、彼はおおっぴらに自分が無神論者だと認めたわけだ。しかし彼は、それをスペアルームという距離のある場所からやってのけた。もしも聴衆の反応が悪ければ、今は改心して救済されたのだと言って、逃れることができる状況を作ったのだ。

グレイスの声には活力があり、彼女が壁に書き上げた言葉にはユーモアもあった。ミスター・ワッツは娘のセーラが母親の楽しそうな声を聞きつけ、その楽しさゆえに神を信じてしまうのではないかと案じた。グレイスの声には説得力があり、しかも神を信じないことは母親を裏切ることになると感じるのではないだろうか。彼はひどく悩んだ。どうしたものか？　彼自身の書いた項目は何だか学校の勉強みたいに見える。面白く見えない。グレイスの語る魂と悪魔についての愉快な物語と競うには、彼のほうも面白くしなくてはだめだ。

ある夜遅く、ミスター・ワッツはスペアルームに忍び込んで、壁にある悪魔という文字全部に漂白剤をかけた。すると、まもなくそれらは薄茶色に変色した。この腹の立つ言葉が消えていくかのように感じて、彼は元気を出した。

数日後、グレイスはテープを真っ直ぐ貼って線を引き、自分の親族の名とミスター・ワッツの書いたお気に入りの物語の登場人物の名とを、分けてしまった。これを聞くと、グレイスの年長の親戚は声を出さずに大喜びをし、他はよくやったと頷いた。

このスペアルームの競争でどちらに軍配を上げたかったかは、私たち、とりわけ母さんには自明の理だった。そして面白さにかけて、グレイスはミスター・ワッツの比ではなかった。たとえば、彼女が「途切れた夢」につけた脚注はこうだ。

犬が身をぶるっと振るうときは、その徴だ。ノミに尻を咬まれたかのように、起き上がって周囲を見回すとき、ほんとうは夢の行方を探しているのだ。そしてときには、寝そべって、鼻を前足の上に置いて、夢が戻ってくるのをじっと待っている。

そんな小さな物語を聞くたびに、ランボーたちは声を出して笑い、その白い歯が焚き火の明かりの中に白く浮かび上がった。こういった出来事の断片や逸話を教室へ持ってきた大人たちは、それと分かると、影の中でひとり微笑んだ。母さんもそのひとりで、実際スペアルームの壁に書かれたというグレイスの世界は母さんの世界観で、彼女がクラスに来て、私たち子どもを悩ませたときに聞いたことがある内容だった。

第五夜、ミスター・ワッツは私たちがクラスで聞いた例のピップ対悪魔の話を、壁に描かれた話として、聴衆に紹介した。子どもたちだけがその議論の背景を知っていたが、ここでまたその論争がスペアルームの中の論争として繰り広げられるのを聞く。

ミスター・ワッツはグレイスに挑戦して言う。悪魔はどんな格好をしているか言えるかい？　焚き火の側でそれを聞いた私は、離れて立っている母さんの吐息を自分の首に感じる。それは彼が母さんに一対一で話しかけていると感じられる瞬間だった。彼はいつぞやの教室での討論を、スペアルームの論争という自分流の形に言い換えようとしているのである。そして母さんは、その挑戦を受けて立つ覚悟だ。

私は、もし彼がこの機会を利用して母さんに報復を考えているとしたら、と不安になる。母さんの堅い信仰心が彼女を私たちから浮き上がらせるのではないか。母さんは彼が作った「横槍を入れない」というルールを破って、神と悪魔の存在を擁護しはじめるのではないか。そして、もし母さんが早急に口を開けるとどうなるか。怒りだけが表出することになる。

「それで」とミスター・ワッツは始める。「どうやってその悪魔という生き物を見分けるんだい。角があるかい。名刺は持ってるのかい。それともそいつは言葉を喋れないのかい。眉毛はあるのかな。その眼は残忍な性格を漂わせてるのかい」

彼はこう質問することで、悪魔の姿を私たちに思い浮かべさせる。と同時にすぐまたそのイメージを解体するのである。彼は、母さんが教室で子どもたちにしたのと同じ説明を使って、「私たちは自分の中に悪魔を見ます。そして神様は？　これも自分を見ることで見えるのです」と言った。

母さんはそれを聞いてうれしかったと思う。

聴衆の中の若者たちは、あるときはレッドスキン兵をぶった切り、次の瞬間には、傷ついた仲間を担いで山々をくぐっていく自分の血が悪だけに染まっているのではないことを知り、救われる思いがしただろう。焚き火を囲むこの少年たちは今、私たち子どもが教室ですでに聞いたことを遅ればせながら学んでいる。ミスター・ワッツと母さんとの膠着状態の議論。彼はピップという作り話のキャラクターは信じるが、悪魔というもうひとつのお話のキャラクターは信じない。彼女は悪魔のほうがピップなんかよりもっと確かな現実だと信じている。彼女はもし突き詰めて問われれば、子どもの頃に出会った魔女が醜い肉食の鳥に変身した話は、実は派手な挿し絵入りの本みたいなものだったと認めたかもしれない。

私たちがそこで聞いていた物語は、ミスター・ワッツ自身の物語ではなかった。ましてや彼とグレイスの物語でもない。それは、そこにいる私たちが貢献して作り上げたひとつの物語だった。彼は私たち村人が経験する世界を、私たちの眼前に繰り広げてくれているのである。私たちには鏡がない。私たちは自分たちが何者であるかを語る物語を聞き、あの焚き火で燃えてしまったと感じている何かをそこに聞くことができた。ミスター・ワッツは、私たちが失くしかけた部分を取り戻せるように、この物語をしていたのだ、と私は後になって思った。

第六夜、彼は自分自身の、と私は信じるが、話をした。それによって彼は無神論者の立場を確立することになる。その話にタイトルがあったかどうか忘れたが、私はそれを『メイフライ物語《ストーリー》』と呼ぼう。私の母さんにとって、それは異教徒の告白を聞いているようで、ミスター・ワッツの言葉も、彼が信じていることも、どれもが間違っていると確信しただろう。今ではそれは、彼の母さんへの贈り物だったと感じるのだが。

メイフライ物語《ストーリー》

町にはその名に歴史が刻まれていることがある。ウィッシュボーン通りはそのひとつ。そこには黒人の女がひとり住んでいて、ミセス・サットンと呼ばれていた。彼女はどれだけ夢を見るかでその人の富が計れると信じていた。物知り顔の白人の夫は、そんな彼女の富は一文の値打ちもないと言った。実は彼は木工教師で、それはそれでいいのだが、彼の場合は下手くそな木工教師だった。夢でいったい何が買えるんだい？　アイスクリーム一個は夢何個？　ビーフステーキは？　と彼は笑って彼女をからかった。

夢は過敏な生き物だから、厳しい言葉が一言向けられただけで、縮み上がって死んでしまう。そして彼女の場合もそうなった。彼女が夢のいちばん重要なところを語っている最中に夫を見ると、その役立たずは、腕についた木屑を払い落とすか何かしている。それでミセス・サットンは夢を紙に書き留めることにした。そして念のために、いつもポケットに持ち歩いている小さな石ころをその紙で包んだ。

彼女は言い争いをした後はいつも、その場を去り、静かな場所へ行き、壊された夢が戻ってくるのを待った。だが今回は違って、彼女は振り向きもしない夫を残して家を出てしまった。それからもうずいぶん経ってから、暗くなっても帰らない彼女のことを、夫はさすがに心配しはじめる。

電話してくるだろうと、彼は待つ。夜にどこかの寂しい電話ボックスからかけてきて、車で迎えにきてくれ、と言うのだろう。その電話を待って待って待ちつづけるが、もう我慢できなくなって、外に探しに飛び出していく。

誰かが川に向かって歩いていく彼女を見たという。それはありうる。なぜなら、彼女がいなくなって数日後、一片の紙切れが川岸に打ち上げられ、根こそぎ倒れていた木の枝に引っかかっていて、それが彼女が書いたものだと明らかに分かったから。ミセス・サットンは蜻蛉《メイフライ》になる夢を見たと書いてある。夢など信じなかった夫がひとりこれを信じた。実際それまで愚か者だった夫はひとりだけ、夢と妻の失踪が関連していると主張した。

そしてさらに彼は、図書館で妻の変身について調べはじめる。ミスター・サットンが知ったのは、メイフライは川底の泥の中に最長三年潜って生きるということ。

次の週、彼は川岸を離れて、水中に妻を捜しはじめる。見るも悲しい姿である。川底の泥の中を探して水中を見つめている男を想像してほしい。妻は時が満ちれば再び現れるんだ、と。そして彼はまた図書館へ行き、メイフライの生活環を調べた。

そこで読んだ内容は彼を落胆させた。メイフライはある日、川底から上昇し、羽のある昆虫に変身し、その日のうちに死ぬ。オスどもは素早く川岸の木陰に隠れ、メスたちが水上高く舞い上がったとたんにそれに飛びかかるという。受精されたメスは川を逆行して飛び、川面に卵を落としていく。その仕事が終るや否や、メスたちは体力を使い果たして水に落ちる。そこにはカエルたちがこれぞとばかり待ち受けている。

その生活環のうち、どこがいちばんミスター・サットンの気に障ったかは定かではない。待ち伏せしているオスたちか、食い意地のはったカエルたちか。

ある男の子は自転車で家に帰る途中、ミスター・サットンが川を膝までつかって歩いているのを見た。頭を垂れて神経を集中し、妻が数億の他の幼虫たちと共に埋まっているはずの川底を捜していた。哀れなミスター・サットン。彼は大声で罵りながら、ポケットに入れたたくさんの石ころでカエルを叩こうとしていた。

この話は私たちに受けた。いったいミスター・ワッツはどこからこの話を持ってきたのだろう。即興で作ったのかもしれない。みんなが笑った。ランボーたちははやしたてて笑った。とりわけミスター・サットンがカエルを叩こうとする場面が、ランボーに受けた。そしてみんなが笑う中で、ミスター・ワッツが母さんのほうを向いて微笑みかけるのを、私は見逃さなかった。

第六夜、将来スペアルームに住むはずのセーラが病気になってしまったと聞かされる。髄膜炎。これを言ったときの彼の声は乾ききっていた。焚き火をじっと見つめる彼は、初めてピップの仮面が剝がれ落ちそうになる。誰もその話が作りごとだとは思わなかった。

彼は気を取り直して、彼とミセス・ワッツが自分たちの赤ちゃんを埋葬したときのことを話した。土を盛り上げただけの小さな土地を見下ろしながら、ふたりは長い時間お互いにしがみつきながら立っていた。夜の闇が降りて、涙が枯れてもまだそうしていた。もう何も言葉にならなかった。そんな瞬間のための言葉は、まだ誰も考え出していない、と彼が言った。

「悲哀」と言ってみて、夜に向かって彼は頭を振る。そうじゃない。

それからのミセス・ワッツは鬱病になって深く沈んでいった。朝ベッドから起き上がることができず、言葉も失い、何とかそれを治したいミスター・ワッツは、ヤドカリの例を見習うことにする。一生のうち何回彼らは宿を取り替えるだろう。三回、それとも四回。治療法はそれだ。新しい家、新しい窓からの眺め。しかし彼女の惨めな気持ちが彼女と一緒に引っ越してくるかもしれない。いや、愛するグレイスを治す方法がたったひとつある。それは彼女が新しい別の人になることだ。

それから彼は初めて聴衆に質問する。「誰かこの中で、シバの女王というのが誰か知っていますか？」彼は炎に照らされた私たちの顔を見回した。母さんの隣に立っていた私は、彼女の浅い呼吸が次第に速くなるのを感じた。彼女の中で興奮が湧き上がり、ついに体中の扉が開いたようだった。もう声を出さずにはいられない。子どもたちのルール――手を挙げてから発言すること――を守ることなく母さんは叫んだ。「聖書にあります」

ミスター・ワッツは、その声がどこから来ているかすぐに分かる。彼は母さんが聴衆のどこに陣取っているかいつも知っていたのではないだろうか。そしてこの旧敵に笑顔を向ける。

教室でいつもそうしたように、母さんに続きを促す。みんなの顔が私と母さんに向けられて、ランボーの中のひとりは起き上がって聴衆の列から前へ進み、マシェティを持ったまま声の主を見ようとしている。こうしてみんなの注意を惹きつけるてみると、母さんは急に彼女らしくもなくあわてた。彼女は首を垂れた。その声は前より弱く、人の顔を見ずに地面に向かって喋っている。

「シバの女王はたいへん賢い黒人女性で、伝説的な賢者ソロモン王と自分の知恵とを対決させようと試みました」と母さんは言う。母さんとミスター・ワッツはお互いを見合い、それから彼が終わりを引き継いで言葉を続けた。

彼は聴衆を見回し、旧約聖書から暗唱しはじめた。「彼女は自分の心の中のすべてを王に伝え……何事も隠さなかった」

潮の満干を見て、時の経過を計る人がいる。果物が熟しはじめるのを見て、自然に月を数えられる人もいる。銀色の海の端に、青白い月光が一筋現れると、それは新月が近いことを私にささやく。私はあれから辛抱強く日数を数え、出発の時と、さらに重要な瞬間である、ミスター・ワッツがこの島を出る計画を母さんに話す時という、ふたつの出来事を待った。

彼がまだ母さんに話していないのは確実だ。もしそうなら、母さんは何か私に言っただろうから。もし知っていたら、仕草で分かるだろう。気分も高まるだろう。私にそのニュースを伝えたいだろう。

ミスター・ワッツが私に言ったことを忘れてはいない。彼は母に話すことを自分でやりたいのだ。それはそれでいいのだが、何で早めにそれをしないのか。母さんは彼が考えているより、もう少し長く準備の時間をもらう権利があると思う。

私はシバの女王について聞いたことで、勇気が出たのに違いない。彼女が心の中を残らずさらけ出して伝えるということに。それで聴衆が散らばってから、影の中に消えるミスター・ワッツの後を追った。彼とふたりだけで話したかったので、音を立てないように地面を軽く踏み、彼の足跡の上をなぞった。校舎近くまで来たとき、彼は立ち止まって振り返る。

彼の足跡に立っていたのは、マシェティを抱えた亡霊ではなく、ただのマティルダひとりだったので、顔にほっとした表情を浮かべた。「なんだ、マティルダか」と彼が言った。「そんなにこっそりついて来たりしないでくれよ」。とたんにその表情が険しくなった。彼はまるで私の用事が分かってるかのようにいらいらして見える。

「先生、まだ母さんに話してないんですか？」

「いや」と言って、遠くで何か聞こえたような振りをして目をそらせ、また私のほうを向いた。「い、い、いや、まだだよ、マティルダ」

まだだよ。それは「いや」のあとにすぐ続かず、長すぎると思われる間隔がそこにあった。私はそのとき状況を理解した、いや、少なくともそう感じた。

私は彼に言った。「母さんを置いて島を出ることはできません」

私のその決心を計るかのように、彼は長い間、私を見ている。

決心が変わるのを待っている。ミスター・ワッツは、私が言ったことを取り消すのを待っている。

私は恩知らずの人間のように地面を見つめた。

「もちろんそうじゃないだろう」とついに彼は言う。

でも「もちろんそうじゃないだろう」とはどういう意味だろう。母さんに話をしようというのか、私の決心を受け入れようというのか。もっと説明してほしい。

「もちろんそうじゃないだろう」。彼はそれを繰り返しただけで、夜の中に歩き去った。

ミスター・ワッツは話をして疲れているんだと思うことにしよう。私の言ったことや、その声の調子に怒ったわけではないのだ。私は、食べた虫を吐き出してしまったヒヨコみたいなものだった。だから彼は、そのまま無礼な態度を私にとらせておくことにして、実際は、はじめから母さんに話すつもりだったのだろう。

彼を追いかけていって、礼儀正しく説明を求めてもよかった。だがそれをしなかったのは、彼の意図がどちらなのか自分で決めてしまいたかったから。いや、むしろ別の答えを聞かされたくなかったからだ。信じたかった。

翌朝、興奮した話し声に起こされた。母さんの大きなお尻が目の前にあって、彼女は四つんばいで戸口にいる誰かと話している。外では他の声がしている。母さんはやっと外へ出ていき、私も急いで身支度をして彼女を追った。

私たちはランボーが毎晩眠っていたジャングルの縁へと歩いていくと、踏みしだかれた草と、昨夜使った石炭が残っている。別れも告げずに立ち去ったのだ。あの夜毎の物語が一夜のうちに起き上がって逃げ去ってしまった。私たちは緑色のジャングルの縁をじっと見つめていた。臆病な茂みの鳥が一羽、枝から枝へと跳ね移り、用心深そうに頭を左右に向けている。いったい何がランボーたちを怖がらせたんだろう。

母さんはこれで良かったという。私たちは彼らがいることに慣れてきて、彼らも私たちを受け入れていたけれど、やはりいなくなったことはいいことだ。やっとよく眠れるようになるだろう。他のことを気にかけている人もいる。これで、ミスター・ワッツの物語の完結編は聞けなくなるんだろうか。あの勇気ある女子学生が何年も経って島に戻り、どういう理由で赤鼻をつけた男の手押し車に引かれることになったのか、知ることができるんだろうか。

ミスター・ワッツに直接これを訊いてみよう。あの物語の聴衆がまだここにいるということを彼に伝えなくては。物語は終っていない。それに、彼とミスター・マソイが乾いた入江からボートを引き出すまで、あと一晩残っているわけだから。

私は太陽が水平線を離れるのを待った。ミスター・ワッツがちゃんと目を覚ますまで待ってあげていたそのとき、レッドスキン兵たちが薄暗いジャングルから並んで出てきた。軍服はぼろぼろで、包帯をしている者が多い。疲れ果てた顔。今、その表情のない顔を見ると、彼らがどんな人間なのかが分かる気がする。喋ると怒りっぽく不機嫌で、村人とほとんど目を合わせようとしない。

兵士のひとりが小さな男の子の手からバナナを奪い取る。その子はクリストファー・ナチュアの弟で、どうすることもできない父親のミスター・ナチュアは、両手を背中で強く握り締め、恥入って困惑しきった表情を浮かべた。そしてその兵士は一口噛んだだけで、残りは食べずに投げ捨てた。リーダーの士官は一部始終を不快そうに見ていたが、何も言わない。

そんな雰囲気の変わりように村人がまだ戸惑っているとき、彼らが捕虜を連れているのに気づく。それは昨夜までここにキャンプしていたランボーのうちのひとりだった。何度となく殴りつけられ、顔はグチャグチャにされていた。だが私にはそれが誰だか分かった。ミスター・ワッツに「ケツの穴からやってやる」と言い放った例の酔っ払いだ。兵士が彼を列から引き出して、腰の後ろを突いて前に出し、次にもう一度押したとき、ランボーは地面に倒れた。両手を後ろでくくられていたのだった。もうひとりの兵士が素早く回りこんで彼の肋骨を蹴る。捕虜は口を開けるが声は出ない。ナイフを突き刺された魚のように喘ぐ口。もうひとりの兵士が彼を持ち上げて、喉を摑むとランボーの両目が恐怖で膨れ上がり、形のなくなった果肉のような顔が晒された。

私たち村人は全員そこにいて、よく訓練された集団のように整然と並んでいた。いつものように自分からそこへ集合したのだ。士官は前回ほど私たちに興味を持ってはいないように見える。私たちはといえば、出欠をとる作業が始まるのを待って、名前を言う準備をしていた。しかし、彼が聞きたかったのはたったひとつの名前。ランボーに近づいて上から見下ろし、そこにいる私たちにも聞こえるように大きな声で言った。「ピップという者を指差すんだ!」

ランボーは血だらけの顔を上げ、力のない腕を上げて校舎の方を指した。士官の命令で、部下のふたりがランボーの両腕を摑み、引きずるようにしながらその方角へ向かった。士官は私たちに向かって、「お前たちの嘘にはもうこりごりだ」と言った。

ランボーと兵士たちの姿が消えていくのを見ながら、私はなぜか異常に静かな心持ちだったことを思い出す。深い、あまりにも深い恐怖に遭遇したとき、人はそうなる。無感情の状態になるのだ。

数分後、銃声が聞こえ、まもなくふたりのレッドスキン兵が校舎の横に現れた。彼らは銃を肩にかけ、むしろ退屈そうな顔をしている。ふたりの間にはランボーがいた。手をくくられてはいない。なぜなら、彼はぐったりしたミスター・ワッツの体を豚の柵のほうへ引きずっていくからだ。次の瞬間、私たちは目をそむけた。しかし何人かは遅れて、掲げられたマシェティの閃光を見た。レッドスキンはミスター・ワッツの体を切り刻んで、豚の柵へ放り込んだ。

私はこのときのことを、感情を高ぶらせることなく思い出している。もう体の震えが止まらなくなることもない。熱に浮かされたように感じることもない。それは、私がそうしたいときには、いつでもどこでも自分の意思で、ミスター・ワッツを再現させることができることを発見したから。そしてこれまでの、私の語った物語がその証だから。でも、あの時点ではもちろんそうではなかった。私はショック状態に陥っていたと思う。

何もかもがあっという間に起こっていた。ランボーがいなくなったと知り、レッドスキンが再び訪れ、そして今、ミスター・ワッツが殺された。それらの出来事はひとまとめで起こり、ひとつひとつを分けることができない。それぞれの出来事の間で息をつくことすらできなかった。

レッドスキンの士官は私たちの恐れおののく顔を見回した。睨みつける顔で、たった今私たちが見たことは、彼らにとっては取るに足らないと、私たちひとりひとりに分からせるのだった。彼はあごを突き上げてもう一度、お前たちの嘘にはこりごりだ、二度と騙されないぞ、と言う。その目つきには、私たちを恐れさせようという意図が見えた。誰かが彼と目が合おうものなら、たぶんその不運な人間を横柄だと言って殺してしまったことだろう。

まるで自分たちが恥ずべき人間であるかのように、私たちは地面を見ていた。士官が唇を吸いこんで立てる音が聞こえる。彼はそのくらい近くにいた。もしそうでなかったとしても、声を張り上げる必要などないことを彼自身がよく知っていた。今や、彼のどんな小さなささやきですら、恐れている私たちにははっきりと聞こえる、ということを彼は周知してた。

「顔を上げろ」と彼が言った。

彼は、私たち全員が地面から顔を上げるのを待った。最後に顔を上げた小さな子は、親に合図されてそうした。

「どうも」。やっと、そしてほとんど礼儀正しい言い方で言う。そして同じ声色で私たちに尋ねた。

「誰か今のを見ましたか？」

彼は私たちの顔を射抜くように見つめ、私は不名誉にも地面に視線を落としたひとりだった。すると声が聞こえて、私は思わず顔を上げた。

「ぼくが見ました」

それはダニエルで、クラスメートに勝ったと誇らしげに見える。レッドスキンの士官はダニエルの顔をじっと鋭く見つめる。ダニエルが頭の鈍い子だとは知らない。兵士のひとりに何か言うと、その兵士がもうひとりに合図して、ふたりはダニエルを連れてジャングルへと向かう。ダニエルは反抗もせず、体の両側で大きく腕を振っている。村人の誰も何も言わないかに見えたと思いきや、ダニエルのお祖母さんが声を出した。クラスにやって来て、ブルーについて話してくれたあの人だ。「お願いです。あたしを孫と一緒に行かせてください」

士官が頷くと、老女は感謝するように頷き返し、痛い腰を引きずりながら、もうひとりの兵士の後についていった。兵士は老女をジャングルへ案内する役にうんざりしながら進んだ。

村人の列では幼い男の子が泣き出し、士官は黙るよう指を鳴らした。母親は息子の口を両手で覆った。母親は子どもをなだめたかったが、士官の許可なく動きたくはなかった。泣き声は次第に止んだ。士官が列の別の端に行ったとき、母親は手を下ろし、その子を自分の足の間に引き寄せた。

士官はそれらの出来事に満足している様子で、まるですべては計画どおりに進み、いやそれ以上に進んでいると感じているかのように見える。ブーツの足を引きずって歩き、後ろ手を固く握り合わせている。彼はとくに誰を見るともなく言った。「さて、お前たち愚か者にもう一度訊く。あの白人が死ぬところを見た者はいないか？　誰かいないか？」

長く、そして熱い沈黙が続き、鳥のさえずりさえなかったことを思い出す。

その沈黙の中で、私は横で母さんが動くのを感じた。

「私は貴方の部下があの白人を切り刻むのを見ました。彼は善良な人間でした。私は神に誓ってそう言っているのです」

士官は母さんの所へ大股で近づき、平手で母さんの顔を殴りつけた。その勢いで母さんの頭が振れるが、母さんは声を出さない。力なき女のように地面に倒れたりもしない。何か反応があったとしたら、それは彼女の背が高くなったように見えたことだ。

「私は神に誓います」と母さんは繰り返した。

士官は銃を抜き、足元に数発撃ち込むが、母さんはびくともしなかった。

「私は神に誓います」と母さんは言った。

レッドスキンの士官は叫んで命令を出し、兵士ふたりが母さんの肩を摑み、私たちの小屋に向かって引きずっていく。母さんは泣き叫ばず、一言も言葉を発しなかった。

母さんと一緒に行きたかった。でも怖かった。ミスター・ワッツのために私も証言したかった。でも、とても怖くてできなかった。どうすれば自分に危害を受けずに発言し、母さんの後を追って走ることができるのかわからなかった。

「お前、名を言え」

目の前にあるのは、士官の顔にうっすらと膜のように張った汗と、犬が他の犬を匂いで嗅ぎわけるように、私の恐怖心を嗅ぎわけようとしている、彼の黄ばんだ目だった。

「マティルダです」

「あの女はお前の何か?」

「母です」

それを聞くと士官は部下たちに何かを叫んだ。兵士のひとりが前に出て、私をライフルの台尻で押した。「進め」と言って私を台尻で押しつづける。そうされなくてもどこへ行くのか、私は知っていたのに。

小屋を回ると、母さんが地面に倒されていた。レッドスキン兵がその上に乗っていた。もうひとりはズボンの前を閉めているところで、そいつは私が来たのを見て怒った。彼は私をここへ連行した兵士に何か言い捨てた。兵士がそれに応えて何か言うと、ズボンの前を閉めていた男はにやりと笑った。母の上に乗っている男が肩越しにこちらを見ると、連行してきた兵士が「その女の娘だ」と言った。それを聞いて母さんが力を取り戻す。

男を押しのけると、母さんは裸だった。母さんのために、そして私のために、私は恥ずかしさで胸がいっぱいになって泣きはじめた。母さんは兵士たちに懇願する。

「お願いです。情けをかけてください。ほら、まだほんの子どもよ。私のたったひとりの子。どうか、お願いです。私の大事なマティルダだけは勘弁して」

兵士のひとりが母さんを罵って黙れと言う。母の上に乗っていた男が母さんの肋骨を蹴りつけ、母さんは喘ぎながら地面に倒れた。私を連行した兵士が、私の腕を摑んで私を支えた。

母さんはやっとの思いで背を起こして座り、胸をぜいぜい言わせながら、起き上がろうとして唸り声をあげる。私に向かって手を伸ばし、その表情は恐れのためにたがが外れたように見える。目は濡れ、口はゆがんでいる。「こっちへおいで。大事な大事なマティルダ、こっちへ、私の腕の中に来て」と言った。

兵士は一瞬私の腕を緩めたが、まるで釣り糸の先の魚のように私をまた摑み戻した。周囲の兵士たちは面白がって笑った。

汗ばんだ顔の士官がそこへ現れたとき、私はなぜかほっとした。彼は母さんが土ぼこりにまみれて丸まっているのを見て、いい趣向ではないと思ったように見える。彼の目と口が不快感を露わにした。母さんに立ち上がるように命令し、彼女はやっと立った。肋骨を押さえている。私は母さんを助けたかったのに、身動きができない。その場に根が生えたようだった。

士官はまるで私の感覚も想いもすべて知っているように見える。すると突然、奇妙な視線を私に投げた。それは微笑みのようで、そうでない、それ以後ずっと私の脳裏から離れなくなる、ある種の視線だった。そして部下からライフルを取り上げると、その銃筒で私のスカートの裾をめくった。母さんは飛びかかるように言う。「ダメ、ダメ！　お願いです。士官。どうかお願いです」

兵士が髪の毛を摑んで母さんを後ろに引いた。

信仰者からただの母親に変わっていた母さんが、士官には見えていない。彼に見えるのは、あの神に誓いを立てる気の強い女だった。自制心に溢れた男であることを見せるため、静かな口調で彼は言った。

「お願い？　俺に何かお願いするのか？　それじゃあ、何を交換に娘を救うんだ」

母さんは絶句する。変わりに渡すものなど何もない。士官はそのことをよく知っていて、だからにやりとして見せる。私と母さんにはお金もない。豚もない。あの柵の中の豚は他の村人の持ち物だった。

「私をあげます」と母さんが言う。

「それは部下がもうもらった。お前はもう何も渡すものなどないだろう」

「命があります」と答える。「私の命をあげます」

士官は振り返って私を見た。

「聞いたか？　お前の母親はお前のために自分の命を差し出した。何か言うことがあるか？」

「言っちゃダメ、マティルダ。あんたは何も言っちゃダメ」

「いや、聞こうじゃないか」とレッドスキンの士官は言った。彼は手を後ろに組んでいる。楽しんでいるのだ。「母親に何と言うかな？」

彼が、私が何か言うのを待つ間、母さんは私に、お願い、言っちゃダメ、と目配せをし、私はその合図を読んだ。ここで何も言ってはいけない。私の声は私だけの秘密にしなければならない。

「もうこれ以上待てない。自分の母親に何か言うことはないのか?」と士官が言った。

私は首を横に振った。

「よかろう」と言って部下に合図を送る。ふたりの兵士が母さんを抱え上げ、引きずっていく。私は後を追おうとしたが、士官は片手を出してそれを禁じた。

「だめだ。お前はここにいろ」。私は男の黄ばんで血走った目をもう一度見た。マラリアにやられてどうしようもない疲労がそこにある。何もかもに疲れている。人間であることにも疲れている。

「向こうを向け」と彼が言った。私は言われたとおりにする。

視界に美しい世界が広がる。キラキラと光る海、空、そして風に震えている緑色の椰子の木。士官がため息をつくのが聞こえた。タバコを探してシャツのポケットを探る衣ずれの音がする。マッチをすり、タバコの煙の匂いが漂い、タバコを吸う音が聞こえる。私たちはそこにほとんど隣り合わせで立ち、ずいぶん長い時間が経った。ほんとうは十分にも満たない時間だったはずだが。その間、士官は一言も喋らなかった。私に言うことは何もなかったから。

現実はどこか遠くにあって、そこにいる私と士官とには何の関係もないかのようだった。私たちが背を向けている間に起こった出来事は、どこか遠くの出来事のような気がした。足の親指の上を小さな黒アリたちが這っていた。アリは自分たちが何をしていて、どこへ行こうとしているかよく知っているようだった。自分たちがただのアリだとは知らずに。

士官のため息がもう一度聞こえた。鼻を鳴らすのも聞こえた。満足そうに呟く声、それは腹の虫が鳴くような深い場所から上がってくる音。自分だけにしか見えないある出来事に、承認を与えているところなのだろう。

私が見なかった出来事について後で聞いた。兵士たちは母さんをジャングルの入り口まで連れていき、あのミスター・ワッツにしたのと同じ場所で母を切り刻み、豚の柵の中に放り込んだという。これが、私がレッドスキンの士官の隣で、波が岩礁に打ち寄せて砕ける音を聞いている間に起こったことだった。私は青い空の中で、明るい太陽の周りに嵐雲が集まるのも気づかずにいた。あまりに多くの出来事、それも相反する出来事が一緒くたに起こり、それがいくつもの層になって重なり、まるで世界がいかなる秩序も失くしてしまったような一日だった。

私はこれらの出来事を思い出すとき、何らかの感情に捕らえられることはもうない。あの日、私が感じる力を永遠に失ったとしたら、それは仕方のないことだった。感情は私から取り上げられた最後のものだった。鉛筆とカレンダーと靴に始まり、『大いなる遺産』の本、寝床のマット、家、ミスター・ワッツ、そして母さんを失くして、その後に残った最後の持ち物だった。

こんな思い出を持っているとき、人はいったいどうしたらいいんだろう。忘れたいと願うことは間違っているような気がする。だからきっと、人はそれを書き留めることをするのだろう。そこから歩き出すために。

それでも私は、もし事態が違っていたらどうなっていただろうと考えずにはいられない。機会はあったのだ。母さんが黙っていたとしたら。そしてもし私がレイプされたとしても、それは母さんが命という高い代償を払うべきほどのことだったろうか。そうは思えない。たぶん私は生き延びただろう。そして母さんも。何度も繰り返しそのことへ立ち返り、私は自問しつづけた。

しかし、そこで私はミスター・ワッツが私たち子どもに話した、ジェントルマンたるべきことをいつも思い出す。それは古臭い考えだ。現代なら、一般的には、私を含めてだが、「ジェントルマン」を「倫理的な人間」に置き換えたりはしないと思う。ミスター・ワッツは、人としてあるということは、倫理を生きることであり、都合の悪いときだけそれを休みにすることはできない、と言った。あのとき一歩踏み出して、自分の旧敵であるミスター・ワッツを虐殺した冷血漢に立ち向かい、神に誓って証言した勇敢な私の母さんは、そのことを知っている「ジェントルマン」だった。

その後も私たちは生きていた、と思う。墓場荒らしの悪霊みたいな格好で、村人は埋葬の作業をおこなった。言葉を失くし、心を射抜かれて、沈黙の中にそれを終えた。私は呼吸は続けていたはずだ。どのようにそれができたのか知らない。私の心臓は血を送りつづけたのだろうが、余計なお世話だった。もし私の体にスイッチがあって、それを止められるものなら、きっとそのスイッチに触れていただろう。

レッドスキンがジャングルの奥深く去ったことが分かるまで、人々はじっと待った。それが分かると、豚を全部殺した。ミスター・ワッツと母さんをまともに埋葬するためには、そうするしかなかったから。私たちは豚を埋葬した。

午後遅くになって、山道の高い木の上でダニエルが見つかった。手首を上の枝に、足首を下の枝にくくりつけられて、十字架のように手足が伸ばされ、口につっかえ棒がされ、鞭打たれた体に蝿がたかっていた。ダニエルはお祖母さんと一緒に埋葬された。

村人たちが私を見ている、見守ってくれていることに気づいていた。小さな親切がたくさん寄せられることも知っていた。

夜になると私は横になるが、眠りは訪れない。涙も出てこない。横向きになって、母さんがいるべき場所を見つめていると、月光の中に母さんの歯が輝き、母さんは黙って自分の功績に微笑んでいる。

少しは眠ったのだろう。いつにない方角から風が吹き込んで目を覚ました。風は湧き上がり、けたたましい音を立て、狂ったように怒り、それから何事もなかったかのように整然と立ち去った。その後に来たのは、空を落とそうとでもするかのような激しい雷鳴で、重い轟きを響かせた。眠れた者などいなかっただろう。稲妻が裂けるように光り、それからまた以前のように、限りない静寂がすべての上に落ちた。私たち村人、鳥たち、そして木々の上に。

海がぶるっと震撼し、雨が降りはじめた。その雨は普通とは違う。海から吹きつけてきて、あわてて木の下に雨宿りをする類の雨ではなかった。その雨は石を投げつけるように降った。私は夜明けの薄明かりの中で、その雨が家の外の踏み慣らされた固い地面で泥を蹴り上げるのを見ていた。それはまるで神たちが、起こってしまった邪悪な出来事を消し去ろうとしているかのようだった。

熱帯の雨はやさしく、この雨すらもいつか過ぎ去ることを、私は知っている。私には今すぐすべきことがあった。丘に登って、ミセス・ワッツにミスター・ワッツの死を告げなくてはならない。彼はミセス・ワッツに知らせたいに違いない。木の下をたどっていけばそんなには濡れない。ただ、広場を横切るとき、泥がダンスをして跳ねるだけだ。

いつもなら雨の中は駆けていくところだが、今日はそうしない。濡れてもいい。雨はどんどん降ればいい。何もかもどうでもいい。もう二度と何かを気にかけることはないかもしれない。そのとき、自分が向かっている先に気づいて、方向転換をする。豚を埋めた場所を避けるために。

しかし、もちろんそれは遅すぎる方向転換だ。豚が脳裏をよぎると、もう他のことは何も考えられなくなり、再びミスター・ワッツのだらりとした体が見える。マシェティの閃光も見える。謎の人物ミスター・ピップを暴露した後、もう無用になってしまったランボーの体が、豚の囲いの傍らに転がり、それをレッドスキンが無頓着に蹴り返す。母さんの上に乗っていたレッドスキンの光る裸の尻と、足首まで巻き下ろしたズボン。母さんが低く唸る。その音が今も頭から離れない。タバコの匂い。そして足元にピチャピチャと跳ね上がる泥の中で、私はあの士官が立てた唇の音を聞いた気がした。彼が美しい海の光景を見ながら私の隣に立っていた、あのときに出した音を。

私はそんなふうに、方向を考えもせず、ただ歩いていた。どこへ行こうというより、早く歩こうということだけを考えて。記憶から逃れようと歩いていた。そう、そうだった。もし意識がはっきりしていたら、自分が狭くて深い渓谷の岩場に向かって歩いていたことに気がついたはずだ。

木々の合間から、膨れ上がった川の重い流れの音が聞こえたはずだった。豪雨と川、このふたつの関連性を読まなかった。自分が雨に濡れていいんだという以外何も頭に浮かばなかった。でも考えてみれば、この雨は今まで私が知っているどの雨よりしつこく私の体を湿らしつづけ、雨は私にもっと深刻になるように、もっと注意して見るようにと、教えようとしていたはずだ。

川まで来て、私はようやくその兆し、素早く変わりゆく姿に注意を向ける。たった今、私の左側五十メートルのところにあった川が、次の瞬間、もう私の肘まで来ていて、瓦礫や折れた木の枝が褐色の泡の波を作りながら、海へと迫り出している。

洪水の川は、テレビで見るようなアルミ色で覆われた滑らかな現象ではなかった。それは膨張し、回転し、まるで自分自身に腹を立てているようだ。渦巻きに巻かれてはそこから脱出し、急な曲がり角から離れては川岸に勢いをつけて寄せ、土手を貪り食っては急流に引き入れる。その行く手にあるものすべてを呑み込む。私ですらも。

川が私を捕らえようとしている。したいようにすればいい。私にとって大切なもの——母さんもミスター・ワッツも——みんな連れ去られてしまったから。父は私には決して届かない遠い世界のどこかにいる。私は独りぼっち。川が私を捕らえようとしている。したいようにすればいい。

心の中で、この捕らえられて連れ去られるというイメージと戯れているとき、同時に水の壁は、もう私の膝まで駆け込んできた。急げば高みに逃れることができた。でも、そうはしなかった。死のうと決めたからではなく、そんな情景は見たことがなかったからだった。

すると何か固い物が私の膝を打つ。おそらく重い木片だろう。それは見えてはいなかった。私の心はしびれて無感情になっていたと前に言ったが、それにもかかわらず、私が感じた痛みは鋭かった。直感的に膝を上げて抱き寄せると、次の瞬間、洪水は他の漂流物にしたのと同様に、私を掬い上げて川にくれてやった。

父は私を埠頭から水に投げ込んで私に泳ぎを教えた。だから私は、両腕に浮き輪をつけて生まれたんだ、と母さんが昔よく言った。それがなかったら、私は石ころのように沈んだに違いない。水は怖くはなかった。それよりも純粋に驚きでいっぱいだった。そのスピードの速さに。私はほんの二、三秒前に岸に立っていたのに。今、私の体はこうして激流の中にいて、掬い上げられては、落とされる。海へと駆け込んでいくこの流れの一部になっていることに、私は奇妙な好奇心を持ちはじめていた。

私は、こんな風にすべてを終わりにすることができるんだ、と思った。たんに抗うのを止めて、なすがままになって。洪水は私にそうさせようとしている。どうして予告もなしに川が性格を変えてしまい、こんなに容易に私を引き込んで、ここまで来たのだろう。突然、水中に引き込まれた。

生きるんだ。生き延びるんだ、と思った。

それは、私たちが当たり前のことだと感じていることだが、どんな状況にあっても、人は空気がなくなった瞬間に、それを取り戻そうと抗う。少なくとも、何が自分に必要かは分かる。空気だ。

川底の泥が目に入って何も見えない。川はまるで生き物のようだ。爪の生えた手足で私の足を掴み、引き下ろそうとする。私は必死で水面へ掻き上がり、肺を空気で満たす。するとまた爪が私の足を掴み、引き下ろし、同じことを繰り返す。逃れることができない。私は何度も何度も水中に押し込まれ、何て馬鹿なことになってしまったんだ、と感じていた。どうしてあんなにぼんやりしていたんだろう。馬鹿な私。

私の溺死のニュースを聞いて、頭を垂れる父の姿が目に浮かんだ。そして、最後の空気を吐き出してしまったとき、その父の痛手への想いが、私をもう一度水面へ押し上げた。もう自分がどうなってもいいと考えていた一時間前の私は去り、今や生きる責任を強く感じていた。

そうするうちに、何か大きくて固い物にぶつかった。目の見えない混乱した頭で、やった、神様ありがとう、岸に投げ出された、と思う。手に感じる確かな感触、その素晴らしい確かさ。しかしもっと腕を伸ばしてみると、私は巨大な流木にしがみついているのだった。

葉もなく、枝もなく、いったいそれが何の木だったのかは定かではない。水流に洗われた木肌は滑らかだ。海綿のようにふわふわしている。それはただの流木だったが、この急流という状況の中では、ただの女の子であるより、はるかに有利だった。流木は生き残れるから。何度流れに巻き込まれても、早瀬に乗って押し出されても、最終的には流木は浜辺に打ち上げられる。太陽に干されて、日ごとに砂に埋もれていく運命。それはサバイバルの物語だ。だから私はそれに必死でしがみついておけばいい。

しばらくの間、私たちは勢いよく流れて、川が二手に分岐しているところまで来る。流木と私は左の車線（と呼ぶことにするが）に入り、予期せぬ幸運で、この車線は私たちを強烈な川の中ほどの急流から、海岸から広がる静かな茶色の水流へと運んでいく。

救い主は誰か、と聞かれたら、私が知っていた唯一の名は、ミスター・ジャガーズだった。だから今、私はこの流木をピップの人生を救った男の名にちなんで自然にそう呼ぶことにしよう。世慣れたミスター・ジャガーズのほうが、水びたしのぬるぬるした流木よりずっと頼りになるだろう。流木は口がきけないが、ミスター・ジャガーズとなら話しができる。

川が広大で波のない静かな海へと流れ込む。私たちは封鎖後に草が伸び放題になっている古い空港の近くを流れていった。それが分かるともう怖くはなかった。私たちは生き延びられる。様々な想いがよぎっては去り、去ってはまたよぎる。しかし、川が私を下へ下へと引きずり込もうとしていたときにならら感じたであろう、感謝の念はもう起きなかった。いや、私と流木はいずれにしても生き延びるわけで、いつもの生活がまた始まるのだ。

クラスで私たち子どもが聞いた、あのフウセンカズラのハート型の種が私だ。まだ旅を始めたばかりで、いずれどこかの土地に流れ着き、別のものとなって、別の人生を生きることになっている。だが今はまだ、それがいつどこで始まるのか知らない。

あまり遠くない位置に校舎が見えた。ミスター・ジャガーズを操ってあの方角へ行けさえしたら、私は滑り降りて、そして校舎の屋根に登れるのにな、と思う。

雨が止んだ。粘ついた空気が砕けて高い雲を作っていく。上空からヘリコプターの回転翼の鈍い衝撃音が聞こえる。目を閉じて、レッドスキンが私に銃弾を浴びせるのを待つ。きっと射撃が始まる。きっと彼らには私が見えているから。それですべて終わりになる。そう思った直後、ヘリコプターの音が湿った雲間に消えた。

また雨が降り出す。ゆっくり間断なく降る。校舎が灰色の靄の中に消えた。私はまた自分たちがどこにいるのかも、どちらへ向かっているのかも分からなくなり、ミスター・ジャガーズにしがみつく。

川が再び私たちを連れ戻しにきて、流れに摑まれてしまうのではないかと不安になる。そして次に海へと押し流されたときには、私は疲れ切っていて、もう戦う力が残っていないかもしれない。そう思った瞬間、灰色の靄の中から、オールで水を掻く音がして、それから暗い船首の形が目の前に現れた。船を漕いでいる男がひとり――あ、知っている！　ギルバートと彼の母さんと、それに誰かもうひとり、年老いた女の人。私は手を振って、呼びかけた。

数分後にはボートの中に引き上げられていた。水から出ると、外の世界の何と素晴らしい軽さだろう。抱きしめられ、頬を撫でられて、キスを浴びた。そのとき初めて、両腕の骨が痛むのに気づく。ボートの側面から身を乗り出して私の救い主を探した。ミスター・ジャガーズは悲しげに、しかし理解しているように見える。自分がただの流木にすぎず、この困難な水の旅の間、背中にしがみついていたマティルダは、不忠ながら、幸運で選ばれた者なのだと。

私が引き上げられてから二、三分の間、ミスター・ジャガーズは水から頭を出したり沈めたりしながら、船の近くを添って流れた。時おり、片端が波の上に突き出て、あたかももうひとり乗せる場所があるか尋ねているようだったが、もちろん私以外、誰もそれには気づかなかった。

ひとりひとりが（ギルバートでさえも）私を抱きしめた。ミセス・マソイは涙ぐんだ目で私に微笑みかけると、自分の頬を私の頬に強くくっつけた。ミスター・マソイは何も言わなかった。何か他のことに神経を集中させている。彼はみんなに静かにするようにとささやいた。それからボートを方向転換させると、沖へと向かった。

後で知ったことだが、マソイ一家は暗くなるのを待っていて、ギルバートの父親がこれから沖へ出るのだとみんなに宣言したまさにそのときに、ミスター・ジャガーズにしがみついている私を見つけたのだった。

夜に男たちの声で目が覚めた。どれも低い、落ち着いた、やさしい声だった。暗闇の中に眩しい灯りを手にした大きな姿が私たちの前に現れ、その灯りは魔法のように素晴らしかったが、あまりにも眩しかった。力強い手が私の両腕の下に伸び、それはギルバートの父親なのか、他の男なのか分からなかった。だが、これだけは分かった。いちばん最初に私を見つめた目は黒い顔の中にあった。その表情から、何か思わしくないのだと分かった。いったい彼が私に何を見て、どう感じたのか知りたいと今でも思うことがある。私の記憶は、ただ彼が靴を履いていたことだけ。靴。

自分がリラックスしているのが分かった。もう安全だ。きっとうれしかったに違いない。何はともあれ、私たちは海から釣り上げられて、救助されたのだから。でも当時の自分の感情はいっさい思い出せず、ただいくつかの事実が頭に残っているだけにすぎない。ボートはギルバートの父親のもので、彼が以前ミスター・ワッツと共に浜辺に引っぱり上げていたあのボートだったが、それを大きな船のデッキから見下ろすと、とても小さく見えたこと。何か甘い飲み物をもらい、それはホットチョコレートだったこと。それは、船の上の男たちの靴を見たときの次に、私が味わった外の世界だった。それからすぐに柔らかいマットレスの上に寝かされ、低いエンジンの音がブルブルと響いていたことを覚えている。

私たちはギゾというところに寄港した。すでに夜明けの太陽が丘にかかる霧を焼き払おうとしている頃、木々の合間に家々の屋根の形がくっきりと浮かんでいる。犬の吠える声が聞こえる。桟橋に船をつなぐと、十二人ほどの黒人の子どもたちが、笑いながら私たちに向かって駆け寄ってきた。その後ろから制服姿が数人、行進してくる。男たちはおしゃれなシャツを身に着けている。私たちはその町で一泊した。その間、私たちは仲間うちの話をし、島から出られたことを祝ったに違いない。そしてミスター・マソイに特別な賞賛を送ったはずだ、と思いたいが、ほんとうにそうしたかどうか、もう思い出せない。

次の朝、ソロモン諸島の首都ホニアラに向けて出航した。そこで数人の警察官に迎えられ、診療所へ連れていかれた。診療所では白人の医者が私を診察した。大きく口を開けて、と言い、私の喉の奥に明かりを当てる。それから体中の肌を調べた。耳も診る。私の髪の毛を押し分ける。いったいこの医者は何を探しているのだろう。また別の明かりを手に取ると、今度は私の目を照らした。私が覚えているのは、彼が「マティルダか、いい名前だね」と言い、私が微笑むと、なんで笑っているんだい、と訊いたことだ。

私は首を横に振る。ミスター・ワッツも同じことを言ったのだと、話さなければならないと思ったが、でもまだそれはできそうになかった。もうひとりの白人男性が私の名前について同じことを言ったからといって、ミスター・ワッツのことをその人に話すのはいやだった。

医者は熱を測り、肺と心臓を聴診した。どこかが悪いには違いないのだが、それが何だかはっきりしなかった。彼の部屋はさまざまなもので満ちている。紙。ペン。ファイル。キャビネット。大きなカラー写真があり、そこで医者はゴルフをしている。私の体中をくまなく診察したときと同じ、張り詰めた表情でパターにかがみこんでいる。

壁にカレンダーがあるのに気づいた。見てもいいですかと訊いてみる。今が九月だと分かる。その月のページには、白人の男女が手をつないで砂浜を歩く写真がある。年は一九九三年。十五歳の誕生日が知らないうちに過ぎていた。

医者は椅子に深く座った。机から椅子を遠ざけると、白い膝が机の上に覗く。そして両手をあごに当てると、その顔は私を診察したときと同じ、やさしさにあふれた顔だった。

「マティルダ、君のお父さんはどこにいるんだい」

「オーストラリア」

「オーストラリアは大きな国だからね。オーストラリアのどこだろう」

「タウンズヴィル」

すると、組んだ足を解いて、前かがみになり、ペンを手に取った。

「で、お父さんのフルネームは?」

私はそれに答えて、彼がそれを書き留めるのを見ている。ジョゼフ・フランシス・ライモ。

「私の母は、ドロレス・メアリ・ライモです」と私はつけ加える。

それから医者は前のように深く座り直して、あごを支える両手と白い膝の上から私を観察した。

「マティルダ、お母さんのことを話してくれるかい」

父が飛行機の窓から外を見て、私たちの家がどんなに小さく見えたか描写してくれたことを思い出す。今、私にも父の言った意味がよく分かる。飛行機が片側にぐんと傾いても空から落ちたりしない、窓いっぱいに景色が広がるんだ、と。

ホニアラの緑と家々の屋根が見え、飛行機が高く上がるにつれてそれはますます小さくなり、もう青い色が見えるだけになってしまった。私は父のいるタウンズヴィルへと向かっていた。

出発についてなら私はよく分かっているつもりだ。いかにして住み慣れたある場所を去ることができるかを、ピップから学んだ。それは、後ろを振り返らずに生きること。

ギルバートにも彼の家族にも再び会うことはなかった。彼らがいったいどうしているかは知らない。何もかもが順調でありますようにと願う。

私は空中に何時間もいた。冷房の効いた飛行機の客室の中で、鳥肌がたつのを感じたことも新しい経験だった。いつの間にか眠ったのだろう、次に窓の外を見たとき、そこにはオーストラリア大陸が薄墨色の肌をさらして平たく横臥していた。結局さして遠くはなかったようだ。着陸するのを今か今かと待っていたが、それから何時間もしてやっと空から降りはじめた。でも不安で胃が締めつけられるように感じたのは、飛行機の降下が怖かったからではない。父は私のことを好いてくれるだろうか。もし父の記憶の中の私が素晴らしかったら、自分はその期待に応えることができるだろうか。

私は真新しい靴を履き、これも新品のスカートと白いブラウスを着ている。私の所持品は、ぼろ布のようになった古いスカートとブラウスと一本の歯ブラシが入った紙袋ひとつだけだ。

タウンズヴィルでは、ことにその空港では、黒人はすぐ目にとまる。父はターミナルのドアに立ち、満面の輝く笑顔で私に向かって両腕を大きく振っている。飛行機の窓からさっそく父の変わった点を数えている自分に、まるで母さんのように、私も父を厳しすぎる目で見ていると気づかされる。父はほとんど完璧なまでに白人に変身していた。ショートパンツに足首までのブーツを履き、白いシャツは突き出した大きなお腹を隠してはいなかった。父さんとビールは相愛の仲だから、と母さんはよく言った。

旗を持った人が駐機場のある場所へと飛行機を招き入れたように、父は私を自分の腕の中に招き入れる。私はといえば、自分の表情を自分で作ることができず、微笑みたいと思っているのに、両目がみるみるうちに熱を持ち、あっという間に涙があふれ出る。うれし涙だった。

父は首に銀の鎖をつけていた。私をひとしきり抱きしめた後で、それを私の頭からかけてくれた。きっと何かを私にあげたくてたまらなくなり、その鎖が都合よくそこにあったのでそうしたんだろう。私は今もそれを身に着けている。

「ああ、ごらん、まったく、こんなに」。彼は上気した顔で真っ白な歯を見せながら、まるでそこにいる人たちにも同じように感嘆してほしい様子で、空港の人ごみを見回す。父が他に荷物はあるかと私に問う。

「この体と、そしてこれだけ」と言って紙袋を持ち上げて見せる。父は腋の下へ手を差し込んで私を抱えぐるぐると回る。そうされながら、父は母さんに何があったか聞かされているのだろうか、と思う。父は何も言わず、その表情にも答えを見つけることはできなかった。今思うに、父は母さんが私と一緒に飛行機から降りてくるのを待っていたはずだった。

私の肩に手を置き、タウンズヴィルの暑い日ざしを避けてターミナルビルの中へ向かうとき、父が振り返って、駐機場の飛行機へと続く灰色の舗装路の誰もいない空間を、一瞬じっと見すえたのに私は気づく。父は私に見られていたことを知ると、凍りついた目をそのままに微笑みを浮かべて、素早く話題を変えた。「これからちょっと食べることに集中しなくちゃならん」と彼は言った。「お前が誕生日を祝えなかった回数分のケーキを買っておいたからね」

「じゃケーキ四つね」と私。

父が噴き出し、ふたりでターミナルビルの涼しい空気の中へと歩いていった。私は父の手をずっと自分の肩の上に感じていた。

私は地元の学校へ入った。勉強が数年遅れていたので、初めは自分よりずっと年下の白人の子どもたちと机を並べた。

入学して二日目に図書室へ行き、『大いなる遺産』を探した。棚に一冊あった。「安全な場所」に隠してあるのではなく、誰でも手に取って見られるところにそれはあった。厚表紙の本だった。とても壊れそうにない本だった。私はそれを手に取って、テーブルを選ぶと、席について読みはじめた。

記憶にあるそれより冗長で、言葉数もかなり多く読みづらい。懐かしい名前が頁の上になければ、間違って別の本を読んでいるかと思うほどだ。ということは、と私は好ましくない真実にはたと気づく。ミスター・ワッツは私たち子どもに別のバージョンを読んで聞かせていたのだ。より簡単なバージョンを。彼は『大いなる遺産』の骨子、大まかな筋に沿って、原文をすっきりさせ、つまりアドリブで文を作り、私たちが頭の中ではっきり整理できるようにしていたのだ。なんとミスター・ワッツは、ミスター・ディケンズの最高傑作を書き直していたわけだ。

私はこの新しいバージョンの『大いなる遺産』を人差し指で一語一語を押さえながら、一文一文を戸惑いながら読み進んだ。非常にゆっくりと読み、そして最後までたどりつくと、もう一度繰り返して読んだ。ミスター・ワッツがどう書き直したのかを理解し、がっかりした部分があるのは私の理解不足ではなく、彼の書き直しによるものだと確認したかった。

彼が子どもたちにやらせた、記憶の切れ端を回収することは、藁で城を築く努力のようなものだった。私たちは正しく思い出すことはできなかった。しかしもちろんそれは初めから無理な話で、ミスター・ワッツは私たちに完全な物語を話してくれたわけではなかったのだ。たとえば、オーリックという人物がいることを知って驚かされる。ミスター・ディケンズのバージョンでは、オーリックはジョー・ガージャリーに気に入られようと、ピップに競争心を燃やしている。最後にはピップの姉に暴力を振るい、彼女を麻痺で言葉もしゃべれない状態にしてしまう。オーリックはピップを殺そうとさえするのだ！　なぜミスター・ワッツはこのことを話してくれなかったんだろう。

さらに、ピップが墓地でマグウィッチに出会うとき、湿地にはふたりの囚人がいたという。なぜミスター・ワッツはこのもうひとりの囚人のことを話さなかったのだろう。コンペイスンというこの男が最初に頁に現れたとき、信じられなかった。読み進むと、彼はマグウッチの宿敵だと分かる。そしてこのコンペイスンが、実はミス・ハヴィシャムを婚礼の当日にすっぽかした当人だったのである。彼は何年も後に、ピップとハーバート・ポケットが川の中ほどにボートを浮かべ、マグウィッチを蒸気船に乗せて国外へ脱出させようとしているところへ現れる。ここまでは、いつものようにピップはマグウィッチの救い主の役を当てられているわけだ。しかし、この場面でそれが変わる。

ミスター・ディケンズのバージョンによると、密告者コンペイスンが民兵を乗せたボートでピップたちに向かってくると、マグウィッチはこのなじみの宿敵に向かって飛びかかる。ふたりは川に転げ落ちる。そしてこの水中の争いから勝って水面に現れるのはマグウィッチであり、一方コンペイスンは流れに乗って物語から漂い去ることになる。

マグウィッチがコンペイスンを負かすことで、ミス・ハヴィシャムの名誉は取り戻せたとは思うけれど、それにかかる犠牲を考えるとどうだろう。人の命がこの本の至るところで損なわれている。

初め、私はミスター・ワッツが物語を端折ったことに腹を立てた。どうして彼はミスター・ディケンズの原作に従わなかったのだろう。いったい何から私たちを守ろうとしたのだろう。

恐らく、私の母さんの非難から、あるいは彼自身への思いから。私にはいずれにしろ同じことに思える。

悪魔対ピップの議論の際に、適切な言葉選びが問題にされたことを思い出す。ミスター・ワッツはなだめるような話し方で、人はその想像力のゆえに時おり惑わされるものではないだろうか、と母さんに言った。常に優勢に立とうとする母さんは、それに対して、あのディケンズとやらも人を惑わします、とやり返した。

その日、母さんは議論の後も教室に留まって先生が朗読するのを聞き、『大いなる遺産』のある一節が彼女をいかんともしがたいほど怒らせ、しかもその部分を復唱することができた。自分に多くの期待が寄せられていることに慣れるにつれ、それが僕自身やまわりの者たちに与える影響を微妙に気づきはじめていた。私たち子どもは椅子に深く腰かけて、母さんとミスター・ワッツがする議論のときにいつも感じる、あのおののきと興奮の中にあった。いったいこの文の何が悪いんだろう。なぜ彼は窓側へ向かい、窓の外の雑草や花々や至るところを覆う蔦にとってすら一目瞭然の、この自己実現に関するピップの発言を改めて考えているんだろう。

母さんが言う。この発言が分かりきったことを言っている分には問題はない。問題があるのは「微妙に」という馬鹿な一言だけだ。いったいこの言葉を使う意味があるのか。文の意味を惑わすだけじゃないか。この馬鹿な言葉さえなければ、最初からすんなり理解できる。なのに、これがあるから、結局この文はそんなにすんなりと理解するべきじゃないのだろうと思ってしまう、と。

母さんがミスター・ワッツにもう一度この問題ある一節を読ませると、突然私たち子どもにも母さんの言うことの意味が見えてきた。そしておそらく彼にも。これってたんに「英国人のきどった言い方」なのだ、と言う。あまり味のない料理にスパイスをかけるように、ただの白いワンピースに赤や青の縁取りをして面白味をつけるように、この「微妙に」はそのためにあるのよ——つまらない文章を素敵に見せようって魂胆よ。彼女は彼にそのむかつく言葉を取り除くべきだと提言した。

最初彼は、それはできない、ディケンズの作品を書き換えるなんてと言う。作品の言葉も文もすべて作家のもので、不都合があるからといって言葉を引き剝がすなんて。それは教会の窓ガラスを壊すと同じ破壊行為だ。

彼はそのときほんとうにそう言ったのに、実際にはその日から反対のことをしていたのだと私には思える。ディケンズの物語から飾り刺繡を抜き取って、子どもたちの耳に分かりやすいようにしていたわけだから。

ミスター・ディケンズ。私がその名からミスターを取って呼べるようになるのにずいぶん時間がかかった。そしてミスター・ワッツは、その後もずっとミスター・ワッツのままである。

タウンズヴィル時代の私は、複雑な喜びをもってディケンズ作品を読み進めた。『オリバー・ツイスト』、『デイヴィッド・コパフィールド』、『ニコラス・ニクルビー』、『骨董屋』、『二都物語』、そして『荒涼館』。だが、いつも決まって私は『大いなる遺産』に戻っていく。そして飽きることなく読み返す。一回読み終わるごとに何か得るところがある。それにもちろん、そこには私の個人的な試金石がふんだんに盛り込まれている。たとえばピップの告白——故郷を恥じることほど惨めな感情はない——を読むとき、今でも自分の島のことについて同じ想いに浸らずにはいられない。

ピップがもう二度と湿地の生活に戻ることはできないのだと知るのは、本の頁がかなり進んでから で、正確には第十八章までいってからだった。私が同じことを知ったのは、人生のずっと早い時点でだった。飛行機の窓からホニアラの緑地を見下ろしたとき、私はまだ、脅えた黒人の子どもに過ぎず、受けたショックのためにトラウマに苦しんではいたけれど、それでも同時に、もう昔の生活に戻ることはできないとすでに理解していた。

母さんは私が忘れようとしている出来事に属していた。母さんを忘れたくなどないのに。思い出すことで思い出したくない他のものまで便乗してくる危険がいつもあった。図書室にいるときも、バス停にいるときも、突然レッドスキンが現れたり、まるで母さんが隣に立っているかのように感じ、母さんの恐怖感が匂うことすらあった。

時おり、自分ではそれを止めることができなくなった。母さんを閉じ込めた私の頭の中の小さな部屋のドアを閉じておけないのだ。母さんは私にかまわず、自分の好きな時を選んで飛び出してくる。ドアを開いて自分の腰を両手でピシャリと叩くと、「いったいあんたは何をやろうっていうんだい？　神様が見てるよ」と言う。ただ化粧品売り場で立ち止まっていただけ。それだけなのに。あるとき、私はレジ係の側のガラスケースの中のコンドームに目をやっていた。それは化粧品と同じように、私の住む世界ではまだなかったけれど、将来いつかその世界に私が入る日が来るのかもしれないと感じはじめていた頃だった。

また別の機会には、期待どおりに母さんが現れる。あるとき、母親が娘を連れて下着売り場にいるのを見かけた。その母親はシロップの中にいる豚みたいに幸福そうだった。ブラジャーを次から次に取り上げては振って見せて、娘にしかめっ面をされている。娘は腕組みをして自分の殻に閉じ込もり、母親の買物ゲームに参加することを拒絶している。組んだ腕は、なだめる母親の言葉が決して届かないようにするための、盾なのだ。

私はその娘にも母親にも面識はなかった。でもふたりの間にある緊張感についてはよく知っている。それは言葉にならず、しかも言葉より明確に、目に見えない強固な壁をふたりの間に作る。

私はふたりをじっと見つめて、ベビーカーが足の後ろにぶつかるまで立ち尽くしていた。白人の男児が私に向かって叫び声をあげ、母親が「すみません」と言った。

そんな風に私は、母親とその子どもたちの世界へと入り込み、動物園を歩き回る見物人のように、魅せられたり嫌悪感を抱いたりした。

私はタウンズヴィルで高等部の英語賞をもらった。ステージの上にあがって賞状を受け取り、拍手のほうへ顔を向けたとき、父が椅子から立って両手を高く挙げているのが見えた。滑稽なほど私を誇りに思ってくれている父。私は父にとってのチャンピオンで、実際父は私をチャンプと呼んだ。家に客があると、決まって父は私を引っぱり出して、こう言ったものだ、「この子はチャールズ・ディケンズについてならどんなことでも知っているよ」

そんな具合だったから、ミスター・ワッツのことを父に話すのは気が引けた。私が今あるのはすべて父のおかげだと思っていてほしいから。

私は後にクイーンズランド大学を卒業した。二年生の最後の学期の始め頃だったか、父が私に会いに飛行機に乗って、ブリスベンへやって来た。空港まで出迎えると、驚いたことに、週一回家に掃除に来ていた女性が一緒だった。名前はマリアといい、フィリピンの出身で英語があまり上手ではなかった。彼女は父の腕に摑まって、駐機場を歩いてくる。父の額には汗の玉が光っている。そんな父の心配そうな様子を見て、私は子どもらしい安心感が沸いてきた。父はまだ娘マティルダのことを思ってくれている。

とはいえ、マリアが同居していろいろなことが変わった。彼女は懸命に努力していた。ある意味では努力のしすぎだったのかもしれない。彼女は私に好きになってもらいたいのだけれど、もちろん母さんを愛したように彼女を愛することはできない。マリアは私から母さんのことを聞きたがった。父が何も話してくれないのだと言う。それを聞いて私はうれしかった。

母さんの思い出は他の人と分かち合うべきものじゃないし、そのうえ母さんのことを話せば、自然と島のことが思い出され、父にとっても私にとってもそれは辛いことだった。マリアも自分が母さんと入れ替わることなどできないと分かってはいる。母さんがどんな人だったか話してくれない、と頼んだとき、私はこう言うだけにした。「そうね、とても勇敢な女の人。たぶん誰よりも勇敢で、そして、父さんのすることなすことに母さんは腹を立てていたわ」。マリアは大笑いして、私はこれでもう安心だろうと微笑んだ。

よく人が「なんでディケンズなの？」と訊く。それはちょっと責めるような口調にも聞こえる。それは彼の本が私に別の世界を供給してくれ、しかもそれが真に必要だったときに自分に与えられたからだと答えることにしている。それはピップという心の友をくれた。人が容易に自分以外の人の体の中に滑り込むことができることを教えてくれた。それは白い肌をして、ディケンズの英国に生きた男の子の体だったけれども。これが魔法でないとしたら、他にどんな魔法があるというのか。

だが個人的には、私は『大いなる遺産』を他の誰にも読みなさいと進めることはしたくない、とりわけ父には。ミスター・ワッツは、自分の愛する本をグレイスが好きになれなかったことにたいへんな失望を味わったのであり、私自身それを味わいたくはない。グレイスは、まるでミルクの入った皿を与えられた子犬のように、その本に対して感じたことであろう。いや、人生のある部分は分け合うようにはできていないのだ。

一時期、私はブリスベンのカトリック系の男子校で代用教員として働いたことがある。教師というものは誰でも、モノポリー・ゲームにある「刑務所釈放カード」のようなものを持っているもので、私の場合は『大いなる遺産』を朗読することがそれだった。初めてのクラスに行くと、十分間だけ静かにしてくれるよう頼む。ほんの十分だけで、その後でつまらないと思えば自由に席を立って教室を出ていっていい。生徒はその申し出を大歓迎する。血管を反逆精神が駆けめぐり、教室を出てからやることを思いやって、大胆な顔つきを見せはじめる。

私はしてやったりと思う心を隠して、第一章を読みはじめる。囚人がピップのあごを摘み上げるシーンだ。お前どこに住んどるんじゃ？　場所を教えんかい。ちょっとばかりの労苦を惜しんでディケンズを朗読することはできない。完熟ポーポーを食べるとき、果実やジュースをあごに垂らすことを悔やんではだめなように。ディケンズの使う言葉を発音するときは、あごが妙に動き、慣れていないと関節がかちかちと音を立てる。ともかく、十分たったら止める。顔を上げて反応を待つ。誰ひとりとして席を立つ者はいなかった。

後に私は、「ディケンズ作品における孤児たち」について論文を書きはじめた頃には、作品や伝記を通してだけで、実際には一度も会ったこともないこの作家について、多くを知るに至った。だが一方で、彼を最初に紹介してくれた人については、それほど知らなかったのだ。

私はマリアが父の元に来てくれたことを神に感謝した。なぜならそのおかげで、タウンズヴィルへ戻らなくてよい理由ができたからだ。父とマリアはふたりだけの空間が必要だから。しかし、ふたりがあののろのろと回転する天井の扇風機の下に横たわっているのを想い浮かべるとき、私はマリアをどけて、母さんをそこに滑り込ませる。父さんの腕を母さんの肩に回して、母さんの顔を父さんの胸に埋める。そしてふたりが若くて幸せだった頃の、あの写真にあった笑顔を母さんの顔にくっつける。

大学の休みに家へは帰らないと電話すると、父さんの声に安堵の色が混じった。夏休みの間、アルバイトをしているんだと彼には思わせておいて、ニュージーランドのウェリントンへ、ミスター・ワッツの過去の人生を訪ねていくのだとは言わなかった。

それは真夏の十二月だったので、ここがこんなに肌寒いとは思いもよらなかった。風が木々にも、歩く人々にも巻きついている。紙切れ――こんなにたくさんの、風に吹き上げられる紙切れ――を私は今まで見たことがない。駐機場の舗装の上を飛ばし、頭上の鉄塔に引っかかる。私はカモメが空中を避け、そのかわり校庭をせわしなく歩き回っているのを、タクシーから見た。

グレイスに想いを馳せる。学校を出たばかりで、私と同じように、小さいが賑やかな市の中心部に運んでくれたこんなタクシーの窓に、彼女も鼻をくっつけていただろう。私は騒々しいバックパッカー用の宿に泊まった。様々な国からやって来た若者たちがいた。ロッククライミング、ハイキング、サーフィン、スキー、バンジージャンプ、そして酔っ払うことなどが目的で来ている。

ミスター・ワッツが私たち子どもに話してくれた、彼の世界の記憶が一度に蘇る。どちらを向いてもレンガだらけで、芝や草は彼が言ったとおり、あり余るほどある。窓を覆い、通りに沿って伸び、丘の上から丘の上へと限りなく行進している。

　電話帳を調べると、四十三件のワッツ姓が見つかった。その九番目か十番目かのどちらかだったか覚えていないが、「ああ、それならジューン・ワッツと話すといいですよ……」と言って、ある通りの名を教えてくれたので、その住所を電話帳で捜すと、J・ワッツという名が見つかった。ダイヤルすると、電話の向こうで「もしもし、ジューン・ワッツです……」と声がした。

「ミスター・ワッツはおいでですか」

　ちょっと間をおいて、「どなたですか」。

「ミセス・ワッツ、私はマティルダと申します。あなたのご主人は私の先生でした……」

「トムが先生?」彼女は、笑い出すのかと思いきや、続いて、それもまたありそうなことかもしれないというかのように、笑い声とは言えない音を出した。

「ずいぶん前のことになります。ある島でのことです」

「島ですか」と言い、沈黙の中で彼女が気を取り直しているのが分かった。「じゃあ、あなたはあの女、グレイスのことを知ってるんですね」

「はい、ミセス・ワッツ。親しくはありませんでしたが、グレイスのことを知ってはいます。数年前に亡くなりました」

　ミセス・ワッツからは何の反応もない。

「ミセス・ワッツ、お訪ねしたいと思うのですが」と私は言った。

　沈黙が長くなって、判断に迷っている様子。

「ちょっとお邪魔したいと思って……」

「今日はちょっと用事があるし、で、何の用だっておっしゃいましたっけ？」

「ミセス・ワッツ、あなたのご主人です。私の先生の」

「ええ、それは聞いたけど、今日はちょっと無理ね。今出かけるところだし」

「私は明日の午後オーストラリアに飛行機で発つので、今日しかお邪魔できないのです」

それから息を深く吸い込む音がした。私は目を閉じて待った。

「それなら、仕方ないかしら。時間はかからないんでしょうね？」

彼女は電車をひとつ乗ってその住所へ向かう道筋を教えてくれた。駅に降りると、十分ほど歩き、そのあたりは塀で囲った小さな土地に立つレンガ造りの家々が並び、ブロック壁には、母さんが見たらすぐにブラシを持っていって洗い落とすような、汚い言葉が書き散らされているところもあった。いや母さんなら、その眼力で、言葉自体が恥ずかしさにおののいて、パラパラと壁から落ちたに違いない。スポーツグラウンドにいる鳥たちを見た――アヒル、カササギ、カモメ――そしてフードつきの上着を着た少年たちはバギーパンツからお尻がはみ出して、裾はスニーカーにかぶさっている。公園を後にすると、冷たい風に晒された家並みがあり、前庭は乾燥しきっている。

ジューン・ワッツは道筋を分かりやすく教えてくれていた。ハウスAとハウスBを決して間違えないように。Aには怖い犬がいるから、とのことだった。

白いスラックスを履いたその女性は大柄で、ゆったりした動作をする人で、私がミスター・ワッツの奥さんとして描いていた人とは違っていた。彼の奥さんは胸に「スマイル」と英語で書かれたT

シャツを着るとは想像できない。とにかく彼女はみんなにそうしてほしいのだろう、と考えて、私は微笑んだ。彼女の側からのお返しはなかった。

たぶん私の訪問で驚いているのだろう。電話の私のアクセントからオーストラリア人を想像していたのだろう。今ではすっかりそうなっているので。こんなに真っ黒な人とは思わなかったに違いない。それに今日は黒い靴を履いていた。漆黒の髪がすっかり伸び放題で、母さんはあの島の封鎖の頃、そんなに伸ばしてるなら、モップのかわりに摑んで背中の手の届かないところを掻くのに使っちゃおうかしら、と言って、よく私を脅かした。

ジューン・ワッツは私を部屋に入れてドアを閉め、玄関から続く客間へ案内した。窓はレースのカーテンで覆われ、室内を不健康な光が照らす。突然何の予告もなく彼女は手をパンと叩き、私をはっとさせた。大きな灰色の猫がアームチェアからいやいや飛び降りたのだった。彼女は私をその椅子にかけさせ、自分自身はコーヒーテーブルを挟んでソファに腰を下ろした。そのテーブルの上にはタバコが一箱あった。彼女はそれに手を伸ばすと、同時に私を見上げて言った。「かまいませんか。なぜだかちょっと落ち着かないもんですから」

「もちろんどうぞ、ミセス・ワッツ。何もご心配になるような用件じゃありませんよ」と言って、私は親しみを込めて笑う。「今日は会って下さってほんとうにありがとうございます。私はあなたのご主人に大きな影響を受けたものですから」

「トムに影響？」

そう言って、彼女は先に電話口で聞こえたと同じ唸り声を出した。タバコに火をつけると、立ち上がって窓を開けにいった。

「マティルダさん、私はね、弱い男と結婚したんですよ。意地悪に聞こえるかもしれないけど、それは事実なんです。トムは勇気のない男だった。あんなにだらだらと続けずに、さっさと私を捨てて出ていけばよかったんです」

彼女はタバコを一息吸い込んで、それから吐き出した。手で煙を払うと、またソファに戻った。

「おそらくそういうことは、あなたには話さなかったでしょうけどね」

「あの、そういうことっていうのは、はっきり言ってどういうことなんでしょうか、ミセス・ワッツ？」

彼女は玄関のほうを顔で指して言った。

「あの女は隣に住んでました。あのハウスA、例の犬のいる家にです。ふたりの間に何かあるって早く気づくべきでした。よくトムが壁に耳をくっつけているのを見かけたんです。『トム、いったい何してるの』って訊くと、いつも嘘をついて、彼は嘘ばかりつく人だったから、そのときの答えがどの嘘だったかは思い出せないけど、とにかく彼はいつも嘘でその場をしのげるから、私はたったの一度もふたりのことを疑ったことはなかったんです。あの女がポリルアに連れていかれてから、トムはよくそこを訪問しにいったんだけど、それでも私はまだ疑っていなかった」

「ポリルアというのは？」

「精神病院ですよ。気の違った人が入れられる」と言って息をつくと、タバコをもみ消した。「お茶でも入れましょうかね」

「いただきます、ミセス・ワッツ。どうも」と私。

正面の壁には写真が何枚も貼ってある。詮索好きだと彼女に思われたくなかったから、さっと眺めるだけで全部の写真を把握しようと試みる。実際のところ詮索好きには違いないのだが、彼女に知られたくなかった。だから今、思い出せるのは一枚だけ、若いカップルの写った写真だけである。彼は濃い色の髪で生き生きとした表情をしていた。薄桃色の口を開けて笑顔を見せていた。ボタンホールには赤い花がさしてある。彼女のほうも若いが、その表情は冷たく、怒っているというわけではないが、今にもそうするかもしれない雰囲気で、薄青色のドレスとおそろいの靴を履いている。ジューン・ワッツが台所で忙しくしている間、私はミスター・ワッツの上着のラペルにさした花を見つめて、会話が途切れたら、あの花の名を聞けばいいなどと、ぼんやり思った。

私がキッチンへ入っていくと、ミセス・ワッツの動作がゆっくりなのに気づいた。腰が悪そうに見える。

「ミセス・ワッツ、ご主人が以前。ピエロの赤鼻をつけていたことを覚えてはいらっしゃらないかしら？」

ティーバッグをカップに入れて、ちょっと考えている。

「いいえ、つけていたのを見た覚えはないけど。でも、ありうるでしょうね、あの人のことだから」

それから、なぜそんな質問をするか聞かれるだろうと思って待った。

私は待ちつづけた。犬が前足を上げて舌を出して待つように。だが彼女は結局聞かなかった。電気ケトルのコードを引き抜いて、カップにお湯を注いだ。「ビスケットがあるけど、どう？　アフガンビスケットよ」

「はい、喜んで、ミセス・ワッツ」

「うちはあまりお客が来ないから、今日は特別にアフガンを買いにいってきたの」と彼女は言った。

「まあ、ミセス・ワッツ。お心遣いいただいて、恐縮です」

私はトレイを抱えて彼女の後から客間についていった。

「私がトムに会ったのは基準設定協会でだったの。ふたりともそこで働いていたから。それは考えうる限りのことに国の基準を設定する機関で、たとえば、セメントに混ぜる水の分量だとかね。若かった。誰もが若かったのよ、その頃は。もちろん年を取ると、みんなそういって文句を言うけど。ほんとうに若い人たちを見かけなくなる。いったいどこに若い人たちはまだいるのかしら、なんて思いはじめる。自分が若いときは、周囲に若い人たちだけがいたのにって」

彼女がアフガンビスケットにかぶりつくのを待ってから、私もそうした。ビスケットのくずを手に受けて、彼女は言う。「グレイスのことはほとんど気にしてなかったの。もっと気にすべきだったのにね。彼女はいつも大声で笑ってた」。ミセス・ワッツはそう言いながら顔をゆがめた。いつも大声で笑う。そこに非難が込められているのが分かった。「それってまるで、永久にふてくされてる人のそばにいるみたいな気がするじゃない」

彼女はまたタバコに手を伸ばして、マッチをすった。喫煙者に特有の集中した表情を顔に浮かべる。「それで、トムは元気？　あのまったくどうしようもない人。あれからずいぶんになるけど、最近彼に会ったの？」

猫がアームチェアに爪を立てていることにミセス・ワッツの注意がいき、私が後ろにのけぞったことには気づかなかった。私は素早く自分を取り戻し、意を決して言った。「ええ、最後にあったときはお元気でした。でもミセス・ワッツ、それは数年前のことです。今私はブリスベンに住んでいます」

「そう。もうすべて終ったことよ、私にとってはね。何もかも水に流して、っていうのかしら。私にはそれに関係のないところで頭の痛いことがあったりするわけよ」

そこで一休みしたので、おそらくそこで私が、いったいどんな頭の痛いことがあるのですか、と尋ねるべきところだろうが、興味がなかった。そのかわり、ご主人はその基準設定協会でどんな仕事をしていたのですか、と質問した。

「他のみんなと同じことよ」と彼女は言った。「事務職。私は秘書でトムは出版部門にいた」

そこで、私はこの女性に何をどう話したらいいか途方にくれたからだろう、私はこう尋ねた。「ミセス・ワッツ、メイフライについて何か知っていますか」

彼女は不思議そうな顔をして私を見、私は説明してみようと思って言う。

「メスの幼虫は川底の泥の中に三年間横たわって待ち、それから羽のある昆虫に変身し、水面から空中に舞い上がると同時に待ち伏せているオスに受精されるんです」

ミセス・ワッツの不思議そうな顔がしかめっ面に変わった。

「これは、ご主人が私たち子どもにした話です」

「トムが？　そんな話を？　そりゃあ、あの人は山ほど話をする人だったからねえ」。私たちの間にある皿をちらりと見た。「ほら、もうひとつビスケットどうぞ。台所にもっとたくさんあるんだから」

私が出ていくと直ちに、このミセス・ワッツはあの大きな猫を部屋に呼び戻して、ふたりは一緒に座ってテレビを見るに違いないと思った。それは私が父さんのもとで住みはじめてから、慣れなければならなかった習慣のひとつだった。テレビ。彼はそれに野次を飛ばし、画面を指差し、それに対して怒ったりする。私が隣の部屋で眠ろうとしていると、テレビと彼はお互いを見て大笑いしたりする。でも私は何も文句は言わなかった。テレビと父さんは親友なんだから。

レースのカーテンのほうを見やった。島から特待生でやって来たうら若い女の子が、隣のこんな風な部屋にひとりで住んでいるのが想像できない。私は窓の外の世界を見る。あまりにも静かだ。ミスター・ワッツが一度私たちに言ったことがある。私が生まれて最初に覚えた言語は沈黙でした。おどけた気分で彼が話したのは、ある日ゴミ箱の上に立って、何もすることがないので、箒の柄でゴミ箱の側面をなぐりつけたこと。彼はそのとき五歳で、なぐったことで何も変わりはしなかった。粉々になった世界の隙間に沈黙が再び訪れただけだった。ミスター・ワッツが育った世界にはオウムもいないし、突然思いもよらないときに胸を張り裂くような野生の叫び声が聞こえることもない。この空っぽの世界では、提灯花は称讃されるのを待ってぶら下がり、通りを歩く犬は観客を探して徘徊する。

私は、ジューン・ワッツの居間の生気のない空気の中にいて、グレイスもこの同じ空と、そしてあののろのろと流れる雲を見たのだと感じた。私が今感じている死のような倦怠感を、彼女も感じたに違いない。

席を立とうとした。

「演劇のことはご存知でしょうね、もちろん」とミセス・ワッツは急いで言った。それは彼女のとっておきの切り札だったのだろう。それを出すことで私を引きとめたかったに違いない。

悪い腰を曲げて体をかがめ、本棚の低い棚を捜索して、一冊のスクラップブックをぐいと引っぱり出した。その表紙から埃をはたいて、私に手渡す。それは演劇のプログラム、レビュー、そしてさまざまな役を演じているミスター・ワッツの写真で埋められていた。プログラムの表紙には『夜の来訪者』、『ピグマリオン』、『おかしな二人』、『セールスマンの死』などがあった。これらは今覚えているものに過ぎない。実際そこにはもっとたくさんあり、舞台衣装を着たミスター・ワッツの写真が数え切れないほどそこにはあった。これらがアマチュア劇団による製作だということはすぐ分かった。短剣を握り締めてかざした手、まとったケープの派手な色合い、狂気の閃光がさす目の表情は、嫉妬、苦悩、危機、そして復讐といった、あの安っぽい、単純化された感情であふれている。それはアマチュア劇団が好んで使うものだ。私はさらに頁をめくる。

「それが『シバの女王』のときのトムよ」とジューン・ワッツ。「そしてそれ、シバの腐れ女王があの女。監督がその台本読んで何だか変なことを思いついてね。その瞬間、私たちは同時に頁の同じ一点を見つめていた。「あら、見てごらん。あなたの訊いてたあれが。そう、今思い出したわ。監督はトムにピエロの赤鼻をつけさせ、そしてシバの女王はトムの引く手押し車の上に立つことにして、それでふたつの心がひとつになったことを表わそうとか何とか言ってね。わけ分かんないけど、ほんと……」

ミスター・ワッツもグレイスもとても若い。ジューン・ワッツに言われなければ、私にはそれがふたりだとは分からなかったほどだ。そして、何が違うかと言うと、グレイスが違う。微笑んでいるのだ。私はそれまでグレイスの笑顔を一度も見たことがなかった。

私があまり長い間そのスクラップブックにかかっていたものだから、ミセス・ワッツはほしければどうぞ、と言ってくれた。遠慮して戸惑っていると、彼女は言った。「もう私には何の意味もない品だから」

「ほんとうにいいんですか?」

「私が持っていてもどうなるわけでもないしね」

「ご親切にありがとうございます」

彼女はただ首をちょっとすくめた。

「そこにほっぽらかしてあるだけだから。それにここにはミスター・スパークスと私が住んでるだけだし」

猫の名前だ。

私が腕時計をちらっと見やると、「もう行く時間なんでしょ。どうぞ」と言って、彼女は痛そうに起き上がった。

さようならを言おうとドア口に立ったとき、彼女は言った。「私の夫は夢想家でした。結婚したときはそれが分からなかった」

「ミセス・ワッツ、グレイスにいったい何が起こったのかご存知ですか? なぜ精神病院に入れられたんですか？」

「シバの女王よ。その役から出られなくなっちゃったの」と彼女は言った。「出られなくなったのか、出たくなくなったのか」

彼女は通りに向かって顔をしかめた。

「注意しなさいよ。連中は身ぐるみはがしかねないからね」

見回すと、私には人っ子ひとり見えない、前と同じ空っぽの通りだった。

ビスケットとスクラップブックのお礼を言った。急いで町へ戻らなければならない。だがその前に、最後にひとつだけ質問がある。

「ミセス・ワッツ、ミス・ライアンと呼ばれる女性を知っていますか」

「アイリーン・ライアン。ええ、知ってるけど、なぜ？　この通りのいちばん奥に昔住んでいた人よ」。家を指差そうと振り返って、それに気づいたようだ。「でも何でそんなこと訊くの」と尋ねる。

私はその質問には答えなかった。「その人の家にはだだっ広い庭がありましたか」

「ずっと昔にね。でももう死んでしまって。あの人は、目が見えなかった、アイリーン・ライアンは」。彼女は私を見つめて言った。「あなた、なぜその名前を知っているの？　トムはよく彼女の庭の芝刈りをしてあげてたわ」

こうして私はひとつの切れ端を発見した。ミスター・ワッツは役者だったということ。でもそれがどうだというのか。彼は演じることが好きだったという事実は、彼の誠実さに疑いをもたらして私を苦しめる。彼がクラスで見せたあの仕草、教室の後方を凝視する仕草、天井を見上げる目の表情、深く考えている様子を表すそれらの身振りは、計算されたポーズだった。あれはミスター・ワッツという人だったのか、それとも教師ミスター・ワッツを演じている役者だったのか。私たち子どもが教室で見ていたのはいったい誰だったのか。あの人はほんとうに『大いなる遺産』を十九世紀英国のもっとも偉大な作家によるもっとも偉大な作品と考えていたのか。それとも自分に残されたひとかけらのパンを人生最大の食事だと思いたかっただけなのか。

おそらくそれらはすべて真実だろう。ひとつの自分から抜け落ち、もうひとつの自分へ入りこみ、そうすることで同時に自己の本質を取り戻す旅を始めたのだろう。誰もが自分の目で見えることのみを知る。ジューン・ワッツの見た男のことは私には分からない。私が知るのは、私たち子どもの手を取り、別の世界を創造することを教えてくれたあの人である。物事がすっかり変わってしまう可能性があることと、そしてそれが起こったとき、その変化を歓迎して生きることを教えてくれたあの人。迎えの船はいつ来るかわからないし、その船はさまざまな形をとって訪れる。あなたのミスター・ジャガーズは一本の木片であるかもしれない。

ミセス・ワッツを訪ねることに、実際はもっと期待をもっていた気がする。もっといろいろな話を聞けると期待していたのだろう。スクラップブックをもらい、それにはあのピエロの赤鼻の秘密が明かされている。でもそれ以外は、ミスター・ワッツという人物は未だに捕らえがたい。彼は必要に応じて私たちが望む人になったのだろう。そしておそらく、世の中にはそういう人がいるものなんだ。私たちが作る空間にすっぽり入り込んで、隙間を埋めてくれる人たち。私たちには教師が必要で、だから彼はその教師になった。私たちには別の世界を作り出すマジシャンが必要で、だから彼はそれになった。私たちが救い主を必要としていたから、ミスター・ワッツはその役を演じた。レッドスキンたちが生贄を要求したから、彼は自分の命を差し出してしまった。

ミスター・ディケンズはミスター・ワッツと比べると、もっと捉えやすい人だ。第一に、彼の人生を知りたければ、それは展示されていて、誰もが利用できる。図書館に行けば何段もの棚が彼の作品と批評で埋まっている。ミスター・ワッツの人生について探偵ごっこをするよりは、ディケンズに興味を持つほうが容易に報われるのである。ディケンズの人生は専門家たちによって、すっかり調べ上げられ、ふるいにかけられ、私はその専門家のひとりになる道を歩いている。

長い間、この故人についての私の知識は、ミスター・ワッツが子どもたちに話したことと、彼の『大いなる遺産』の裏表紙にあった写真を盗み見たときの記憶だけであった。そこにあるミスター・ディケンズは、私の期待どおりの容貌を持ち、彼の髯がとくに好きだった。きちんとそろっていず、しかしながら、ミスター・ワッツの浜辺のくず拾い風の髯がそうであったように、それ以外には考えられない形で、だからこそ役にぴったりなのだ。それにチョッキできっちり包んだ細めの体つきが好きだった。やさしそうだと思った。皺の寄った温厚な目がその理由だった。もちろん彼が書いた貧しい人々や孤児たちについての文章もその理由で、私はロンドンのユーストンロードにある英国図書館でそれを読みふけった。

彼が『大いなる遺産』の創作に注ぎ込んださまざまな人生の切れ端が、私の前に広がっている。彼の私生活に関わる文を、カササギみたいに集めていく作業。彼の筆跡を研究することもできる。彼がその時代に見たであろう、冷たい石畳の通り、高く聳える建物、浮浪者、酔っ払い、行き詰まって這い上がれない人々で埋まる、ぬかるみの土手。それらのものが私にも見えはじめ、その光景を彼の想像の世界へとたどっていく。

ロンドンに来た当初は毎日、自分がミスター・ディケンズの町にたどり着いたということに興奮して過ごした。黒い制服を着て何もない机の前に退屈そうに座っている図書館警備員に、私の入館許可証を差し出すときの気分、自分が名誉ある地位を持ったという甘い感覚に毎回うっとりした。

室内に入ると細長い机が連なり、それを照らすランプは明るすぎず暗すぎず、まさに最適の明るさ。実際何もかもがここでは最適。ほしい物をすべて取り寄せることができる素晴らしさ。私の場合はディケンズに関する論文と記事、そして彼自身が書いた物の閲覧をすべて申し込め、それが一時間もたたぬうちに、この巨大な図書館の奥深くで見出される。二、三か月は、その幸福感に酔った。

しかし私は、自分の発見を共に喜んでくれる人が側にいたら、という思いに襲われることがあった。ミスター・ワッツ同様、このディケンズという人は私が想像していたのとはいくらか違っていたのだ。孤児たちについてあれほど心を打つ文を書いた人が、自分の子どもたちについては一刻も早く家を出て、世の中に出ることを望んだ。家庭の暖かさは子どもたちの野望をつぶしてしまうのではないかと案じたからだ。

だから息子のウォルターは十七歳になる前にインドへ送り込まれ、二十二歳の若さで死んでしまう。シドニーはこれも二十代で海軍で死ぬし、フランシスはベンガル騎馬警察隊に入るが、吃音がひどく、荒野をさ迷ったあげく、四十二歳でカナダで死んだ。

アルフレッドとプローンは、父によってオーストラリアへ送られる。「お気に入りのプローン」というのはエドワードのことだ。「もちろんお前を心から愛していて、お前と別れるのは胸がひどく痛むのは言うまでもない。だが、人生の半分は別れであって、この痛みは耐えるべきものなんだ」。オーストラリア、あの大陸が息子をたたき直し、生来持った可能性をしぼり出してくれるはずだ、と。


ある朝私は、英国図書館の日参を遅らせて、ブランズウィック広場にある旧ファウンドリング病院を訪ねることにした。現在は孤児博物館となっている。建物は立派で広い幅の階段を登っていく。内部の壁は孤児院の情景が描かれた印象派的な絵で埋められ、中には母親たちが赤ちゃんを手渡すために列を作っている光景もある。私は母さんが私に向かって両腕を伸ばしたことを思い出した。声のない言葉をゆっくりと口にした母さん。引き裂かれる想いが蘇ってくる。それなのに、ここにある絵のお母さんたちの顔には、悲哀の影も見えない。スーパーマーケットのレジに並ぶ顔と同じ、退屈感を漂わせた表情をしている。ここにある絵は、赤ちゃんを手放すことがいかに容易かを伝えようとしている。二階のギャラリーへ上がると、そこにはもっと正確な描写が見つかった。ガラスケースの中にはボタン、ドングリ、ヘアピン、ドリルで穴を開けたコインなどが並べてある。それはなす術のないお母さんたちが自分を覚えていてもらおうと、赤ちゃんに持たせた形見なのである。結局それは無駄なことではあった、なぜなら孤児院が第一にしたことは、赤ちゃんの名を変えることだったから。名を変えられてその子の昔は終わり、新しい一生が始まる。そこではピップがハンデルに変わったりしたのである。

グレイブセンドの地で私の『大いなる遺産』の旅は終っていたかもしれない。グレイブセンド。五月の終わり、ある寒い日に私はそこを訪れた。寡黙なインド人の男たちがカラフルなターバンを頭に巻き、しかし悲しみの層が頬を湿らして、公園のベンチを埋めていた。彼らの目は今までに見たこともないほど黒い肌の若い女を盗み見ていた。私は彼らの目に驚きを見た。いったいあの女は何を考えているんだ、きょろきょろあたりを見回すあの真っ黒な女の子。あの子にこの町の風景が分かってたまるか。

私は彼らにこう言うこともできた。『大いなる遺産』の風景はもう消えてしまって、あの伝説的な湿地は、今では自動車道や産業敷地の下に横たわっています。でもその風景は新しい別の管理人たちに守られているのです。かつて黒人の子どもの一団だった、この管理人たちは、今でも時おり夜中に目を覚まし、あの頃、想像の中で島を出ては、千八百何十年かの英国の、湿地にある鍛冶屋を訪ねていたことに想いを馳せているのです。

ディケンズの住んだ古い町で、彼がしていたことを想像するのはちょっと骨が折れる。移民船は形もなく、船のデッキからハンカチを振りつづける無帽の男女たちの姿も、歴史の中に消え、彼らの骨は地球の裏側の墓に眠る。

きれいに舗装された川沿いの道を、昔の移民船がたどったのと同じ方向へ歩くにつれ、出発の光景が脳裏に浮かばずにはいられない。出ていけ。行ってしまえ。そして新しくやり直せ。

川があって、それがこの沼地から外へ出る方向を教えている。伝道会の建物の前を通りつつ思う。ここに移住者たちは船を寄せ、未知の海路の安全を保障するお祈りを授けてもらう。ふと最後に、ミスター・ワッツとふたりだけになったときのことが思い出される。

あのときの会話はもう何年も忘れていた。他の多くのことを意図的に忘れてしまったように。今になって思えば、彼がきびすを返したあの瞬間、私を置いて島を去ろうと決心していたのではなかろうか。こうして年月が過ぎ去って、考えてみると、私があのとき感じたのは別れだったような気がする。ふたりを分かつ線が引かれた。それは線と呼ぶより、むしろ幕である。彼と、彼をいちばん敬慕した観客である私との間に引かれた幕である。彼は次の人生へと進み、私のほうは過去の人々であふれる、あの墓場の一部へと移り進むはずだった。ミスター・マソイの漕ぐボートが、ひとつの人生からもうひとつの人生へと進んでいく中で、それに乗ったあの人は、遠のく私が大きな島の中のちっぽけな点になるのを見ていただろう。そうなるはずだったことが私にはよく分かる。なぜなら私も結局そうしたからだ。島を立ち去ったその瞬間から、私はもう二度と後ろを振り向かなかった。

ロンドンブリッジへ帰る列車の旅は長かった。私の心はなぜか沈んでいた。それはまるであの洪水がすべてを洗い流してくれる前のようで、あの頃の自分に戻ってしまったかのような気がする。窓の外を見る。そこに広がる早春の新芽の薄緑色も、私の暗い気分を吹き飛ばせない。鼻歌まじりの車掌にも、微笑みを返せない。

駅に着いて、地上階への階段を体を引きずるように上がる。この疲労感はいったいどこから来るのだろう。島の丘の急坂を平気で駆け上がる私なのに。薄汚れたこの階段には、物乞いやジプシーの子どもたちが連なり、その子たちの目は、私がこれまでに見たどんな魚より素早い動きをしている。どこか他へ行ってしまいたい欲望にかられながら、家へと歩く。下宿へたどり着いて、カビたカーペットの階段を上がり、ワンルームのドアを開け、それから一瞬立ちすくみ、敷居から中へ入れずにいる。

そこにあるのは私の人生の虚飾——額に入ったディケンズの写真。『大いなる遺産』が本になって出版されたときの広告記事をポスターサイズに引き伸ばしたもの。私の机とその上にある論文という名の紙の束。それはそこに座って、私がグレイブセンドから新しい資料を持って戻ってくるのを一日中ずっと待っていた。昔、ミスター・ワッツがあの秘密のノートを手に、私たちが集めてくる物語の切れ端を待っていたのと同じように。でも新しい資料は何もない。そのかわりに引きずってきたのは得体の知れない重みで、それは悪天候が突然やって来るように、あっという間に私の体を襲い、節々に深く居座ってしまった。

ベッドに入ること以外考えられなかった。そして、そこから出られなかった。

六日間のあいだ、時おり起き上がっては紅茶を入れるか、卵を焼くか、あるいは、細長いバスタブの中から天井のひびを眺めるかするほかは、ベッドの中にいた。日々がたまらなくゆっくりと過ぎ、私の上に時間の重しを積み上げていき、喜びのない色が部屋中に広がっていった。

下宿の建物の外では、バスがギアチェンジをする音が聞こえる。濡れた道路にきしむタイヤの音が聞こえる。階下に住む女性が出勤の準備をする音をベッドの中で聞く。シャワーの音、ケトルのピーとなる音。窓の下の舗道に彼女の足音がするまで待って、その外の世界とのかすかなつながりが消えると同時に、私はまた目を閉じ、周囲の壁に眠らせてくれるよう願う。

医者なら、これを鬱病と呼んだだろう。後になって読んだどの本にも、そう書いてあった。しかし、自分がそれに捕らえられている最中には、そういう知識は都合よくやって来てくれるものではない。そうではないのだ。真っ暗な洞穴の中に独りいて、ただ待つしかない。運が良ければ、やがて針穴のようなかすかな明かりが見えはじめる。そしてなおさら運が良ければ、その針穴は次第に大きくなり、ある日突然、洞穴がずっと後ろに遠のいていて、そう、突然自分が自由になり、昼の太陽を浴びていることに気づく。私の場合もそんなふうに終った。

ある朝目覚めると、ベッドカバーをさっと剝いだ。私は階下の女性よりも先に起きていた。机へと歩いていった。何かに憑かれたかのように、これまで長い間やりそびれていた仕事に取りかかった。「ディケンズ作品における孤児たち」というタイトルの書かれたいちばん上の紙を山から取って裏返し、そして書きはじめた。「私たちは目玉《ポップアイ》さんと呼んでいた」と。

それは六か月前のことで、それから今までこの物語を書きつづけてきた。私がしたかったのは、私たちの島で母さんと私に起こった出来事を描写すること。尾ひれをつけて面白くしようとは決してしなかった。誰もがディケンズについて言うことは、その作中人物が好きだということだ。私はどうかと言えば、何かが私の中で変わり、年と共に恋が冷めていった。ディケンズ小説の人物たちはあまりに声高で、グロテスクですらある。しかし、そのけばけばしい仮面の下に見出せるのは、人間の魂と、その苦悩と虚栄を、いかに彼らの創造者が理解していたかという事実である。私が母さんの死を告げたとき、父は泣き崩れた。そしてそのとき、やはり尾ひれをつけた物語も必要なのだと知った。しかし、それは現実の人生にのみ言えることで、文学には装飾は要らない。

私は英国を去る決心をしたが、その前にもうひとつだけ別れを告げる仕事があった。それはロチェスターを訪れることで、そこにはディケンズが『大いなる遺産』に拝借した場所がひとつかふたつあった。

ロチェスターは、そこを訪れるものが一瞬にして好きにならずにはいられないような町だ。目の前に、十九世紀のイギリスの田舎がそうであったに違いないと思わせる、完璧な絵葉書の風景が広がる。玉石で舗装した道でつまずき、感傷的な涙が胸にあふれる。どこを見てもディケンズの面影があり、店もレストランも中古品の業者もすべてがディケンズに見える。〈ファギンズ・カフェ〉に入るか、〈ミセス・ブランブルズ〉で食事するか、それとも〈二都の味〉にするか迷う。

僕は自分のことをピップと呼び、人にもピップと呼ばれるようになった、の一文は、文学に書かれたもっとも不朽の台詞のひとつである。これが私です。どうぞ、ご覧になったままの私を受け入れてください。それは孤児院が世間に求めた問責であり、太平洋の海岸に打ち上げられた移住者たちが求めた問責である。またミスター・ワッツが革命軍ランボーに求めたのもそれであった。ただし、あのふざけた八百屋だけは許せない。自分の店をピップにちなんで〈ロチェスターのピップ〉と呼ぶなんて。

ロンドンに帰る列車の出発まで二時間あったので、ガイド説明のついたツアーグループのお尻にくっついて歩くことにする。イーストゲイト・ハウスにあるチャールズ・ディケンズ・センターから来た女性がガイドで、私たちを市の公会堂の二階へと案内し、ピップがジョー・ガージャリーに弟子入りする際の契約がおこなわれた、細長い部屋のモデルとなった部屋へと進む。

公会堂から丘に向かって短い上り坂があり、ふと私は、今自分たちが歩いてきた道はピップがミス・ハヴィシャムを訪ねるときに通る道に違いないと気づく。地球の裏側のあの島で、私がこの本を夢中になって読んでいた頃、何度も繰り返し歩いたあの懐かしい道だった。

ガイドの女性は二階建ての屋敷を指差し、その名がサティス邸だと言う。それは私が知らなかったことだった。ミスター・ディケンズはその名を盗み、もっと壮大で堂々とした、醸造所に隣接する屋敷に貼り付け、そこにミス・ハヴィシャムとエステラを住まわせたわけである。

公園を通り抜けながら少し歩いた後、私たちは立ち止まって筋向かいの門を振り返る。それはエステラが初めてピップを出迎え、見下すように彼を「お前《ボーイ》」と呼んだあの門だ。そこへタクシーが近づいて止まり、都会的で金回りのよさそうな若者が中から出てくる。彼はちらりと私たちを見た。私たちを不快に感じているように見える。ガイドによると、このミス・ハヴィシャムの屋敷はすでにアパートに改装されているということだった。

若者は門から中へ入り、建物への道を歩いていく。私たちは彼がブリーフケースを置いて、鍵を鍵穴に入れ、ドアが開き、そして閉まるまでを眺めていた。それからほんのしばらく、私たちは目をきょろきょろさせてあたりを見たり、何かの想いにふけったりして、やっと誰かが、「それじゃあ」と言うまでその場に残っていた。

ツアーの最後は、またイーストゲイト・ハウスに戻る。他の人たちを追って階段を上がり、そこで真っ白なウェディングドレスを着たミス・ハヴィシャムに出会う。ガラスの箱に詰め込まれて、観光客に背を向けて立っている。永遠にそこにそうして。一瞬でいいからこちらを振り向いてくれたら、ここにこうして、黒人の女がひとり、彼女を見つめていることが分かるだろうと思う。

ミスター・ディケンズの書斎まで行ってツアーが終る。作家のマネキンは皮椅子に深くかけて、足は前方に伸ばし、両手はゆったりと休ませている。眠たげな睫毛を半開きにしている。私たちはミスター・ディケンズのうたた寝の最中に、部屋に入っていったみたいな印象を受けた。進入禁止のロープのこちら側に立つ私の独り言が、隣の男の人に聞かれた。「私のミスター・ディケンズはこんな人じゃない」。彼は微笑んで、それからよそを見やった。別に彼を説得しようと思ったわけではないが、もしそうしたかったら、こう言っただろう。

私の知ってるミスター・ディケンズも同じように髯を生やして、同じように痩せた顔で、目は今にも顔から飛び出しそうだったわ。だけど、私のミスター・ディケンズはボタンのちぎれたシャツを着て、裸足で歩き回っていたの。特別の機会でもなければスーツを着はしなかった。そう、教壇に立つとき以外はね。

やっと最近になって気づいたことだが、私はミスター・ワッツがマシェティを持っているのを一度も見たことがなかった。彼のサバイバルの手段は鉈ではなく、物語を語ることだった。かつて、ずっと遠い昔に、とても困難な状況の中で、私のミスター・ディケンズは子どもたちにこう教えた。君たちひとりひとりの言葉が特別なんだよ。だから言葉を使うときはいつもそのことを思い出すんだ。そして君たちにどんなことが起きようとも、誰も君たちから言葉を取り上げることはできないことをしっかり覚えておくんだよ。

そして私はこのところ、そのレッスンを忘れてしまっていた。

ディケンズ崇拝者の保つ沈黙の中にいて、私はそこにいる人たちの知らないことを思って笑みを浮かべる。ピップは私の物語だ。あの頃の私はまだ少女で、夜のように真っ黒な顔を輝かせていた。それでもピップは私の物語だった。明日、ピップができなかったことをやってみよう。私は、私の家に帰ってみよう。

謝辞

テクスト出版のマイケル・ヘイワードとメラニー・オステルは、原稿を受け取ったその日から変わらぬ熱意と信頼をこの作品に寄せてくれました。メラニーは編集者として、鋭い洞察と適切なアドバイスを与えてくれ、マイケルはこれを世に出すガイドになってくれました。心から感謝しています。

長年私の本を出版しているペンギンブックス社（ニュージーランド）のジュフ・ウォーカーとエージェントのマイケル・ジフキンズには、ことにお世話になりました。おふたりには惜しみないご尽力をいただき、感謝の念に絶えません。

またこの本は、クリエイティヴ・ニュージーランド協会から出された助成金のおかげで書き進めることができました。これも非常に感謝しています。

訳者あとがき

ソビエト連邦の共産主義圏が崩壊し、ベルリンの壁が取り除かれた一九八九年は、昭和天皇の崩御により日本の長い戦後が終った年でもありました。この同じ年に、フランシス・オナを中心とするブーゲンヴィル島の若者たちは、パプア・ニューギニアからの独立を主張して立ち上がりました。これがこの物語の背景となったブーゲンヴィル抗争と呼ばれる事件です。一九七〇年の半ばから、英国資本でオーストラリアの管理になる世界一広大な開鉱山が島の中心部を削り取り、自然を破壊し、ブーゲンヴィル人の生活を一変させていました。銅や金の生産に伴う巨額の税収はパプア・ニューギニア政府の唯一の拠りどころであったため、政府は武力でブーゲンヴィル革命軍を抑えようと、本国から兵を送り込みました。革命軍はジャングルに隠れ、第二次世界大戦時に日本軍が残していった、大量の銃砲を修復して、しぶとく戦いつづけ、一九九一年までの三年間に、両軍一般島民合わせて一万人以上の犠牲者を出しました。抗争は国連の介入による一九九七年の武装放棄まで続き、十年を経た現在も不安定な状態が続いています。

ニュージーランド出身のロイド・ジョーンズ（一九五五年生）は、ジャーナリストとして活躍した後、作家に転身し、多彩な文体を駆使する才能が近年広く認められてきています。本書『ミスター・

ピップ』*Mister Pip* は、読者をブーゲンヴィル抗争の真っ只中に連れていき、現地の少女マティルダの目を通して、さまざまなメッセージを私たちに伝えてきます。

無心と自意識の間を揺れる年齢（十三歳から十五歳までの期間を中心に描かれている）が綴るモノローグは、読者をつなぐ紐を引いたり緩めたりしながらゆっくりと進み、突然訪れるクライマックスでは、読者をマティルダと一体化させ、言葉にできない暴力を内側から体験させます。

小説の至るところに「ポストコロニアル」なメッセージが散りばめられており、ブーゲンヴィル人（黒）、パプア・ニューギニア人（赤）、オーストラリア人（白）、空と海（青）、そして犬（黒）などそれぞれの色が象徴するものの対立とせめぎ合い、そしてキリスト教を強く信じる母（黒）と無神論者の教師ミスター・ワッツ（白）との間で揺れるマティルダが、真っ直ぐな言葉で語られています。

小説の原題であるピップとは、十九世紀後半の英国作家チャールズ・ディケンズの『大いなる遺産』の主人公の名前ですが、現代の一般読者にとってはあまりなじみがあるとは言えないでしょう。ディケンズの小説が次々とBBCの歴史ドラマ化される英国の外では、たとえ英語圏にあっても、文学専攻の大学生でもなければ、このタイトルにピンとくる人は少ないようです。ジョーンズはそのことをわきまえていて、この作品はディケンズの物語をまったく知らない読者にも、それがハンデにはならない仕組みになっています。もちろん、この小説を読んだ後では読みたくなること請け合いですが。また、一九九八年のハリウッド映画 *Great Expectation* では、イーサン・ホーク演じるピップ、グイネス・パルトロー演じるエステラ、そしてロバート・デ・ニーロによるマグウィッチで、英語圏内外でディケンズ作品の魅力を復活したようです。

ディケンズの小説に詳しい読者にとって、オーストラリアという国はおなじみの国で、それは都合よくキャラクターを排除する手段として使われ、悪者を流刑にする場所か、行き詰まった人物が出かけていってやり直しをする場所のどちらかとして描かれています。すなわち、地獄と理想郷を兼ねた物語上の空間なのです。そしてそれは、現代人の想像力にも存在するもので、オセアニア地区全体が、英国にとってマイナーで付属的な「辺境の文化圏」であり、みすぼらしい「オーストラリア人」トム・ワッツが、『大いなる遺産』を自己流に変奏しながら、子どもたちのための物語を紡いでいき、それがひとりの黒人少女を支えつづけるというアイロニーが、実はロイド・ジョーンズの仕掛けたニクい裏わざでもあるのです。さらに、ミスター・ワッツが実は「ニュージーランド人」だったというオチを作ることで、常にオーストラリアの影にされてしまう、その国の声を引き出そうとしています。

また、マティルダの村がパプア・ニューギニア政府のレッドスキン兵によって荒らされ、家が焼かれ、さらに村人が殺されていくとき、村人はただでさえ少ない所持品を失ない、自分の身ひとつになって裸足で立つ。それでもまだ空気があって、パパイアとバナナがあって、海には魚がいて、それで生きていける、というくだりは、消費文化に浸って暮らす私たち日本の読者に、はっと息を呑ませます。

この本のブックレビューの中に、ひとつだけ、クライマックス後に興味が薄れたという批判を読みました。この評者はトラウマからの回復・蘇生の物語の部分に同調できなかったようです。この反応を読むにつけ、私は逆に、男性作家ロイド・ジョーンズが、いかに繊細にマティルダを回復させていったかという点に驚かされるのです。

この作品は英連邦作家賞の最優秀賞を受賞し、権威あるブッカー賞（二〇〇七年）では惜しくも次席となりました。作品の言葉使いや表現は十代の読者にも読みやすいため、オーストラリアとニュージーランドでは高校や大学の国語と文学の準テキストとして広く使われることになるでしょう。ジョーンズは第一作*Biografi*（二〇〇〇）でニュージーランド最高の文学賞を獲得し、その実力は文学界では周知の事実であったにもかかわらず、本書が世に出るまで世界的には無名に近い存在でした。今回は英国での評価が先立ち、オーストラリアとニュージーランドにブーメラン的に戻ってきた次第で、これからの国際的な活躍が期待されます。日本の読者にとっても注目していきたい作家のひとりです。

二〇〇九年六月　大友りお

『大いなる遺産』の概要

孤児のピップを主人公とする物語で、ディケンズの他の多くの作品と同様、自伝的要素の多い作品と考えられている。『オール・ザ・イヤー・ラウンド』という週刊誌に二章ずつ発表され、それぞれが「乞う、ご期待」といった終り方で読者の興味をつなぎ、なおかつ、ひとつひとつの物語にある種の完結がもたらされる書き方がされた。主な登場人物はピップ、その姉の夫で鍛冶屋のジョー、結婚式の日に花婿に裏切られ、それ以来時計を止めた暗い屋敷に住むミス・ハヴィシャム、その養女の美しい娘エステラ、ピップに助けられ後に遺産を残すマグウィッチ、その遺産を取り仕切る弁護士ジャガーズなどである。日本語訳は文庫本になっている他、映画化やテレビドラマ化が繰り返しおこなわれており、前述のハリウッド版を含め、複数のＤＶＤが入手できる。

訳者略歴
一九五三年生　熊本市出身
モナシュ大学比較文学博士課程修了
オーストラリア日本研究学会誌文学部門編集員
メルボルン大学アジア研究所所属
主要論文は http:rotomo.net に掲載

ミスター・ピップ

二〇〇九年八月一日　印刷
二〇〇九年八月二〇日　発行

訳者©　大《おお》友《とも》りお
発行者　川村雅之
印刷所　株式会社三陽社
発行所　株式会社白水社

東京都千代田区神田小川町三の二四
電話　営業部〇三（三二九一）七八一一
　　　編集部〇三（三二九一）七八二一
振替　〇〇一九〇・五・三三二二八
郵便番号　一〇一・〇〇五二
http://www.hakusuisha.co.jp
乱丁・落丁本は、送料小社負担にてお取り替えいたします。

誠製本株式会社

ISBN978-4-560-09004-6

Printed in Japan